黑天
HEITIAN

木苏里 /著

中国·广州

图书在版编目（CIP）数据

黑天 / 木苏里著. — 广州：广东旅游出版社，2020.10（2022.5重印）
ISBN 978-7-5570-2325-6

Ⅰ. ①黑… Ⅱ. ①木… Ⅲ. ①幻想小说－中国－当代 Ⅳ. ①I247.5

中国版本图书馆CIP数据核字（2020）第172856号

黑天
HEI TIAN

著　　者	木苏里
出 版 人	刘志松
责任编辑	梅哲坤　戴璐琪
责任校对	李瑞苑
责任技编	冼志良
封面绘制	姜义

广东旅游出版社出版发行

地　　址	广东省广州市荔湾区沙面北街71号首、二层
邮　　编	510130
电　　话	020-87347732
印　　刷	北京盛通印刷股份有限公司
	（地址：北京市大兴区亦庄经济技术开发区经海三路18号）
开　　本	880毫米×1230毫米 1/32
字　　数	450千
印　　张	10
版　　次	2020年10月第1版
印　　次	2022年5月第6次印刷
定　　价	39.80元

本书若有倒装、缺页影响阅读，请与承印厂联系调换，联系电话010-57735441

目录
CONTENTS

第一卷　尘埃

第1章	未读信息	/002
第2章	危险分子	/008
第3章	不速之客	/013
第4章	慰问礼物	/019
第5章	孤岛之鲸	/024
第6章	大头鲸群	/029
第7章	奇葩组合	/035
第8章	太空监狱	/040
第9章	小恶作剧	/044
第10章	出去走走	/049
第11章	结巴系统	/052
第12章	老巴尼堡	/057
第13章	神秘数字	/063
第14章	夜半警报	/070
第15章	清除囚犯	/075
第16章	危险登陆	/080
第17章	想想办法	/085
第18章	林中基地	/090
第19章	东塔怪事	/095
第20章	不速之客	/099
第21章	久闻大名	/106
第22章	死里逃生	/111
第23章	仇人相见	/117
第24章	夜半逃跑	/121
第25章	墙头少年	/126
第26章	巨幕星图	/130
第27章	两尊大佛	/134
第28章	副作用	/138
第29章	风筝线	/151
第30章	拉警报	/156
第31章	流浪者	/160
第32章	隐蔽区	/165
第33章	跳星海	/171
第34章	老相识	/176
第35章	时间差	/182
第36章	理由	/188

第37章 旧瓜葛　　　/194

第38章 公寓　　　　/200

第39章 永无乡　　　/204

第二卷　神鬼

第40章 必需品　　　/212

第41章 偷听者　　　/217

第42章 鬼崽子　　　/222

第43章 意料外　　　/226

第44章 旧公寓　　　/231

第45章 研究稿　　　/236

第46章 麻雀群　　　/241

第47章 时间环　　　/248

第48章 战利品　　　/254

第49章 疗伤　　　　/259

第50章 打脸　　　　/264

第51章 滚　　　　　/269

第52章 医疗舱　　　/273

第53章 判断偏差　　/279

第54章 好消息　　　/284

第55章 同伙　　　　/289

第56章 黑天鹅　　　/295

第57章 警报　　　　/300

第58章 落脚　　　　/304

第59章 电子DNA　　/307

第60章 逼供　　　　/312

第一卷
尘埃

第1章

未读信息

神曾凝望过这片星海,他于此长眠,又于此醒来。——埃斯特《永无之乡》

这片黑雪松林已经苟延残喘好些日子了,针叶枯败,颓丧地垂挂下来,却神奇地没有散发出朽木腐烂的酸苦味。

那股常年萦绕林中的木香依然静静浮着,将二十五个单人冷冻胶囊掩藏在松林深处。

冷冻胶囊摆成了整齐的方阵,封着的玻璃罩里头结满冰霜。其中一个发出的警报音尖锐得令人心慌,划破了深林的寂静。

"能源不足,出现故障。

"警告:冷冻胶囊即将停止工作,请在5秒内补充能源。

"倒数计时,5。

"4。

"3。

"2。

"1。

"未检测到新能源,冷冻胶囊关——"

"闭"字还没说完,毫无起伏的电子音已经戛然而止。

噗——

金属底盘停止运转的声音听着像漏了气,玻璃罩上的冰霜在紧急增温系统的影响下,以肉眼可见的速度融化,露出了胶囊里一张英俊却苍白的脸。

眉骨上凝着的薄霜让他看起来冷得惊人,毫无生气,仿佛已经在此沉眠很久，再不会醒来。然而几乎是在冰霜融化的下一秒，那双弧度漂亮的眼睛便毫无预兆地睁了开来。

老实说，这一堆用来冷冻人体的金属疙瘩虽然名叫胶囊，但形状跟胶囊没有半点儿血缘关系。

它们长得很不讨人喜欢，上宽下窄，是脸比马长的六边形的。人往里头一躺，这就是个规格标准、制作精良的棺材。

当初设计图纸刚出来时，楚斯正忙于处理太空监狱的一场暴动，三天没怎么合眼，困得阴云罩脸。

那倒霉设计师敲开了他的办公室大门，把厚厚一沓图纸放在了他的桌上。

依照规定，冷冻胶囊的一切文件都要经由安全大厦5号办公室的执行长官审查同意，签了字才能继续进行，包括外观设计图。

而楚斯刚巧就是那个坐镇5号办公室的执行长官。

他一看那图纸厚度便闭了闭眼，在设计师天花乱坠的描述中，干脆地翻到最后一页签了名。

成品出来的那天，他穿着剪裁精良的衬衣，坐在安全大厦顶层的会议室里，姿态优雅、面色从容地听那帮老家伙们骂设计。

人家辛辛苦苦喷了整整两个小时，这混账玩意儿听得面不改色，非但没有半点自省之心，还轻叩桌面，笑说："星球寿命还长得很，这冷冻胶囊怎么也轮不到你我去躺，丑就丑吧。"把那帮老家伙们气得够呛。

结果这话说了不到5年，星球就炸了。

他还真就躺进了这丑陋不堪的冷冻棺材里，可见混账事情干多了，老天都看不过眼，这大概就叫作报应。

楚斯在玻璃罩下闷闷地咳了一会儿，把肺里的寒气全咳出来，这才动了动手指，掰开了舱里的安全锁。

他周身筋骨还很僵硬，光是推个舱门，就费了好半天力气。

太久没有过脚踩实地的感觉，他朝后趔趄了一下，干脆靠坐在了冷冻胶囊边。

半步之外，另一台冷冻胶囊还在正常运转，玻璃罩上显示着两行字——

迦罗时间13:20:07。

囊内温度：新摄氏零下206度。

13时，正该是午后阳光最盛的时段，头顶却是一片星海，周围旷寂如同深夜。

楚斯环视了一圈，深吸了一口气。

空气闷得厉害，他明明从冷冻胶囊里出来了，却依旧像是被什么东西罩住了，连呼吸都很不痛快，也不知道是不是把肺冻坏了。

咔嚓——

身后突然传来针叶脆裂的声音，像是被什么踩了一脚。

"谁？！"楚斯猛地转头。

长久没开口，他说话的声音有些哑。

问出声的同时，他的手指已经习惯性地摸到了腰间。

谢天谢地，进冷冻胶囊的时候太过匆忙，枪还没卸。

他一拨保险栓，"咔嗒"的响声在寂静中显得十分清脆。

"别别别！我这就出来！别开枪！"一个黑不溜秋的玩意儿应声从一台冷冻胶囊后冒了出来，活像个圆头拖把……在泥坑里腌过两年的那种。

楚斯眯着眼辨认了一番，艰难地在那拖把上找到了一双眼睛——那是个不知多久没打理过头发和络腮胡的人。

"还有谁？"楚斯的手指依然勾在扳机上。

拖把犹豫了片刻，保持着双手高举的投降姿势，转头咕哝了一句什么。

另一个小号拖把便小心翼翼地伸出了头。

小拖把转脸看了大拖把一眼，也有样学样地举起了双手。

"冷静一点，冷静。就我们两个，没别人了。"大拖把盯着他的枪说道。

"我很冷静。"楚斯答道。

"老实说，我不大信。毕竟我刚从冷冻胶囊里爬出来那会儿，就饿得想吃人。"拖把的声音带了点怀疑。

楚斯一脸冷淡："如果找不到比你们干净的人，我可能更倾向于饿死。"

拖把被堵了一句，竟然还有些遗憾，"其实我们也只是半年没清理而已，你能不能把枪口稍微挪开点？"

事实上这枪在冷冻胶囊里冻久了，鬼知道还能不能用。但楚斯是个混账，他并不介意多吓一会儿这来历不明的大个头，于是答道："看心情吧。"

"那你现在心情怎么样？"拖把问道。

"不大好，这里太闷了。"楚斯平静地说。

准确地说，这里的空气闷得让人心生烦躁，生理性的。

拖把拉长了调子"噢"了一声，顿时泄了气，"很遗憾，那就没办法了，毕竟我们已经闷了很久了。"

拖把转头看了眼自己的手腕。

楚斯这才注意到他手腕上有什么东西正闪着荧蓝的光，像是智能腕表的屏幕。

"你介意我碰它一下吗？"拖把死死盯着楚斯的枪，生怕它走火。

楚斯不置可否，拖把壮着胆小心翼翼地碰了一下表屏。

冷冰冰的电子音顿时响了起来，足以让楚斯听清楚——

地面温度：新摄氏5度。

湿度：干燥。

警告：含氧量严重低于常态，距离临界值还有32分57秒。

这种警报对于楚斯来说并不陌生，他曾经在各种安全实验报告会中听过这些字眼，所谓的含氧量临界值对应着生存极限。一旦低于临界值，人很快会窒息而死。

拖把的声音有些颓丧，"你看，即便你不开枪，我们也只有不到33分钟的寿命。"

楚斯闻言，目光一动。

不应该的。

这些冷冻胶囊的设计理念非常特别，能源全都是从废气转化而来，排出的气体里反倒含有氧气。如此设计就是为了一定程度上维持生存。

这些原理和机能都公之于众过。

拖把注意到了楚斯的目光，他顺着看向地上的这些冷冻胶囊，道："我知道你在想什么，但是没用的，这都50年了，平衡早就维持不住了。"

楚斯脸上终于有了一丝表情，"多少年？"

拖把仿佛找到了突破口，果断一碰腕表屏幕，机械的电子声再度响了起来：

"现在是新公历5763年，4月29日，迦罗时间——"

没等报完，拖把就掐掉了报时，嘟囔道，"体谅一下，还得省着点儿电。"

然而楚斯根本就没注意他在说什么。

5763年？！

他清楚地记得5713年12月27日的傍晚是什么样的，夕阳金红色的光让冰冷的黑雪松林都柔和起来，他站在窗边，一边跟疗养医生说着话，一边翻着自己的私人通信频道。

上一秒，他还在看着太空监狱某个危险分子强行传递过来的信息，下一秒就接到了警报——

地心能量反应进程因不明原因突然加速，脱离控制，膨胀速率远超过上限值，预计撤离时间3分11秒。

通俗而言，就是星球要炸，大家快跑。

他永远都不会忘记那混乱至极的3分钟，地面是怎样震动崩裂的，他们是怎样争分夺秒地启动碎片计划，又是怎样从别墅撤离到雪松林的冷冻胶囊里的……

一切都历历在目，恍如隔日，就好像他只是在胶囊内睡了一夜。

然而醒来时，居然已经过去了50年？！

也许是一瞬间的诧异让人心跳速率有所变化，提高了耗氧量。错愕过后的楚斯只觉得周围更闷了。

拖把一看他的表情，又委委屈屈道："别深呼吸！千万别深呼吸！本来就不够几口了！别忘了，咱们只剩30多分钟了……你有什么办法吗？我比较傻，醒了3年也没想出什么主意，我不太想这么早死，窒息这种死法太难熬了。"

这人是个话痨，没完没了说得楚斯头疼，让他既厘不清现状，也想不出什么方法。

"安静。"就在他冷冷地丢出两个字时，西裤口袋里有什么东西嗡地振动了一下。

楚斯一愣，伸手摸了出来，这才想起当初撤往冷冻胶囊时，他把手里握着的通信器顺手丢进了口袋。

通信器不比腕表，耗能要多一些。再节能的模式撑上50年也已经是奇迹了。

刚才那一下振动，就是在提示"电量不足，即将关机"。

他正打算直接关了丢回口袋，就看见屏幕上有一条不知何时的未读信息提示。

楚斯眉心当即就是一跳。

不用看内容,他也能猜到这信息来自谁,毕竟敢把他的私人通信频道当自家花园闯的,总共就那么一个神经病。

果不其然,信息来自太空监狱——

我亲爱的执行官,告诉你一个天大的好消息。

我越狱了。

——萨厄·杨

楚斯:"……"

这算什么天大的好消息。

第2章
危险分子

这条轻描淡写的信息，如果被安全大厦9大办公室的那帮老家伙看见，就该排着队嗑速效救心丸了。药效稍慢一点，就能当场厥过去一大半。

也就楚斯看着这两句话，还能板直地站立在原地。

即便是他，也觉得眼前发黑，缺氧的感觉更严重了。

流放系外百年之久的太空监狱从最初建成起，就归属于安全大厦5号办公室监控管理。那里头圈着星球最危险的一群人，说是恶魔集中营也半点儿不为过，随便拎一个出来，都是不定时炸弹。

而萨厄·杨，则是有史以来最麻烦的一位，爆炸当量值无法估计的那种。

当初光是为了把他圈进监狱，就整整耗费了17年的时间，而他最后究竟是怎样被控制的，对外界来说也一直是个谜。

这位危险分子即便被圈在太空里，也是个不省心的主。自打监狱有了他，就没有一年是消停的。5号办公室的执行长官就此沦为最要命的职位，几乎每隔3年倒一个。

直到楚斯上来，这种诅咒般的效应才堪堪终止。

如果不是前面的人撤得太快，以他的年纪，怎么也不可能坐到如此高位。

大约是他的脸色已经难看到了极致，拖把看着他搭在扳机上的手指，咕咚咽了一口口水，不动声色地朝旁边偏了偏头，"你看上去很不好，是收到什么坏消息了吗？"

楚斯撩起眼皮看了他一眼，"前所未有的坏，知道太空监狱吗？"

拖把干笑一声，"当然，我兄弟还是那儿的狱警呢。你的脸色看上去像是那帮恶魔集体翻墙出来了。"

楚斯晃了晃手里的通信器，面无表情道："我宁愿看见其他人集体越狱，也好过这个。"

"……"拖把嘴角一抽，"听起来很可怕，要不咱们还是窒息而死吧？"

楚斯冷冷道："你可真有出息。"

拖把偷偷伸手揽过身边的小拖把，道："我陪你看到了这么可怕的坏消息，勉强也算患难与共了，你能不能先把枪放下？我们真的没有恶意。"

楚斯把枪重新别回腰间，拖把立刻松了一口气，颠颠地抓着小拖把走近几步。

不愧是半年没清理的两个人，一举一动间"馨香扑鼻"，活像是老天派来折磨他的人形生化武器。

这味道太过提神醒脑，冲得楚斯心头一跳，这才想起一件事——他忘了看那条信息的接收时间。

"再靠近一步，你就能跟你的脚趾告别了。"楚斯随意了晃枪，开口阻止了想要凑过来的拖把，垂着目光在通信器上划了两下。

界面上，萨厄那条信息下面，清晰地显示着时间：5736年2月18日。

楚斯闭了闭眼，重新睁开："……"

他的脸色更加难看了。

没错，他没看反，是36而不是63。

多棒啊，这条信息的接收时间距离现在整整27年了。27年，造个飞船飞出星系都够了，还抓什么！

有时候，当事情已经坏到无法挽回的时候，反倒没什么可发愁的了——

星球炸成了无数碎片，他们跟着成了这茫茫星海中的一点尘埃，太空监狱远在他现在能监控的范围之外，最麻烦的危险分子已经跑了27年，还有比这更糟糕的境况吗？

没了。

拖把看不出楚斯一时的愣神究竟是在想些什么，只坐立难安地在他面前晃了晃腕表。

动作带起的风扑鼻而来，"香"得令人发指。

楚斯："你如果嫌两只手碍事，我不介意帮你弄断一只。"

拖把嗖地缩回手："不，我只是想提醒你一下，又过去了两分钟。我们只剩30分钟了，你不觉得头晕吗？"

楚斯蹙着眉："你熏得我头晕。"

不过，他虽然嫌弃拖把身上的味道，却并没有忽略他的话。与其现在去纠结怎么把一个跑了27年的炸药绑回来，不如先保证自己能看见明天的太阳。

……星星也行。

他转脸扫视了一圈，黑雪松林里除了陈年的泥土，腐朽的针叶，就只有这25个冷冻胶囊。

透过颓败的枝桠，能隐隐看到稍远处有一块沉寂的黑影，静伏在星海之下。

"噢对，那边有一幢别墅。"氧气太薄，拖把说话多了便有些微微地喘，他扶着近处的冷冻胶囊蹲下来，凑在胶囊底座的出气口，想让自己舒服一些，"爆炸前，偶尔会有政府长官过来休假，不知道是哪个部门的。"

他说的这些楚斯当然是知道的，因为他就是那个偶尔回来休假的长官。因为一些不得已的原因，他每隔半年会在这里住上一周，带着医生、营养师以及一些警卫。

现在这些人全都躺在他身边的冷冻胶囊里，运气比他略好一些，能源还没耗尽，所以还在沉睡。

可以说，在这片区域里生活的，都是他的人，偏偏这大小两个拖把，他从来都没有见过。

"如果我没记错，这里并没有别的住户。"楚斯说道。

拖把几乎快要把鼻子塞进喷气孔了，他半抱着小拖把，解释道："你明白的，这里每年只有极少的一段时间有人住，景色不错，空气又好，所以我们偶尔会悄悄过来露营几天。"

楚斯"哦"了一声，"冷得能把骨头冻硬的12月，来露营。"

拖把懊恼道："是啊，这大概是我这辈子犯的最大的错误，刚巧碰到别墅有人不说，还遇上了末日。"

他说完，又瞥了眼腕表，"还有27分钟……你确定我们要继续讨论我是怎么露营的吗？我现在已经头晕得快要无法思考了，你真的想不到什么办法吗？"

楚斯抬脚轻踢了他两下，"办法当然是有的。"只是他需要确认这两个人是否真的无害。

"27分钟够吗？"拖把似乎有些不大相信。

楚斯答道："绰绰有余，只要你还动得了双腿。"

当初准备碎片计划的时候，这里就被划归为其中一个执行区。考虑到星球分崩炸裂时，别墅有可能会出现部分坍塌，所以大部分冷冻胶囊被安置在了这片松林里，离别墅距离不远，撤离起来也算方便。

但实际上，别墅里还有9个备用的胶囊，就放置在西侧的地下储藏室里。

储藏室里还有一些备用的能源条，那里空间窄小，9个胶囊启动起来，置换出来的氧气虽然不如外面这正常运转的24个胶囊多，但在那样狭小且相对封闭的环境里，浓度会高一些。

暂缓一下不成问题。

更何况……

楚斯看了眼手里不断提示"电量不足"的通信器，有些不耐烦地想：尽管暂时不会派上用场，但想办法续一点电总是好的。

拖把作为一个普通人，从未接受过极端环境的训练，对缺氧的忍耐力远远比不上楚斯。他现在的脑子跟金鱼也差不了多少，几乎是一令一动。

他一听楚斯说有办法，想也不想就条件反射地站了起来，搂过刚到他腰的小拖把，踉踉跄跄地跟在了楚斯身后。

楚斯熟门熟路地带着他在黑暗中走上一条林道，顺着这条道走到别墅只需要8分钟，打开储藏室再启动备用冷冻胶囊，顶多花费5分钟，还能余下十来分钟供他们休息。

时间并不算太紧，于是楚斯之前糟糕的心情略微好了一些。

然而刚好没5分钟，在距离别墅还有不到50米的时候，楚斯那苟延残喘的通信器突然"叮"地响了一声。

楚斯步子一顿，几乎是诧异地看了眼通信器。

振动是提示电量不足，这种短促的轻响可不是……这是信息的提示音！

因为电量不足的关系，屏幕的光亮有些暗，但依然足以让他看清上面的提示，果然有一条最新信息。

楚斯紧蹙着眉划开，看了眼消息内容——

我那嘴不饶人的执行官居然没有骂回来,简直令人惊讶。
亲爱的,收不到你的回复,我有些无聊了。
——萨厄·杨

楚斯:"……"哪个神经病会等27年才说"你为什么不回复我"?!不过这并非最要命的,最要命的是……萨厄·杨开始觉得无聊了。萨厄·杨每回觉得无聊,都有一堆安全大厦的官员想抹脖子上吊。

第3章
不速之客

楚斯脸色一黑又迅速恢复常态。他突然笑了一下,在通信器上打了一行字:

实在无聊,我建议你可以先玩一会儿自己,或者手臂上未卸的控制器。

这话说得就很有挑衅意味了。

众所周知,太空监狱里圈着的全都是人形自走导弹,没有一个是好控制的主。

尽管整个监狱系统几乎找不出任何可以钻的漏洞,固若金汤,还干脆地被远远流放在星系之外,但依然没人敢保证,那些"导弹们"不会有越狱的机会。

所以收监的同时,他们每人的手臂上都被安装了一个控制器。

想要把控制器摘掉,比翻出太空监狱困难一百倍。

结果就在楚斯打完这段扎心的话,准备发送时,整个通信器屏幕忽地一闪,彻底黑了屏。

没电了!

信息还没回复,这不争气的倒霉玩意儿就掐着关键时间点没电了!

楚斯:"……"

他刚才还能笑一下,这会儿是真的笑不出来了。

拖把对他突然的停顿不明所以,呆呆地看着他略有些烦躁地扯了一下衬衫领口,而后陡然加快了步伐。

他身高腿长,除了额头上渗出的冷汗,又几乎没有任何缺氧反应,三两步就把两脚发虚的大小拖把甩出了一截。

"欸?!你……"拖把喘了两口气,强撑着追上去,"你怎么突然又急……急起来了?"

楚斯不答,只走得更快了。

如果不是他后来补了一句"你腿被锯过",拖把简直要怀疑楚斯是想把他们直接甩了。

这最后50米的距离实在算不上长,楚斯以一人之力,把整个三人小队的速度拉快了一倍,他们站在别墅前院的大门前时,还有整整22分钟的剩余时间。

但是拖把半条命已经没了。

他吐着舌头,半死不活地贴着围墙滑下来,用斗了鸡的双眼盯着门锁,道:"老天,我刚想起来,来了也没用,这门……这门我们没法开,得刷虹膜,我很久以前……算了,不提了,总之得刷那个什么长官的虹膜。"

拖把胡乱打量了楚斯一眼,"你看着这么年轻,是这里的警卫吗? 也不太像,秘书? 哎……管他的,反正咱们大概得再跑一趟,把你们长官从冷冻胶囊里拖出——"

"来"字还没出口,楚斯已经面无表情地站在扫描仪前面,按了一下开关。

不幸中的万幸,这幢别墅的能源系统一如预计,还能坚持运行一阵子。扫描仪"嘀——"地响了一声,扫过楚斯的虹膜。

大门里头发出咔嗒一声,缓缓打开。

拖把:"我……"

"你要在这里傻站着直到去世我也没什么意见,但是劳驾,别卡着门,耗电。"楚斯抬脚就顺着院内的直道大步流星往前走。

拖把维持着合不上嘴的状态,条件反射地让了开来,拽着小拖把匆忙跟上。

大门在他们身后自动关紧,发出上锁的电子音,便再没了动静。

但这院子却并不算安静,院子里始终有一种极低的嗡嗡声,不会令人烦躁,但一直未停。

声音来自角落的一个金属圆柱。

圆柱大约有一人高,顶上有一圈圆形孔洞,散发着荧蓝色的光,孔洞里支出无数极细的金属针,刺猬般参着。

它看起来甚至有些滑稽,却能堪称星球千年里最伟大的发明。

地上的部分虽然只有一个简单的金属柱，地下却连接着一个设计复杂的巨大物质池。它能在山崩地裂中放射出一个保护圈，把范围内的一切物体包裹起来。

正是因为有了它，星球才没有在突如其来的爆炸中彻底毁灭，而是分崩成了大大小小的碎片，在巨大的冲击力中散入太空，就和这片黑雪松林以及这幢别墅一样，成了茫茫星海中的流浪者。

也不知什么时候才是尽头。

"那就是龙柱？"拖把看向那金属柱的眼神充满敬畏和惊叹，"我还从未看到过启动状态的……"

也许是那荧蓝色的光太具有引诱力，他这么说着的时候，甚至忍不住伸出了手，下意识想往那边走去。

楚斯"啧"了一声，"商量一下，消停一分钟别找死，嗯？"

拖把其实还没靠近龙柱，就已经隐隐感觉到了一股撕力，惊得他连退两步，讪讪地回到了楚斯身边。

别墅的门锁同样是身份认证，对楚斯来说毫无阻碍，毕竟这是他的房子。

他领着一大一小两个拖把，熟门熟路地到了地下储藏室。

为了节能，他们特地走了楼梯。

储藏室是个密封性惊人的地方，一进去就能闻到一股电子仪器主板和金属混杂的味道，毕竟整整尘封了50年。楚斯打开了最小的一盏应急灯，勉强足够两人看清室内仪器的轮廓——

9台冷冻胶囊整整齐齐地占据了储藏室的大部分空间，另外三面墙，有两面是摆着各种东西的柜子，还有一面是操作台，连着好几个大大小小的屏幕，也不知是监控还是什么。

"这屋子里的电可以支撑多久？"拖把问道，"来吧，赶紧把这些迷人的冷冻胶囊启动起来，我快要闷死了！"

也许是看到了活下去的希望，他的语气简直能算得上轻快了。

结果楚斯却绕过了地上的胶囊，直奔其中一个柜子，在最上面的一排里翻找着什么。

"怎么？还要找什么才能启动吗？"拖把疑惑地跟过去，一边又看了眼腕表。

楚斯在第四个柜子里摸到了一个金属方块,眼皮也不撩一下道,"胶囊不急,我先给通信器续上电。"

"通信器?"拖把还没反应过来,眨巴了两下眼睛,"你给通信器续电干什么?胶囊启动要用到通信器?"

楚斯答道:"不,回个信息。"

拖把:"……"

他扑通一声就给楚斯跪下了,"先要命再聊天不行吗?"

楚斯把手里的金属块抵着通信器的背面,按了一下金属块上的按钮。

叮的一声,通信器麻了一下他的手指,接着屏幕一亮,重新开了机。

楚斯这才瞥了跪着哭的拖把一眼,捞起来地上的一根线,接在墙边的插孔里。

"智能系统开启,冷冻胶囊运行试验重新启动,林外监控检测到上次为非正常关闭,为您重新定位……定位完毕,监控继续。"

拖把愣愣地看着一系列电子仪器重新开机,9台冷冻胶囊发出"嗡"的一声响,终于运转起来。

"这里的胶囊平时主要用于测试,跟林子里的那些开启方式不一样。"楚斯倚坐在操作台边,一手撑着边沿,一手迅速地点着通信器屏幕。

萨厄·杨抱怨无聊的信息还躺在他的接收频道里,距离现在已经过去了7分钟。

这次的楚斯没有输入什么挑衅的内容,他为了节省时间,甚至连字都没有打,点了个句号就直接发送了过去。

不管怎么说,这好歹也算一个回复。

冷冻胶囊开启,氧气一点点从底盘的散气孔里逸散出来。一大一小两个拖把相互搂着,半身不遂般瘫倚在胶囊旁边。

一旦正常运转,机器的嗡鸣声便消失了,储藏室渐渐安静下来。

"呼——"拖把长长地出了一口气,眯着眼冲楚斯道,"总算缓过来了。"

他感觉自己舒坦得能抱着胶囊睡上一觉,又过了一会儿,他才想起什么似的,问道:"你刚才急着充电,是要回什么信息?咱们都成太空尘埃了,还有人有那闲情逸致给你发信息？"

简直不可理喻！

楚斯撩起眼皮，"一个恐怖分子。"

拖把："……多恐怖？不回信息炸了你那么恐怖吗？"

楚斯把通信器顺手丢在一旁的操作台上，"当然不是，他要炸也是炸星球。"

"什么？"

拖把掏了掏耳朵，"不是你等等，我好像听到了什么很不得了的事情……你开玩笑的吧？"

楚斯已经转头看向了他身后大大小小的屏幕，没再开口。

"……"拖把惊恐地瞪着他看了会儿，又觉得如此惊人的事情，不可能用这种语气说出来。

他兀自琢磨了一下，又放心地吸起了氧，"肯定是开玩笑的。"

电子操作台上的屏幕亮着，每一块都对应着别墅及雪松林外的某处，按照一定的频率自己转动着。

不过就现今的境况来说，所谓的监控暂时派不上用场，因为这一块碎片上，很有可能只有他们三个人。

其中有两块屏幕监控的区域已经到了碎片边缘，可以看到突兀的陡崖，陡崖之外，便是无尽的太空。

星海在头顶，也在脚下。

这其实是非常奇特的景致，不过楚斯静静看了两秒，就将手指移到了电源键上。

这么大的监控仪一直开着，实在是一种能源浪费。

就在楚斯打算按下电源键时，智能系统突然出声："警报，第2监控区有人闯入！警报，第2监控区有人闯入！"

第2监控区不是别处，正是那个突兀的连接着星海的陡崖，是这块大地的边界。

拖把被这声音惊到，一骨碌翻身坐起，凑了过来。

楚斯皱着眉，目光落在那块屏幕上，就见一个人影从陡崖外翻了上来，精准利落地站在一块黑石上。

他身材高大精悍,落地时,手臂绷起了漂亮的肌肉弧度。脸上戴着的一块供氧面罩将脸遮得严严实实,只能在他转头时,看见他瘦削的下颚线条。

拖把一眼就看见了那人手臂上箍着的一个黑金圈,失声叫道:"太空监狱的人!"

那人站在黑石上转着脸扫了一圈,突然正对着屏幕停住了动作。

他耸了耸肩,抬脚朝屏幕走来。

走到最近处时,他抬手掀掉了脸上的面罩,露出一张英俊至极的脸。他双眼的瞳色很淡,眯着眼的时候有股极为浓郁的傲慢劲儿,不过转眼就被嘴角的一抹笑意给冲淡了。

那人用拇指抹了一下镜头,居高临下地一笑,道:"总收不到你的回复,所以我来找你了。"

第4章
慰问礼物

神说,这世界并不总能如人所愿。他在荒芜里睁眼的第一天,就活见了鬼。——埃斯特《永无之乡》

冷不丁看到那张凑近屏幕的脸,楚斯的瞳孔还是紧缩了一下。衬衫袖子被他翻折了两道,露出的半截小臂上,薄削的肌肉肉眼可见地绷紧,转眼又放松下来。

尽管他处理情绪很快,面色瞬间便恢复如常,但是旁边的拖把还是注意到了。

他刚认识楚斯不到半个小时,绝对谈不上了解。所以弄不明白楚斯这下意识的反应究竟是出于防备还是出于紧张,抑或是出于别的……反正不管是出于哪种,都让他更慌了。

他清楚地捕捉到了那句"收不到回复",于是压低了声音,战战兢兢地问楚斯,"这就是你说的那个……那个恐怖分子?"

楚斯并没有回答。他眼珠一转不转地盯着屏幕,像是盯着一头在近处溜达的狮子,手指挪到一个红色按键边,轻敲了一下,不冷不热地说了一句话:"我回复了。"

拖把:"啊??"

他张了嘴愣了片刻,直到听见屏幕里那个过分英俊的男人笑了一声,才反应过来楚斯这句话不是对他说的,而是传到了屏幕那头。

那个男人"嗯"了一声,挑了挑眉,又问道,"回了什么?"

他说话似乎都懒得张口,声音压在嗓子底,听起来低沉又有些漫不经心。

或许是"太空监狱"给人的固有印象太过妖魔化，又或许是楚斯先前的形容让人心慌。这男人明明长得跟"穷凶极恶"没有半点儿关系，说的也是很平常的话，拖把却硬是听得有些紧张。

他无意识地捏了捏手指，转头等着楚斯回答。直觉告诉他，楚斯绝对不会说出什么让对方愉悦的话。

"忘了，挺多的，建议等收到了自己去看。"楚斯面不改色地说。

拖把："……"不知道为什么，总觉得这位在睁着眼睛说瞎话。

楚斯顿了一下，又平静地补充道："不过看起来连宇宙超讯号都绕着你走，或许得再过上27年才收到也说不定。"

这话刚说完，屏幕那头就清晰地传来"叮"的一声。

那个男人略微直起些身，摸出一个通信器偏头看了一眼。他一手还撑在屏幕边缘，另一只手握着通信器划了两下。

他只看了一眼，就笑了起来，举着通信器在屏幕前晃了晃，"一个句号，挺多的？"

拖把："……"

被戳穿的楚斯丝毫不在意，"包含的意思挺多的。"

男人："比如？"

楚斯："比如祝你早日重回监狱。"

"……"拖把想了想，默默顺着台面缩回地面，这种境况下，他着实不太想露脸，他还想多活几天。

屏幕前后的两位，一个撑着屏幕，一个撑着操作台，都朝前倾着身子，微垂着目光，姿态随意而放松，看起来就好像一对老友在有一搭没一搭地叙旧。

但是这叙旧的说话方式……让拖把听得脸都绿了。

不过拖把在台面之下瘫软了一会儿后，又觉得有点奇怪——那男人也不知费了多少劲找过来，拽着监控器聊了半天，却半点儿没有要靠近别墅的意思。

他琢磨了片刻，没有想通，又忍不住偷偷探头瞄了眼。

屏幕上，那男人已经站直了身体，一边用牙咬着一只黑手套的尖，一边解着另一只手套。他微微偏了头，目光从眼角瞥下来，朝下看着镜头，含混道："你真的不来看我一眼吗？趁着我还没把控制器拧断。"

楚斯挑了挑眉,"不。"

说完,他按了一下操作台上的电源键。

"林外监控系统关闭,进入节能模式。"机械的电子音说完的同时,墙面上大大小小的屏幕同时一黑,影像消失。

"关了?!你就这么——"拖把嘴角一抽,指着那些屏幕,"就这么把他扔在那里?"

楚斯顺手拿起操作台上的通信器,一边扔进西裤口袋,一边道,"我只是为了省电。"

拖把:"……送电和送命里面选一个,我选送电。"

"很遗憾,房子是我的。"

楚斯一边说着,一边走到了墙边的柜子旁,轻车熟路地打开了右下角的两个柜子。

拖把还是有点尿,他默默摸了一下脚踝,道:"老实说,我有点腿软。你真的关了不理他?不回信息都能炸了星球的人,这样晾着他真的好吗?我感觉我们在找死……"

楚斯仿若未闻,兀自在柜子里挑了一会儿,翻了点东西出来,顺手搁在身旁的一台冷冻胶囊上。

拖把不好意思当着主人的面,对这些柜子好奇太过,只状似不经意地扫了几眼——

楚斯翻出来的东西是一盒消音耳塞和一副手套。

他戴上手套,从角落里拎出了一个金属盒。从盒子的大小来看,分量绝对不轻,但是在他手里却好像很是轻巧。

"这是什么?"拖把眨了眨眼。

"一种古老的,平日里派不上什么用场的——"楚斯用拇指在锁边摸了一下,箱子咔嗒一声自动打开,露出里面一排银色的器具,"工具箱。"

"……"拖把感叹道,"你一个工具箱居然搞得跟高精仪器密码箱一样,跟我常用的那个仿佛不是一个东西。"

楚斯动作一顿,瞥眼看他:"你常用的?"

拖把"哦"了一声,挠头道:"刚才那一堆乱七八糟的,我还没顾得上说,我是个飞行器功能维护技师。"

楚斯了然点头,果断把箱子调转了一下,朝拖把面前一推,"那真是再好不过了。"

拖把一头雾水:"你要干什么?"

楚斯冲他身边那台冷冻胶囊一抬下巴,"把底盘拆了。"

"啊?"

自从遇上了楚斯,拖把觉得自己一脸蒙的次数就越来越多。

"为什么拆底盘?它做错了什么?"拖把问。

楚斯咬着一只手套尖将它摘下来,又去摘另一只手套,轻描淡写地解释道:"每个胶囊的底盘里都嵌有空气置换机,三个,刚好够用。"

拖把扫了他一眼,有那么一瞬间,他感觉楚斯的动作有些眼熟,但是没来得及细想,就被楚斯的想法引走了注意力。

"我只拆过飞行器,没动过这玩意儿,你如果会的话,最好——"

他话还没说完,就被楚斯打断道:"我不会。"

拖把:"那你拖出工具箱?"

"随便试试,万一拆出来了呢。"楚斯从容地答道。

拖把:"……"他算是明白了,眼前这位就是个专说瞎话的主,样子还特别唬人。

幸好,被冻了47年,又流浪了3年,他的技术还没完全荒废。冷冻胶囊虽然总体适用智能系统,但在角落里还给人工维修留了个入口。

整体剥离的速度其实很快,拖把摸索了几分钟便搞清了门道,转眼便将胶囊的底盘卸成了七八部分。从最初到现在一直没吭过一声的小拖把安安静静地坐在一边,熟练地帮他递工具,时不时瞪着乌溜溜的眼珠看楚斯一眼。

楚斯似乎很放心把胶囊交给拖把折腾,他并没有盯着拖把,而是兀自在他打开的另一个柜子里拎出了一个黑色的圆筒袋。

"好了。"拖把突然出声,摊开手掌,掌心里躺着三个卵石大小的黑盒,上面连着细细的管子。

"辛苦。"楚斯垂手拿起一个,非常自然地将那个非常袖珍的置换机挂在了耳后,弯曲的细管刚好挂住耳骨,从脸侧延伸出来。

置换机被续了电,轻微的嗡嗡声在耳边响着,在脸边孜孜不倦地工作。

拖把仰着脸,看着他拎着那个看起来很有分量的圆筒袋,又从搁在一边的盒子里拿了一对隔音耳塞出来。

"你干什么去?"拖把一脸茫然。

楚斯一边朝门外走,一边头也不回地道:"去安抚那位恐怖分子。"

拖把:"……那你拎的是什么东西?慰问品?"

楚斯一脚已经迈出了门,转头一笑,"R-72式火箭炮。"

拖把:"……"你家安抚别人都用火箭炮?!

第5章
孤岛之鲸

"别用那副表情看着我,心情好的时候也会改用别的。"楚斯拎着炮筒出门的时候,轻松得就好像刚喝完下午茶,准备出门去遛个狗似的。

拖把不太信他:"比如说呢?"

"PA轻式导弹?"楚斯答得很随意。

拖把忍不住问:"有什么区别吗?"

楚斯抬手按了一下储藏室门外的一个开关,答道:"弹轨优雅一些,看起来比较温和。"

拖把:"你真的是在形容能把整个雪松林轰成渣渣的PA弹吗?"

"嗯。"

拖把抽了自己一嘴巴:信了你的邪!再把这祖宗的瞎话当真我就是傻瓜!

他原本计划得很好——楚斯非要去挑衅那个亡命徒,他也不拦着,反正他不找死!

然而他刚缩回胶囊边,就听见整个储藏室里响起了毫无波澜的机械电子音:"房间内锁死系统开启,触发式自毁装置启用,倒计时10秒,10——"

"这又是什么东西?!"拖把一惊。

楚斯的声音随着他的脚步越走越远,"我这个人疑心比较重,不大放心留陌生人看家。放心,你注意一点,那房间就不会炸。"

拖把一个鲤鱼打挺翻身而起,抓过瘦巴巴的小拖把就往门口跑,还不忘带上装了隔音耳塞的那个盒子,"不不不,我改主意了,我跟你一起去找死,我不看门了!"

一大一小堪堪挤出来,身后的大门就已经自动锁死。

拖把绿着脸三步并作两步跨上楼梯,追到别墅门口时,楚斯正从门边的立柜抽屉里拿出一副眼镜。

"你也去?"楚斯扣上护目的镜片,便沿着门外楼梯,径直往三层的露天台走。

全程不紧不慢,好像半点儿也不担心那个恐怖分子心怀不满搞暴动。

拖把给自己和小拖把扣上空气置换机,垮着脸如丧考妣,"去,不去你一个不开心把我炸了可怎么办。"

"抱歉,我只是不大喜欢看别人瘫着,尤其在我不得不起身做事的时候。"楚斯在天台边缘站定,一边拆下火箭炮黑色的外袋,一边轻描淡写地回答。

这人是个不折不扣的混账,每每说起各种饱含威胁的话,都会在前面加点诸如"抱歉""劳驾""很遗憾""不好意思"之类的修饰,偏偏看起来斯斯文文,有时候还带着点笑,好像他真的觉得威胁人很不妥当似的。

以前大厦里那帮老家伙们就总被他气得吐血,在会议室里直跳脚。

以至于他的副手卡尔都有点看不下去了,偶尔会忍不住问上一句:"他们曾经给您穿过小鞋吗?"

楚斯总是会回一句:"谁知道呢,你不觉得他们的眼神总有些心虚吗?保不准瞒着我做过一些坏事。"

他的语气向来半真半假,让人摸不明白是在开玩笑还是说真的,所以卡尔听了几次这种回答后,便识相地不再问了。

"好好好,从此以后你说了算。"拖把被他连惊带吓,顶着一张嗑了耗子药的脸表忠心。

从他们的角度看出去,就见距离别墅院墙五六十米的地方,一个身材利落的黑色身影正站在雪松林和大地边缘的夹角中,脚边有一摊不知是什么来历的堆叠物,除此以外,便一片空荡。

"哎哟!我的帐篷!"拖把下意识指着那摊堆叠物叫了一声。

说完他才想起来,他手指着的地方正站着一个越狱犯。

于是他倏然住了嘴,默默把自己的指头收了回来,抓着小拖把蹲了下来,挡住了自己的脸。

楚斯颇为遗憾地道:"你大概得跟你的帐篷说再见了。"

他的声音不大,但是那个黑色身影的耳力却很好。捕捉到熟悉的说话声后,他便抬起头,目光准确地锁在了楚斯身上。

"我亲爱的指挥官,你终于忍不住出来了。"他一脚踏在地面微微凸起的监控镜头上,膝盖微曲,反倒显得腿更长了。他仰着头,显出一种百无聊赖的姿态,说话的声音里带着一点笑意,只是看不清那是什么意味的笑。

"萨厄·杨,好久不见。"楚斯甚至还冲他抬了一下左手,好像真的在打招呼一样。

"好久不见,如果叫我的时候能把姓去了,我会更高兴些。"萨厄眯着眼看他,似乎在认真地打量着什么。稍过了片刻,他突然笑着说,"对了,我非常想你。"

拖把:"……"

按理说政府的长官跟太空监狱的逃犯,怎么看也是敌对关系吧?怎么这个逃犯张口"亲爱的"闭口"很想你",这是故意的吧?应该是故意的吧?

拖把突然有点不放心了,偷偷瞄了楚斯一眼,然而他视角清奇,只能看见楚斯的下巴,看不见表情。

楚斯对萨厄的说话方式似乎早已习惯,且适应性良好。他非但没有对那句"我非常想你"表示出异议,甚至还好声好气地回了对方一句。

他说:"如果你正蹲在监狱里,我大概能试着想你一下。"

拖把当即脚底就是一滑,差点儿从天台边缘栽下去:妈妈救命……

萨厄对这样的回答似乎很是习惯,也并不在意。他耸了耸肩,又扫了扫周围,一本正经地问楚斯:"这么大的一片地方,只有你一个人,不觉得无趣吗?亲爱的,打个商量,分我一个角落怎么样?"

拖把:"……"这里还有个活人你看不见吗?

楚斯耸了耸肩,"很遗憾,我不觉得无趣。"

萨厄:"那换个理由,太空超讯号不太喜欢我,妨碍我给你发信息。"

楚斯:"谢天谢地,刚好能还我清静。"

萨厄笑了,"再换一个,我很喜欢这幢别墅?"

楚斯也笑了,"我劝你最好不要随便觊觎别人的房产。"

萨厄终于不再东拉西扯,他懒懒地打开手臂,"我身无分文,无家可归,穷得叮当响，并且快要饿死了。"

他说着，突然舔了一下略有些干裂的下嘴唇，补充了一句，"你旁边蹲着的那个看起来肥瘦刚好，如果再来一把调料……"

拖把如丧考妣，心想"噢，你这会儿又看见我了。"

他慌忙转头问楚斯："他开玩笑的吧？！"

楚斯瞥了他一眼，道："说不准。"

拖把转头就要往楼下逃命，被楚斯一脚抵住了。

"我觉得他好像有病。"拖把僵着脖子说道。

楚斯一副理所当然的样子："不然怎么会在太空监狱。"

很奇怪，这个被龙柱的保护罩兜住的碎片上居然还会有风。细细的一阵，从两人身后扫过，扫得拖把背后鸡皮疙瘩全起来了。

别墅后院的树丛被风带出沙沙的轻响，楚斯他们却并没有注意到。

毕竟面前有个神经病，谁还敢分散注意力到别处。

"亲爱的，你考虑得怎么样？"萨厄问道，好像他真的非常讲理似的。

楚斯坦然开口："既然你这样自揭伤疤，我再拒绝你岂不是太残忍了。"

萨厄手指勾着供氧面罩的边，就那么松松垮垮地垂在身侧。每当楚斯开口说话的时候，他会显露出相当好的耐心，那一刻的他看起来像一个刚刚捕过猎的猛兽，懒洋洋的，甚至会给人一种"其实没那么危险"的错觉。

楚斯面不改色道："老实说，我给你准备了一个礼物。"

萨厄提起了一些兴味，站直了身体："礼物？什么礼物？"

蹲在地上的拖把呻吟一声，默默捂住了眼。

萨厄笑着后退了一步，张开手臂，懒洋洋的语调依然未变，"来吧，我把眼睛闭上了。"

楚斯右手一拎，将精心准备的R-72式火箭炮架在了平台边沿精美的栏杆上，干脆利落地瞄准，击发。

炮弹脱缰野狗般直冲过去，炸了个满天花。

那块土地本就处于边缘，薄得很，被火箭炮一轰，当即脆裂开来，连同拖把的那摊废弃帐篷，约莫十来个平方米的一块地，直接从星球碎片上崩离出去。

"如你所愿，分了你一角，不用谢。"楚斯说道。

"……"萨厄站在那么一块破地上,愣成了孤岛中的大头鲸。

然而楚斯还没来得及卸下火箭炮,再气他两句,一阵天崩地裂般的响声便炸了开来。

整个星球碎片猛地一震,大小拖把直接跪地。

拖把在地面的摇晃中惊恐地护住怀里的小鬼,叫道:"是你又打了一炮吗?!你确定你方向没打反吗?!"

楚斯却猛地将他拽往平台边缘:"不是我!"

说完,他一脚将那两人踹下了平台,自己也跟着跳了下去。

"那还有谁!这可是三楼啊——!"

第6章

大头鲸群

说是三楼,落地也不过是一瞬间的事。

混乱间有东西从空中甩过来,带着说不清是静电还是别的什么刺痛和撕裂感,像是被隔空抽了一鞭子。

脊背触地的时候,楚斯下意识护了一下头。但这难以抵消的猛烈撞击还是让他脑中一震,出现了刹那的空白。

"我接住你了。"一个声音突然撞进他耳朵里。

"谁?!"楚斯借着惯性一个侧滚,半跪在地,目光迅速扫了一圈。

他们落在前院,他身边除了连滚带爬的大小拖把,并没有其他人。

"什么谁!刚才那声爆炸声是怎么回事!我好像还被什么东西打了一下!"拖把几乎是把自己摔到了院墙角,背后抵着墙壁,死搂着小拖把缩在阴影里。

"刚才有人跟我说了句话。"楚斯也闪身到了墙边。

"我吗?我一直在叫啊!"拖把目光惊疑不定地扫过各处,顺口回道。

楚斯皱起眉:"不是你。"

那嗓音在混沌中显得模糊不清,但应该是个少年,从没听过,又说不出的熟悉。

未等他细想,呼呼的风声再度从上空甩了过来。

"老天——"拖把目瞪口呆仰着脸。

就见三根巨大的银色抓索从上空甩了过来,抓索划过每一寸空气,都发出细微的噼啪声,听得人寒毛直竖。

不过转眼,拖把就反应过来,寒毛直竖并不是单纯因为惊慌害怕,而是因为静电。

他们眼睁睁地看着那抓索轰然落地,连带着整个星球碎片都震动不息,幅度大得他们根本坐不稳,差点儿成了圆盘上的滚珠。

抓索准确地顺着碎片边缘滚下，绕到底盘之下。

金属抓索的尖头钩在石块和断崖上，撞击声尖锐得刺耳。

整个星球碎片被这三道抓索牢牢兜住。

拖把在无可抵抗的震动中被甩得撞了好几次墙，在砰砰声中鼻青脸肿地喊："这是个什么玩意儿！"

嘈杂声太多，他得用咆哮的方式才能让楚斯听见。

"是那个叫什么杨的恐怖分子终于受不了你闹暴动了吗！"

"闭嘴！"楚斯说道。

话音刚落，一个巨大的银色物体缓缓从星空中浮现出来。它由数个大小不一的扁圆拼而成，乍一看，活像数个攒聚成群的钢铁蜘蛛。

而那三根抓索，就是从那"铁蜘蛛"上垂下来的。

它显身的一瞬，楚斯脸色就变了，"太空监狱？"

拖把："什么！太空监狱炸我们干什么？！"

这个比整片黑雪松林还要大一圈的家伙，不是别的，正是用来流放危险分子的太空监狱，萨厄·杨本该待着的地方。

整个星球的人都知道太空监狱，也都清楚它意味着什么，但恐怕还没有人在这样的境况下，以这样的角度仰望过它。

谁能想到，恶魔集中营有朝一日会飘到自己脑袋顶上来？！

但楚斯却对这个庞然大物太了解了——

那三条抓索看起来并不粗壮，却强韧得惊人，毕竟构成太空监狱的那些圆盘，就是用这种材料相勾连的，在茫茫星际间牵拉了数百年，磨损率还不到17%。

这样的东西，想要承受住这块星球碎片，简直易如反掌。

况且抓索顶头的钩爪是中空的，内里的构造精密复杂，能够在成功抓取目标的瞬间，构建出强力能量场。

嗡——

让人震颤的声音从星球碎片地底部传来，带有巨大排斥力的能量场已然成形，以一种无可抵挡的气势，配合抓索的拉拽，将碎片朝上推去。

那一瞬间，置身于其中的楚斯他们极其难受。

巨大的震荡作用下，荒废50年的庭院围墙终于倒塌成堆，飞散的尘土既没有弥散开,也没有落地,而是朝上扑去。围墙废墟咯咯作响,颤抖不停。

"我感觉很糟!像被人揪着头发拎上了天!"拖把大声喊着,"我们还跑得掉吗?"

"恐怕不行——"楚斯说着这样的话,却并没有坐以待毙的意思。

他闪过一片烟尘,皱着眉闷咳出声,在混乱中匆忙环视一圈。

对了!还有分给萨厄的那一角!

"这边!"楚斯冲拖把喊了一声,直接翻过倒塌的围墙,朝边缘扑去。

那一刻太过匆乱,以至于他几乎弄不清自己推了那大小拖把几下,又被别人拉拽过几次。他甚至连拉拽他的人是谁都没有看清,就连翻带跑地跃过裂口,落在另一块地面上。

"你的火箭炮借我——"一个低沉的嗓音在耳边响起。

然而没等对方说完,楚斯已经条件反射地架起了他的R-72式,"闭嘴!"

他骂完才反应过来,说要借火箭炮的人是萨厄·杨。

只是那一刻,他手比脑快,反应过来的瞬间,炮口已经扫向了一个方向。

最新型号的R-72式火箭炮,轰击效果惊人,附带物质分离作用,最贵的一款可十弹连发。

轰轰轰——

炸裂声惊天动地,一个接一个,转眼间九发全出。

摔在地上的拖把还没回魂,就被这地动山摇似的轰击炸得屁滚尿流。

他怀疑楚斯在那极短的时间里,甚至没有工夫瞄准。然而炮火却炸成了一条标准的虚线,星球碎片再度分崩,沿着那条虚线脱落下来一块。

虚线那边是被太空监狱的抓索钩住的一整块地面,有大片的黑雪松林,以及他们刚刚待过的别墅。虚线这边是依然散着蓝光的龙柱。

带着龙柱的土地碎片脱离抓取,回落下来,在过程中撞上了他们所站的这个角落,勉强拼合成了稍大一点的碎片。

但也只是相对意义上的"大"。

前前后后四舍五入,目测不超过四十平方米。

而他们这几个或站或瘫的身影,则默默杵在这块碎片上,愣成了孤岛上的大头鲸……群。

楚斯拎着打空了的火箭炮,仰头看着被太空监狱抓取的那片大地,面无表情道:"我的房子,还有我的部下。"

说完,他垂着目光扫了一圈……

多棒啊,这屁大的一点儿地方,有安全大厦长官他自己,有恐怖分子萨厄·杨,还有买一赠一的一对拖把,和和美美,其乐融融。

丢了房产又丢了人的楚长官心情一点儿也不愉悦,他目光一转,盯住了萨厄·杨,抬手指了指上方突然来袭的太空监狱,道:"你是不是该解释解释?"

萨厄抬着头,用舌尖顶了顶腮帮,眯眼看着那庞然大物的底面。片刻后又看向对面的楚斯,懒懒地抬手碰了一下眉骨,敬了个要多流氓有多流氓的礼。

他拖着调说:"报告长官,太空监狱好像归你管,你是不是睡蒙了?"

楚斯:"……"

他当然没有睡蒙!

正是因为太空监狱本该归他管理,他才能在瞬间觉察到问题——

萨厄·杨跑出来了,监狱应该满宇宙追缉他才对。他手上的控制器还没能毁掉,太空监狱能将定位精确到厘米级,甚至可以在控制器的辐射范围内,直接让他陷入生理休克。

可现在,太空监狱跃迁过来,投下的抓索居然不是奔着萨厄去的。这样的误差放在正常情况下,足够让监狱管理层集体辞职了。

更有问题的是,楚斯的通信器并没有关闭,他的频道在监狱的认证名单里,还高居首位。

袭击时,他的位置在监狱的星图屏幕上,会有显眼至极的红色标识。那帮管理们就是再瞎,也不可能放任抓索冲着顶头上司呼过去。

那妥妥是奔着造反去的。

这几处古怪一结合,楚斯不得不怀疑是萨厄在搞鬼。

"别用那么漂亮的眼睛盯着我。"萨厄举起双手,"我确实解释不了。"

"如果哪天我脑门中弹了,也许会选择信你一回。"楚斯回得半点儿不客气。

萨厄笑了一声:"我们相识的时间长得够把一个短腿小崽子抚养成年了,你还这么不留情面,我很难过。"

楚斯张嘴便回:"即便长到把小崽子抚养成骨灰,我也还是这样。"

拖把:"……"这都是什么见鬼的比喻?!

"友情提示，你有时间刻薄我，不如多看一眼你的房子和部下？"萨厄依然保持着双手举起的姿势，投降都投得满是找打意味，"毕竟等你再有机会看见它们，很可能是50年以后了。"

银白色的太空监狱已经把那整块碎片收到了极高空，底盘"蛛腹"已经张开了一个口，眼看着要将它吞进去。

监狱的外壳闪过一圈圈蓝光，涟漪一般从头传递到尾——那表示着跃迁已经开始。

这绝不是以三两人之力就能阻止的。

楚斯一时间摸不清太空监狱此行的目的，但有一点勉强算是安慰——

不管现在控制监狱的是什么人，在谋划些什么，他的那些部下们也暂时不会有太大危险。毕竟对任何人来说，冷冻胶囊都不是废弃物，即便是使用中的，即便很难从外面把胶囊打开。

但是房子……

楚斯瞬间瘫了脸：他在离开储存室的时候，把自毁装置给开了。

好处是不用担心被人撬门了。坏处是……离炸也不远了。

果然，在"蛛腹"的开口重新闭合的过程中，一声惊天巨响乍然而起。

就连萨厄都有些诧异地看了过去，就见整个太空监狱带着跃迁准备中的蓝波，猛地一个哆嗦，肚子那儿黑烟滚滚，颇有些屁滚尿流的狼狈之相。

萨厄突然就笑弯了眼，闲闲地幸灾乐祸："报告长官，我就喜欢你这种'自己断只手，就要卸别人大腿'的性格。"

也不知是不是那一炸触到了什么装置，太空监狱已经收上去的抓索突然又垂下来一根。

强力的能量场有些混乱，滋滋作响。

龙柱形成的隐物质外圈对那玩意儿有着无可抵挡的引力，眨眼间便将抓索吮了进来，像是有只无形的大手，拽着那根抓索，一直拽到了众人头顶。

嗡——

就连楚斯的头皮都一阵发麻，当即退远了一些。

即便他反应迅敏，额角还是渗出了一点血珠。能量场被外层的隐物圈抵消了一部分，剩下的这点，依旧足够伤人。

可就在楚斯用手背抹了一下额角的时候,那晃荡了两下的抓索突然被一只手给揪住了。

徒手……揪住了。

揪住它的那只手长而瘦,凸起的筋骨和关节却显出不可挣脱的劲道。

那是萨厄的手。

楚斯在能量场干扰下的头痛中,诧异地看过去,第一反应居然不是"活该",而是"可惜了"。

那只好看的手在碰到抓索的金属表面时,就发出了噼啪的响声,活似水滴落进了滚油锅,光听着就觉得皮开肉绽,痛得惊心。

然而萨厄却只是"嘶——"了一声,还嘶得十分敷衍。

他手腕一甩,将被他揪住的抓索甩向了地面一人多高的龙柱,又甩了甩手,道:"我亲爱的长官分了我这么辽阔的一块地,总该回个礼。"

这流氓玩意儿还特地在"辽阔"这个词上加了重音,生怕别人听不出他在讽刺。

抓索的柔性金属被甩得在龙柱上绕了几圈,又被龙柱瞬间释放的正能量场死死吸住,仿佛扣了个死结。

整个抓索的属性被龙柱同化,自下往上,眨眼间便传导到了连接太空监狱的那一头。

此时的太空监狱有一大半已经跃迁成功,消失在星海,不可能因为这一点变故陡然停下,否则会被当即切成两半,在时空中被碾得粉碎,瞬间消失。

轰轰轰——

接二连三的炮火从前端的圆盘发射出来。

前后两个小型圆盘之间的牵轴在眨眼间被轰击成渣,断开连接的一瞬,整个太空监狱跃迁成功,没了踪迹。唯独剩下被抓索牵着的最后一个圆盘。

萨厄竖着皮开肉绽的那只手,咕哝了一句:"还挺刺激。"

说完,他偏头冲楚斯一笑,指着抓索和上头拴着的太空监狱圆盘,"送你个风筝。"

楚斯:"……"

拖把:"……"

第7章

奇葩组合

惊天的炮火,是魔鬼的赞歌。他在星海中抓了一座城,作为送给神的花,神问他:你喝多了吗?——埃斯特《永无之乡》

楚斯蹙着一点儿眉尖,朝那倒霉"风筝"撩了一眼,顿时就觉得有点头痛。

那玩意儿被捆扎在龙柱上,因为其能量场被龙柱同化,在吸引力的作用下,一点点被从远空拉近……

别说,还真有点像是风筝收线。

楚斯头更痛了。

星球碎片冷不丁由大变小,体积也好,质量也好,都有了极大改动,龙柱的拟重力系统和公自转平衡系统原本就处于自我调节适应的过程中。

冷不丁来个手欠的萨厄·杨给它拴了个附加物,当即就把它带入了新一轮的混乱和自我调节中。

楚斯明显能感到自己脚下没了着落,失重感忽轻忽重。与此同时,整个碎片的旋转也变得明显起来,在常人生理可以感知的范围里。

这就好比你站在一个转盘上,有人拎着你的心脏,贱兮兮地上下哆嗦……

这滋味太令人恶心了。

当初龙柱系统尚在研发和调试阶段的时候,楚斯作为主要负责长官之一,参与过多次模拟实验,其中就包括这种拟重力系统和公自转平衡系统暂时性失衡的状况,对这种头晕目眩心发慌的状态也不算陌生,勉强还能忍受。

但那大小两个拖把就不行了,一副晕得不行的样子。

"不行你让开点,我要吐了!"拖把干呕了一声,趴在地上,"我觉得我的脸色一定很难看,我快要死了。"

楚斯脸侧的骨骼微微一动,似乎咬了咬牙,压住了那股晕眩感,而后回答道:"你那陈年老垢大约能抵三层面皮,X光都照不透,上哪能看见你的脸色。"

这混账的一张刻薄嘴大约是不问生死不问场合的,即便在这种张口就要吐的情况下,他还不忘堵人。

这话刚说完,他就听见旁边传来一声短促的低笑。

老实说,那嗓音非常好听,但从萨厄喉咙里传出来,就莫名总让人联想到诸如"嘲讽""意味深长"等那么不单纯的情绪。

"我真是越来越喜欢你这种精神了。"萨厄说道。

晕眩的时候,闭眼能适当减轻一点恶心感。所以楚斯听到这话时并没有睁眼,只是一边用手指揉着太阳穴,一边不冷不热道:"哦,恐怕你以后会见识得更多。"

他沉默着略缓了一会儿,想想还是觉得有些不痛快。他虽然看不见萨厄的模样,但单听萨厄说话的语气和声音,对方似乎并没有因为这种失重和旋转而感到难受。

小心眼儿的楚长官兀自心理不平衡了片刻,终于还是忍不住撩起一边眼皮看了萨厄一眼。果真就见他稳稳地站在龙柱旁,两手插兜,隔着勉勉强强的一段安全距离看着龙柱。

"你居然没吐。"楚斯说着,又闭上了眼,将新一波涌上来的恶心感压下去。

"那么多年前的一点儿小毛病你还记得,我真是受宠若惊。"萨厄回道,"不过问这话时,如果语气能少一点遗憾,那就更好了。"

楚斯遗憾得丝毫不加掩饰,"在太空监狱待了9年,对这种感觉习惯了?"

"托你的福。"萨厄的声音之前还离他数米远,这会儿突然就近在眼前了。

好像就和他面对面。

楚斯猛一睁眼,就见萨厄那张脸近在咫尺,研究龙柱一样微微前倾着上身看着他,鼻尖几乎都快到碰到他的鼻尖了。

还没等他反应过来,萨厄突然对着他的左眼吹了一口气。

楚斯眼皮被吹得一颤,皱着眉朝后仰了仰脸,"你——"

"不过监狱可锻炼不了这个。"萨厄笑着站直身体,朝后让了两步道:"你试着在黑洞捕获范围的边缘待上几天,就会发现这种程度的晕眩简直不值一提。"

"黑洞?"楚斯一时间没反应过来,"你怎么会差点儿被黑洞捕获?"

萨厄一歪头,冲他眨了一下右眼:"你猜。"

楚斯:"……"

这种举止行为总让人难以预料的神经病,楚斯从头至尾就碰见过这么一个。

偏偏这位跟他相识甚久,久到几乎占据了他人生长度的四分之三。

两个相识这么多年的人,关系混成如今这样,不得不说也挺失败的。

萨厄刚进太空监狱的那一年,楚斯还曾经想过那么一两回,如果两人再次面对面会是一种什么样的场景,但也只是闲极无聊想想而已——

决不会有哪个监狱乃至政府的高层领首,愿意看到他们两个共处一室,那大概会是整个建筑物的灾难和末日。

不过后来他就再也没想过这个问题了,毕竟萨厄·杨的监禁期限长得令人咋舌,审判书上明明白白写着"直至星球寿命尽头"。

曾经的一年夏天,萨厄·杨强行闯入他办公室的通信频道,给他留了几段信息,问他"如果重逢,你是会笑着迎接我,还是当头给我一枪?"

那时候楚斯还从容地回了他一句:"没有那一天。"

结果老天似乎打定了主意看楚斯不顺眼,这话刚撂出去两年,星球就炸了。

而星球炸了仅仅50年,他们就又碰到了一起……

老天大概也有病,不想好好过日子了。

龙柱系统这一次的自我调节漫长得惊心,到最后拖把几乎是哭着问楚斯,"这还有完没完了,要不我还是把空气置换机给摘了吧,一了百了。"

楚斯虽然亲历过各种拟态实验,但实验毕竟不能和现实相比,实验的时间都是设定好的,现实可不会打招呼。

好在再漫长也是有尽头的,在拖把厥过去又醒整整三个来回后,龙柱终于稳定下来。拟重力系统调整到了最合适的状态,公自转平衡系统也自如运转,外层隐物质以稳定的速度静静旋转,加上中间层的缓冲,里层星球碎片的转速便低到了常人生理感知的临界线以下。

对楚斯他们来说,就是终于脚踏实地,不再晕眩犯恶心了。

但是……

"这倒霉风筝比这块地还大两圈，这么缀在一边，真的不会翻车吗？"拖把忍不住开口。

如果不是有楚斯和萨厄·杨这两尊门神见鬼地站在旁边，拖把早就吐一地了，偏偏他俩时不时瞄他一眼，瞄得他膀胱发胀。张了无数次嘴，愣是一口没敢吐出来。现在只能瘫在地上，一下一下地顺着胸口。

自从他醒过来，好像80%的时间都是这个姿势……

反正站不起来，他干脆破罐子破摔，顶着那两尊门神的凝视，硬着头皮伸手指向了一边的庞然大物。

那个被萨厄手贱捞住的圆盘，被龙柱误认成星球碎片的一部分，毫不讲理地把人家拖进了保护圈以内，如同拖一条要死的狗。

当初建造太空监狱的时候，利用的技术本就是仿重型机甲技术，所以太空监狱本身就具有一定的智能性。完整的太空监狱如果被拉去测试智能等级，差不多能相当于一个即将成熟的少年。

被卸了大腿的太空监狱大约相当于一个有病的少年。

而被龙柱拖进来的这个圆盘，则是太空监狱被卸掉的那条大腿，相当于一个智障的少年。

"智障少年"在龙柱的能量场作用下，被土地边缘磕得鼻青脸肿，一怒之下，伸出了一根"脚趾"——

一个端口像夹子的应急接口。

正常情况下，这个应急接口是用来和临时访问太空监狱的飞行器或者机甲对接的，但已经"智障"了的圆盘无法进行智能判断，把星球碎片误当成了另一个飞行器。

就听咔咔几声轻响，应急接口张开了嘴，龇着一口狗牙，咬住了土地边缘，强行和星球碎片连为一体。

一个不伦不类的玩意儿就这么诞生了。

楚斯瘫着脸，盯着那圆盘看了好半天，终于还是抬脚朝它走了过去。

"头重脚轻的楚长官，你想对我送你的风筝做什么？"萨厄懒懒地冲他的背影说了一句，抬脚跟了上去。

你还有脸说?!

楚斯转头瞥了他一眼,面无表情道:"我这比例怎么可能头重脚轻,你的眼睛既然已经这么瞎了,我诚恳地建议你还是一边儿待着去,我进去看看能不能搜刮点什么有用的东西。"

萨厄半点儿不把他的刻薄当回事,优哉游哉地继续跟着,"腿很长的楚长官,如果能搜到不少有用的东西,能不能给我记上一功?"

楚斯:"……"你怎么还不滚?

第8章

太空监狱

两尊门神站在旁边的时候，拖把觉得手脚放不开，连头晕犯恶心都犯得小心翼翼，生怕惹着他们，尤其是萨厄·杨。

但看到他们撂下他，兀自走到那圆盘门前，他又觉得有点儿没着落。

拖把忍了一下，没忍住，跟跟跄跄牵着小拖把追到了两人身边。

楚斯听见那慌慌张张的脚步声，挑了眉回头："有鬼追你吗？"总共就这六七米的距离，至于这么急吗。

真鬼魂当然没有，但是整个碎片就只有龙柱这么一个光源，发出来的偏偏又是暗蓝色的荧光。再好看的人在它的映衬下，都会显得鬼气森森。

就连盯着小拖把的脸超过5秒，他都感觉有点怕。

但这种事对别人说也就算了，对楚斯这种人说出来，简直就是送到他嘴边供他刻薄的，于是拖把倔强地抬了抬下巴，道："没什么，我就是想说这太空监狱的一部分也算是广义上的一种智能飞行器了，在我的专业范畴内。这种飞行器的门开起来很讲究，尤其是——"

没等他把话说完，楚斯又一次熟练地按了一下门边的一个按钮。

两片金属盖自动滑开，露出掩藏在里头的扫描仪。

只是这次略麻烦一些，不只是扫虹膜。红光将楚斯从头至尾扫了一遍，屏幕里迅速构建出骨骼图样和DNA序列。一串数值飞速跳过后，屏幕上跳出两行字：

认证通过，

权限合格。

拖把："……当我没说。"

"谢谢你的一番好意，不过这个刚好也在我的权限范围内。"楚斯耸了耸肩。

拖把心灰意冷，心说既然自己暂时都派不上正经的用途，那就只能老老实实当个拖油瓶了，"这里头会有什么呢？会有食物吗？天知道，我饿得简直想吃人。"

萨厄·杨突然转过头来，也冲他露出了一个微笑："好巧，我也是。"

这位大佬笑起来虽然很帅，但是比板着脸还吓人！

即便这块圆盘的智能系统有点智障，但是好歹也是太空监狱的一部分。这里的门光是层数就比其他任何一扇多得多，开门的过程也复杂得多。

金属运转声嗡嗡不停，说话间已经开了两层。

萨厄对于自己捞回来的玩意儿很是自信，他一手插着兜，一手冲正在开第三层的金属门指了一下，道："权限很高的楚长官，马上就能见到一餐台新鲜的食物、美酒，甚至还有雪茄，是不是该谢谢我？"

他这么说自然是有根据的。

整个太空监狱的设计图，楚斯闭着眼都能画出来。之前情况混乱，他还有些反应不过来，这会儿冷静下来，他把这圆盘跟脑中的设计图一对应便想了起来。

这个圆盘里，东面是一排特别监禁室，外头是2号监控中心，西面是狱警值班室和4号燃料仓。这些对此时的楚斯而言都不重要，最重要的是，这个圆盘的最中间，是个餐厅。

餐厅，多么美妙的一个词。

就目前来看，说是天堂也不为过。

从跨出冷冻胶囊的那一刻起，楚斯就饿得想吃人了。奈何大小拖把他下不了嘴，萨厄·杨他怕消化不良。

这会儿他说是要搜点儿能用的东西，其实都是瞎话，先填一填肚子要紧。

五层金属门终于完全打开。

不出意料的话，他们会看见狱警值班室的走廊，也许里头现在还有弄不清状况的蒙狱警。不过按正常程序来说，在先前轰断这个圆盘之前，他们应该都紧急撤离了。

然而，楚斯抬脚迈进大门后，却紧紧皱起了眉。

他所担的职位，需要常年跟各类危险打交道，对一些事情有着极高的敏感度——

这条走廊很不对劲!

一排八个狱警休息室全都紧闭着门,甚至连上面的小窗都关得严严实实。楚斯目光从门上一一扫过,脚下步子却并没有停。他试着顺手握了其中一个门把手,隐约听见里头有声降调的电子音。

这是被智能系统锁死才会有的反应。

"怎么这么暗?我以为会灯火通明,这块空间被轰下来之前,难道不是正在使用中吗?"拖把的声音里满是疑惑,嗓子也略有些紧。

萨厄·杨跟在楚斯身后,似乎对狱警所住的地方很有兴趣,目光上下打量着每一扇门,"都锁死了?太遗憾了,我还打算借一间休息室冲个澡呢!"

楚斯处在这种环境下,注意力总会不知不觉地紧绷起来,捕捉周围每一点细小的动静,唯独会忽略说话声。

尤其萨厄·杨这种半点儿营养没有还特别欠的话,更是直接过滤。

八个狱警休息室很快就落在了身后,打头的楚斯走到了走廊末端,只要拐过拐角,再穿过一扇隔门,就能看见餐厅了。

楚斯没有忙着去开隔门,他站在走廊顶端,看了一圈——

"我们现在要做什么?"拖把看见楚斯没有迈步,问了一句。

楚斯道:"吃饭。"

拖把一愣:"但是这里有点古怪,难道不用先清查一遍,确认安全吗?"

楚斯的目光从身后的几条通道上收回来:"先吃饭。"

拖把:"……"好了,看出来您也饿得不轻了。

其实说话间,楚斯已经看过了身后几处可能隐匿人的地方,都是空的,至少不会有即刻的威胁。

"除了'下一秒会被火炮轰烂脑袋'这种没法停步的危险,什么也阻止不了我们楚长官吃饭。"萨厄·杨懒懒地说完,歪斜了上身,手臂越过楚斯替他一把推开了通往餐厅的隔门,"是吧?"

这道隔门倒是没被锁死,一推就开。

它猛地砸在墙壁上,发出的响声炸得人浑身一惊。

就听一阵"丁零当啷"的磕碰声同时响起,活似推开旧木箱时,骤然掀起的灰尘，乱七八糟，纷纷扰扰。

楚斯脑中想象的餐厅，应该是空无一人的，桌椅可能在紧急撤离中被碰得有些歪斜凌乱，地上可能还会有某个毛毛躁躁的糊涂鬼掉下的拖鞋。

但是吧台后头满面墙的自取食物，应该是完好无损的。

好吧，也许会有几个碟子被碰掉在地。

但是无论如何，都绝不会是眼前这种模样——

餐桌椅挤挤攘攘相互堆叠着靠在墙边，空出了中间老大一块地，放满了笼子，每个笼子里都死狗般瘫着一个人。他们手臂上箍着黑金环，灰头土脸，乱糟糟的头发从笼子里龇出来，活像孬了毛的鸡。

单从模样就能看出来，他们被关在笼子里的时间可不短。

冷不丁看到隔门被打开，他们便瞬间诈了尸，用手铐脚镣拼了命地敲着笼子上那一根根智能伸缩金属。

"哟——"萨厄·杨抽了抽鼻子，"餐厅什么时候改成养鸡场了我怎么不知道，食材倒是不少，只是有点儿馊。"

那些笼子里的人先是一愣，听完他这话，更加激动起来，笼子敲得震天响。

楚斯先是选择性忽略了这些不该出现在这里的笼子，而是朝吧台后本该放着食物的台架看了一眼。

结果就见上头空空如也，别说新鲜的食物了，连根生的草叶子都没有！

饿极了的楚长官当时就是眼前一黑，心情一下子就不好了。

他蹙了眉，黑了脸，不得不重新把目光落到那些笼子上，道："有两点疑问。"

萨厄挑眉："说。"

楚斯："第一，你越狱的时候究竟搞出了什么事，太空监狱怎么会变成这副鬼样子？！第二，这些……馊了的肉，咱们怎么分？五五开？"

笼子里叮当声骤然一停，"馊了的肉"们陷入了死一般的寂静。

第9章

小恶作剧

楚斯问着这话时并没有看向萨厄,而是抬脚走到了最近的笼子边。

离笼子只有半米时,他皱着眉朝后让了一下,大概是被囚犯扑鼻的馊味儿冲了头,"啧——恕我问一句,你这是沤了多久才能发酵出这种风味?"

那名囚犯:"……"

能被送上太空监狱的,随便拎一个出来都能在政府重点防御名单里排上号,某种意义上,也算是这个领域里赫赫有名的人物了,别说吓哭小孩儿,报个名字吓哭个把成年人也不是问题。

即便他们这会儿被关在笼子里,形容狼狈甚至还有些滑稽,但放在普通人眼里,还是随时可能反扑的狼。像拖把那种绕着笼子走,远远让到一边,才是常人的反应。

笼子里那囚犯大概头一回碰见楚斯这种上门挑衅的,一时间被损得接不住话,瞪着眼睛愣在那里。

拖把缩在角落里,忍不住插话道:"我没记错的话,你用枪指着我的时候说过,如果找不到比我更干净的肉,宁可饿死……现在又不讲究啦?"

楚斯转头看他:"你好像很遗憾的样子。"

拖把:"不!没有!你继续,我闭嘴。"

拖把说着,抬手在自己嘴巴前比了个叉。

萨厄倒是环视了一圈,"这里有水有电,洗涮个七八遍,还是勉强能下口的。"

囚犯:"……"

囚犯猛地挣扎了一下,拳头狠狠砸在笼边,张嘴骂了句什么。从颈侧暴起的青筋来看,花的力气半点儿不小。可即便是近在咫尺的楚斯,也听不到半个字。

这囚犯无声地骂完人,又死死盯着楚斯,张口说了一句话。

依然用了大力,却依然没有声音。

楚斯松松握了拳,抵在鼻尖下,勉强挡住了一点儿馊味。他看着那个囚犯的嘴唇,读出了他的话,"你说你认得我?"

废话!不认得就见了鬼了!

囚犯依然咬牙切齿地说着无声的话:我认得你,你是那个执行长官楚斯,你那个老冬瓜下属怎么没跟着你,嗯?

说起这破事楚斯就糟心。

太空监狱里的这帮囚犯并非整天只能对着金属墙面发呆,毕竟把这帮人逼疯对谁都没有好处。

他们每天有固定的时间可以使用一些简单的设备,每一处监区都会有一个巨大的屏幕,轮播一些政府希望他们看进去的东西,穿插着无关痛痒的娱乐节目。

俗称——全天候无间断打一个巴掌给一个枣式洗脑。

这些节目的筛选和安排由安全大厦第5办公室的宣传官员负责。宣传官员叫齐尔德·冯,是个混血老头。虽说是楚斯的下属,但老头的年龄比楚斯的两倍还大,又在楚斯刚进安全大厦任职时帮过他两回,所以楚斯对他的容忍度略高一些。

结果这秃顶小老头蹬鼻子上脸,经常干出点儿让楚斯格外糟心的事——

比如太空监狱建成150周年那天,老头提议要录个视频纪念一番,顺便给监狱里那帮躁动分子敲敲警钟。他声称"长得好看的人不容易遭人恨",硬是在那个破视频里偷塞了楚斯在安全会议上的宣讲片段。

那倒霉片段整整一个小时,占据了整个视频五分之四的时长,剩下五分之一刚好一半片头,一半片尾。

老头一声不吭地让这视频在太空监狱的转播大屏上轮了整整一天,偏偏楚斯那段宣讲内容是关于"改进囚犯控制器加密系统"的。

这就好比在一群被抓的狼面前倡导加固项圈和锁链,这不是刺激人是什么?

亏得那老头还屁颠颠地去楚斯办公室求夸。结果他前脚进门,萨厄·杨后脚就被刺激得闯入了楚斯办公室的通信频道。

楚斯只得把这老头轰出了门。

楚斯虽然主管太空监狱,但囚犯们只熟悉他的名字,见过他模样的根本没几个。

自打那视频轮播完一天,托齐尔德·秃头·冯的福,全监狱的恐怖分子都牢牢记住了他的脸,大概下辈子都不会忘。

不讲道理的楚斯长官有个原则:自己见天闲不住地拉仇恨可以,别人替他乱拉仇恨就等着找收拾吧。

毕竟,楚长官不是个东西。

于是第二天,齐尔德·秃头·冯收到了一份外派公函,被一竿子叉上了太空监狱,拉着一张老冬瓜脸,跟恐怖分子们"愉快"地共处了整整十天,被所有人记住了长相,才老泪纵横地被调回来。

不过眼睛一闭一睁间,这都是52年前的事了,也不知那上赶着搞事的老头现在怎么样了。

他们工作的安全大厦也处在某一个龙柱的保护圈里,只是不知流浪到了星海的哪个角落,距离这里有多远,还有没有再次相遇的可能……

这种不确定的事情,楚斯暂时还没工夫想。他冲囚犯挑了挑眉,道:"多谢挂念,我也很久没见过那个老冬瓜下属了,不过他应该过得还不错,至少没进笼子。"

囚犯:"……"

"我说,你如果再多堵两句,这里能死过去一半。"萨厄随便找了张餐桌倚着,两手搭在边沿上,姿态放松地看了半天戏,"死鱼死虾可怎么吃?"

楚斯难得觉得萨厄说得在理,纡尊降贵地采纳了这个诚恳建议。他叹了口气,毫不在意地将手伸进了笼子。

囚犯当即瞪圆了眼睛,张口无声嚷嚷:你再靠近一公分,我会让你后悔走进这个门。

楚斯忍了片刻,没忍住,平静地道:"如果你的手没有被铐在笼子边,膝盖没有被铐在笼子底,我大概能勉强把这话当个威胁。"

囚犯高血压都要被他气出来了。

楚斯倒是没对他怎么样，只是一脸嫌弃地挑开了他纠结成团的长发，露出了他上半截脖颈。

就见上头箍了一道细细的金属丝，像个秀气低调的颈圈。

只是在颈圈的接口处，有一枚小小的金属片，边缘有红光静静地闪着。

这东西确实是太空监狱里配备的装置，叫作吸音圈，用来限制突然狂躁吼叫的囚犯。

但按照规定，吸音圈只是不得已状况下的一个过渡装置，给囚犯戴上只是为了避免无休止的吼叫引起大规模躁动。一旦套上圈，就应该立即把囚犯送进特别监禁室，借用医疗和心理疏导装置让他冷静下来。一般而言，半个小时就能摘了。

眼下这种情况，显然是不合规矩的。

楚斯拇指在金属片上摸了一下，红光暗了三秒，突然转变成绿光，接口处发出咔嗒一声响，自动解锁了。

囚犯没想到楚斯会给自己解禁，又愣了片刻，满脸怀疑地开了口："你想做什么？"

之前吼久了，囚犯的嗓音哑成了砂纸。

楚斯也没缩回手，就这么撑在笼子边沿，道："放心，你没去馊味儿之前我不会下嘴的，只是留个能说话的比较方便了解事实。"

说着他转头冲萨厄抬了抬下巴，"来，先提审一号嫌犯，跟我说说你越狱的时候搞出了多大动静。"

萨厄完全没在意他的语气，反倒笑了一下。他丝毫没有被审问的自觉，懒懒地倚坐在餐桌边沿，拖着调子道："报告长官，你冤枉我了。我走得很低调，甚至连狱警都没惊动，只是顺手带走了一个跃迁舱。"

他说话的时候喜欢微眯着眼，手指弹琴似的在桌沿敲击着，像是真的在回忆过程似的。

楚斯不大信："没了？"

萨厄想了想，敲击的手指一停，"没了。"

楚斯挑了眉，"真的没了？"

萨厄表情无辜地点了点头："真的。"

楚斯面无表情:"……骗鬼?"

萨厄忽然又笑了,抬手用拇指和食指比了个非常小的缝隙,眯起一只眼,道:"临走前,一时兴起,搞了个小——小的恶作剧。"

楚斯:"什么恶作剧?"

"黑进燃料仓,给他们把总阀和动力机关了。"萨厄答道。

楚斯:"……"你管这叫小小的恶作剧?!

"当然,我离开之后他们反应过来了。"萨厄摊了摊手,"再之后的事我就不清楚了,不过也不至于是什么大事,毕竟我也没走几天。"

楚斯听完,下意识想接着提审笼子里的二号嫌疑人,结果他忽然想起他收到的信息,忍不住又补问了萨厄一句:"不是,你刚刚说什么?没走几天?什么叫没走几天?你不是27年前越的狱?"

第10章
出去走走

"27年?"

萨厄脸上错愕的神情完全不像是演出来的,以至于楚斯掏出了通信器,翻出信息又认真地确认了一遍时间。

他目光从显示年份上来来回回看了三遍,这才站直了身,玩着手里的通信器朝萨厄走过去。

楚斯在萨厄面前站定,通信器在手指间倏然一滑,转了个方向。他把显示着信息的屏幕朝向萨厄,道:"你那条宣告越狱的信息,确实是这玩意儿27年前接收到的,而你在27年后的今天又给我发了条信息,问我为什么不回复。"

萨厄没好气道:"我有病吗?"

楚斯:"你没有吗?"

萨厄:"……"

两手比着叉的拖把一见这俩又要怼上了,默默朝墙角挤了挤,又把面前的餐椅轻轻转了个方向,用椅背挡着自己,以降低存在感。

萨厄又短促地笑了一声,摇头道:"好吧,长官说了算,我勉强有点儿病。但那两条信息的发送时间只相隔一天,也许一天半,总之,绝不超过两天。"

楚斯:"那看来宇宙超讯号何止是不喜欢你,它大概跟你有杀父之仇吧。"

"我看看。"萨厄抬手去碰楚斯的通信器。

楚斯却在他碰到之前,挑着眉把它重新扔进了西裤口袋。

"你防备心太重了。"萨厄手指顿了一下,又重新搭回到桌沿边,弹琴似的敲了两下,这才道:"给你发信息的时候,我刚跃迁过两次,找到了一块落脚地,结果刚收起通信器就发现那块落脚地在朝黑洞狂奔。看来那附近的时间流速跟你那边相差得有点——"

他解释到一半，突然想起什么事般蹙了一下眉，只是转眼又恢复了正常神色，继续道，"有点太多了。"

其实在萨厄说之前，楚斯就猜测是受了黑洞影响。

虽然差距确实大得有些出乎意料，但目前也找不到更合理的解释了。时间流速不一在茫茫宇宙中再正常不过，楚斯倒没太上心，他一边朝笼子旁走，一边随口问了句："所以你究竟是什么时候越狱的？"

萨厄还没回答，笼子里的囚犯就先替他说了："星球炸的那一天。"

楚斯忍不住回头看他。

萨厄摊开手，"老巢炸了心情不好，出去走走很正常。"

楚斯："……"

拖把："……"出去走走？！大佬你还记得自己是个囚犯吗大佬？

像萨厄这种胡说八道起来连眼睛都不眨一下的人，跟他聊天就是对自己的虐待。

楚斯摆了摆手，根本懒得理他，转头敲了敲笼子边，道："多谢抢答，不过你如果能告诉我太空监狱究竟出了什么乱子，那就更令人感动了。"

他说着，伸手碰了一下那囚犯手臂上的黑金环。

黑金环被他触得倏然一亮，边缘处静静浮出了囚犯的名字。

楚斯扫了一眼，继续道："柯顿·莱斯特，哦——你就是那个西西城的金乌鸦。"

"西西城的金乌鸦"这个名号一度是星球政权金字塔上那些官员们的心理阴影，他曾经在联合行政大厦，军方直管的白鹰疗养院，银行街几个地方，屡次搞出过惊天大乱子。前后死了一个上将，四个长老院风头正盛的高官，以及不下二十个中层官员。

那几次大乱刚好集中在同一周里，让人应对不及。

那周之后，星球政权格局经历了一次不大不小的洗牌，因为负责官员的缺位，好几个进行中的全球项目被搁置或叫停，直接导致那两年极为混乱的局势。

有人说，那是一场阴谋的结束，也是另一场阴谋的开端。毕竟关于"金乌鸦"事件的档案后来成了9级加密文件，民众们在众说纷纭的报道中乱了方向，还没搞清楚具体的状况就又被其他的事情吸走了注意力。

众人能看到的就是"金乌鸦事件"后,有一批年轻官员被提了上来。

楚斯就是那一年进的安全大厦。

那囚犯对"金乌鸦"这个名号的反应有些复杂,一方面皱了眉显得很不耐烦,另一方面又习惯性地微抬了下巴,显示出了一种微妙的傲慢来。

他咬了会儿唇角干裂的死皮,哑着嗓子开了口,却不是回答楚斯的问题:"别在我面前叫那个诨名,很烦。"

楚斯平静地看了他一会儿,抬手又按住了他脖颈上的吸音圈,"非常抱歉,我比较喜欢开门见山式的回答,不太喜欢听别人抱怨无关紧要的事情。"

说完,他用拇指摸了一下端头的金属片,吸音圈的绿灯一秒切回红灯,又锁上了。

金乌鸦:"……"

他瞪着眼冲楚斯无声咆哮,似乎是一句脏话。

一旦尝过被解禁的滋味,再受限制就会变得无比难熬,抓心挠肺般难以忍受。

金乌鸦无声地骂完,终于服了软,翻了个白眼冲楚斯咣咣敲着笼子:我错了。

楚斯一笑,重新解开了他的吸音圈。

金乌鸦有心先喷他一脸血,然而一想到要被静音,就只得捏着鼻子忍下来,道:"那位……杨离开监狱的第二天,这里就发生了动乱,值班的副长和狱警被人偷袭,全部锁进了第一监区,而我们这些则被那帮浑蛋强行弄成生理性休克,再睁眼时就是在笼子里了。"

楚斯蹙眉:"第一监区是满员,塞得下?"

"塞得下,因为里面原本关着的人被放出来了,灰狼赛特和他的孙子们。"金乌鸦嘲讽道:"偷袭狱警和开放第一监区都是一个人的指令……"

"谁?"楚斯问。

金乌鸦:"你。"

楚斯摸了摸耳垂,又眯着眼道:"我大概听错了,你说谁?"

第11章
结巴系统

"没听错,就是你。我当时还没被锁在这该死的玩意儿里,正在四处偷……有礼貌地探讯号,刚好探到了他们收到的指令了,讯号来源就是你,绝对不会错,除非我瞎了。"

金乌鸦撇了撇嘴,又盯着楚斯的表情看了片刻,道:"不过看你的表情,我又有点怀疑我当时是不是真瞎了。"

楚斯心里兀自盘算着这件古怪的事,嘴上信口回道:"显然是的。"

金乌鸦:"……我就客气客气!"

楚斯:"不客气。"

金乌鸦:"……"

他扭头就死狗般瘫回笼子底了,一副再也不想跟楚斯说话的模样。

萨厄自己经常被楚斯堵,也乐得看别人被楚斯堵。他笑了一下,出声提醒道:"我有个建议。"

"什么建议?"楚斯转身问道。

萨厄指了指头顶。

他倚坐的那张餐桌靠近角落,头顶正对着的墙体夹角处亮着米粒大的红灯,每隔几秒闪一下。整个太空监狱里类似这样的红灯几乎无处不在,是监狱智能系统的记录装置,跟寻常的监控有些相像,却又比那个全面得多。

除了景象,还能记录下当时的温度、湿度等一切纯镜头所不能体现的东西,包括通信信号,甚至能做简单的分析处理。

只不过分析的精度和细度会因智能系统的高低等级不同而略有差异。

以如今的技术,这种装置如果想要隐蔽的话,可以做得和任何东西完全相融为一体，根本看不出来。但是太空监狱里的这一百三十八个装置却是故意做得这么明显的。

主要是因为监狱里这帮囚犯们从脑子到骨头都有问题。

太空监狱刚建成的时候，设计者还没摸清囚犯们的脾气，记录仪弄得要多隐蔽有多隐蔽。结果这帮神经病们整天屁事不干，变着法儿四处捣乱，充分发挥了扫雷兵的精神，以地毯式搜寻的手法，誓要找出所有的监视装置，一个不留。

这边刚捣毁一批，那边就再新装一批。那边装一批，这边又捣毁一批。

经验攻略总结了一套又一套，都快形成一条成熟的业务链了。

这两者相互折磨了整整50年，设计团队终于妥协，改用另一种策略——

他们把每个记录仪都造得跟探照灯似的，明晃晃地安装在各个角落，红灯24小时不下班，跳个不停，以一种亮瞎眼的姿势昭告天下：来啊，你来炸我啊！

这种比着贱的手法却神奇地顺了囚犯们的毛。

大概是觉得挑战性太低，囚犯们突然就对捣毁记录仪失去了兴趣，除了偶尔心血来潮对记录仪做些挑衅的动作，他们几乎把那一百三十八个装置当成了空气，改去研究别的事情了。

这才使得这些记录仪活成了长寿的"小王八"。

经萨厄这么一提醒，楚斯这才想起这些无处不在的"小王八"们。

他当即丢下了笼子里挺尸的金乌鸦，大步流星地朝餐厅另一边的隔门走去，穿过那道隔门，就是2号监控中心。

这个圆盘和太空监狱其他部分的连接口在相对位置的北面，很大一部分跟2号监控中心的外壳重叠。之前断开连接的时候，没少被轰击，以至于现在的监控中心犹如台风过境，有一整面弧形墙都被炸过。

金属墙面倒是没有被炸穿，而是向内凸起，挤压撞击到了一片操控台。

刚巧是装着智能处理器分支的那片。

萨厄跟在楚斯后面一进门，就吹了个口哨，道："他们可真会挑地方炸。"

楚斯顺手理了理操控台，把被炸脱落的端口重新接上，头也不回道："劳驾无关人士离我远点。"

"哦，差点忘了，我们的长官平生最恨收拾垃圾场，想必现在心情一定很不好。"萨厄一脸通情达理的模样，转头冲身后俩人挑眉道："无关人士，出去吧？

我关门了。"

拖把："……"我有一句"不要脸"不知当讲不当讲。

他差点都骂出口了，想起面前的是谁，又咕咚一声咽了回去，艰难地改了话音："我……就贴墙站着，不说话不捣乱，别让我出去，外头那么多狼。"

萨厄比他高了大半个头，垂着眼看人的时候，神情格外懒散傲慢，"我是不是该好心提醒你一句，外面那些至少还有笼子挡着，而你面前这个已经越狱了，毫无束缚。"

拖把："……"

他二话不说，转头就跑了。

萨厄满意地看着他拽着小拖把贴墙跑走的背影，砰地关好了隔门，顺带上了锁。

楚斯冷笑一声："萨厄，恕我直言，我活这么大没见过比你还不要脸的。"

萨厄挑眉，"我见过。"

楚斯下意识回了句："谁？"

然而还没等萨厄张口，他又突然反应过来，及时结束了聊天："好了你还是闭嘴吧。"

萨厄笑了起来。

楚斯皱着眉接好了十来个端口，又从一片看似杂乱如蛛网的线里摸出了一根断掉的。因为位置太靠近墙面，在被轰炸的一瞬间直接被熔断了，断口切面里，能看到近百根细如发丝的连接触角。

楚长官一脸冷静地盯着那百来根连接触角看了两秒，又一脸冷静地翻了个克制的白眼，将断线扔回到台面上。

他向来对这种东西很不在行，比起安稳地坐在这里跟端口芯片数据信号打交道，他宁愿钻进随时可能爆炸的反物质储存处理园区去搞事。

楚长官两手撑着台面，沉默了片刻，突然挂上了彬彬有礼的笑，转头冲萨厄道："咱们做个交易怎么样？"

他说话的时候，两手依然撑着台面，后腰倚着边沿，笔直的长腿一条微屈着，加上那副笑容，显得优雅又放松。

萨厄在嘴唇边竖起一根手指，"别装了长官，不算星球爆炸后不对等的时间，咱们认识有45年7个月零3天了,你在琢磨什么我一眼就能看出来,不如直说。"

楚斯这回是真的愣了一下,他怎么也没想到萨厄能把他们认识的时间具体到"天"。也许是因为有些意外,也许是因为确实有求于人,嘴不饶人的楚长官抿了抿唇,头一次没绕弯子,干巴巴地道:"接线被熔断了一根,里头那些糟心的触角起码有一把。"

只要接错一根,智能系统就没法正常工作。

要真让他全部接上,他能在这里坐到宇宙尽头。

萨厄愉悦地笑了,他冲楚斯抬了抬下巴,玩笑似的道:"一般而言,我会让对方跪下求我。"

楚斯也愉悦地笑了,"一般而言,我只有上坟才跪,并且是单膝。"

"单膝下跪这种动作,还是求婚比较合适。"萨厄说道。

楚斯道:"单膝下跪这种动作,我用来放祭品。"

萨厄:"……"

尽管嘴上又要吵起来了,萨厄还是走了过来。楚斯难得服了回软,老老实实地朝旁边让了一步,撑在萨厄旁边,低头看着他手指挑出了那根被熔断的接线。

萨厄的手指长而好看,拨弄那些纤细的连接触角时,简直像在弹琴。

其实说出去也许没什么人会信,太空监狱头号恐怖分子萨厄·杨还真的会弹琴,只是见过的人屈指可数,也许根本都不用数,就楚斯一个。

当然,只是误打误撞而已。

不过那已经是40多年前在白鹰疗养院里发生的事情了,如果加上冷冻胶囊里沉睡的50年,都将近百年了。

100年也不过是睁眼闭眼的一瞬间。

萨厄细致地整理着那些连接触角,看起来聚精会神,浅得几乎透明的眼珠一转不转,眼皮微垂,显得安静极了,甚至有种沉稳内敛的气质。

片刻之后,他斜倚着台面,撩起眼皮看向楚斯,勾着嘴角说:"老实说,我有时候觉得你……"

他说着,突然又耸了耸肩,垂下眼继续连着断线,"算了,看在长官你难得不挤对人的分上,不逗你了。"

楚斯狐疑道:"觉得我什么?"

萨厄刚好接完最后一根，顺手将整根接线外皮又拧了两道加固了一下。他就那么闲闲地拎着接线端头，纨绔似的在嘴角碰了一下，递给了楚斯："来，送你一个吻，我亲爱的长官。"

楚斯："……"

这种阴晴不定，说话还总一半一半的神经病，就应该塞进特别监禁室去电一个晚上通通脑子。

楚斯劈手拿过接线，插进正确的端口。

叮——

"太空监狱智能系统天眼为您服服服服服务。"

楚斯："……"这种说一句话还卡机四下的玩意儿真的还能用吗？！

他抽了抽嘴角，在操作台敲了几个键，然后尝试着下指令道："星球爆炸那天的记录还有吗？调出来看看。"

"好的，数据库搜索大约需要三秒时间。倒数计时3——2——2——2——2——"

楚斯："……"这是要"2"到下个世纪吗？

萨厄挑了眉，一拳敲在智能系统中枢脑的外壳上。

"哎哟——2——1——数据导出完毕。"

楚斯："……"

他特别想说：要不还是算了，看着这结巴玩意儿就肝疼。

结果下一秒调出来的画面和旁边的文字记录数据就让他沉下了脸——

这结结巴巴的天眼系统巧得很，导出的第一段视频记录就是通信频道收到指令信息的瞬间，就见同步连接的太空星图上，指令信息的身份短码为：50001

来源处被做了标记，是显眼至极的红色。

50001是楚斯公用通信频道的短码。代表着安全大厦第5办公室一把手。

红色标记，是楚斯专有的信号来源标记。

第12章

老巴尼堡

萨厄隔着屏幕,食指指节懒懒地在星图的红色标记上刮了一下,道:"这就有点意思了。"

怎么有意思呢?

因为楚斯的公用通信频道短码有多难冒充,信号来源标记有多难顶替,萨厄可能比楚斯自己还理解得更深一点。毕竟他在太空监狱里闲着没事,净鼓捣这些东西了。

说实话,在这个方面钻漏洞耍手段,整个太空监狱的囚犯们都是高手,毕竟他们穷极无聊几乎把玩弄信号当成了一日三餐那么搞。而在这些高手中,萨厄如果称第二,大概就没人敢称第一了。

就现今不断升级的阻拦手段而言,想要闯入别人的通信频道比星球古早年间要难太多了,因为在数千年"道高一尺魔高一丈"的互相较劲中,不断筑起的墙把所有被发现的缺口堵得严严实实,几乎已经找不到新的可钻的漏洞了。

对普通人来说,想在这方面做文章,难于登天。

即便是监狱里这帮闲得慌的囚犯,了不起也就能做到窥探和实时监控。

萨厄是这里头唯一一个能强行闯进别人频道,直接进行消息对话的人。不过这流氓玩意儿非常偏心,一般人他不稀罕去闯,觉得无趣也无聊。他基本就盯着一个人折腾——

这个人不用说,就是楚斯。

这流氓闯楚斯的私人频道就跟玩儿似的,闯他办公室的B线频道倒是略微花了一点儿工夫,但最后也成功了。

然而楚斯办公室的A线频道,是他一直到星球爆炸都没能搞掉的关卡。

这个所谓的A线频道，就是专门用来传递高等机密和命令的50001。

如果说"闯进50001这个频道"对萨厄来说好比石头这么大的难题，那么"冒充50001和红色信号来源"的困难程度就得有整个星球那么大。

因为这已经不单纯是技术难度上的差距了，更多的是设备上的差距。

"这可不是单人能做得到的。"萨厄指节叩了叩屏幕，道："正常的民用设备根本做不到，禁区都攻破不了。正常的军用设备也顶多只能攻破第一层，还得花将近1年半的时间，高等级高权限的军用设备4年左右能攻破三层，不过也仅此而已了，因为……外层防御套锁的层数总共有三亿两千六百道。"

楚斯面无表情地看向他："越狱犯杨先生，请问你为什么对这些数值知道得这么清楚？"

萨厄叩着屏幕的手指一顿，拖着调子淡淡地"哦"了一声。

他偏头冲楚斯一笑："因为我曾经尝试过冒用你的频道来解锁控制器啊。"

楚斯："……"

这流氓玩意儿说起这件事来毫无反省之心，尾音还微妙地上扬了一下，带出了一抹轻浮的笑，也不知算是挑衅还是什么。

总之，楚斯听得"哼"了一声，又将目光重新落回到屏幕上，冷腔冷调地说："杨先生我不得不友情提醒你一句，你胳膊上那控制器根本不是通过我的通信频道权限来解的，你以后最好也不要乱动什么心思，免得搞错设置弄巧成拙。你哭都没地方哭。"

萨厄："好的，我错了。"

他说着这话的时候，手指正忙着拨开蛛网似的接线，在键盘上敲敲打打，声音懒洋洋的，敷衍之情都快溢出来了。

很久以前就有人说过，萨厄这人在言语上是极懒的。他从来不乐意跟人在一件事上争辩超过两句。事实上，大多数时候他连一句话都懒得说，只干干脆脆地"嗯"一声算是回应。

看似听进去了，心里指不定在嘲讽"傻瓜才理你"，转头就一概不认，依然我行我素。

这就是典型的虚心认错，屡教不改。

这毛病总能把人气出血来，偏偏还没法对着他吐，只能再自己咽回去二次消化。大概也只有楚斯听完了能保持一张镇静的冷脸。

他直接无视了萨厄敷衍的认错，脑中兀自思索着之前所说的冒用条件：民用的不行，军用高权限的也不行，那就真的没——

不对，有一处地方！

"你知道巴尼堡吗？"楚斯下意识问了一句，还没等萨厄张口，他又耸肩道："好了你肯定知道，那里有一座超基站，曾经是唯一的军方特等权限基站，只不过后来因为事故被无限期封禁了。"

"嗯——"萨厄沉沉应了一声，表示他确实知道。

楚斯的部门属性严格来说也在军方系统里。尽管巴尼堡被封禁这个事件发生的时候，他们这一辈人还在幼年。但他对这些的了解远胜于普通人。

"巴尼堡被封禁之后，为了避免再出同类问题，新建的超基站一分为四，权限和规模都比巴尼堡降了一个等级，以方便四个之间相互牵制和约束。"楚斯说着，看向萨厄，"也就是说，巴尼堡依然是超越现存所有超基站的存在。"

而且是远远超越。

现存高等权限的军用设备难以完成的事，巴尼堡能做到吗？

50001这样的公用频道交到楚斯手里的时候，他们只会描述这个频道的设计有多么缜密，多么固若金汤，绝对不可能告诉楚斯这世上还有什么可以钻它的空子，也许连他们自己也意识不到。

这种黑色性质的问题，只能问黑色地带的人了。

萨厄答道："如果一定要有个答案的话，大概没有比它更合适的了。"

他顿了顿，又点了点头，再次肯定道："如果重新启用巴尼堡，确实能做到，并且花费的时间可能比我想象的要短得多，没准半天就够了，谁知道呢。"

他嘴里说着"谁知道呢"，眼睛却眯了起来，一副很有兴趣的模样。

这大概是天生脑后生反骨的人的通病，平常事物对他们来说无聊至极，总也打不起精神去应对，于是他们会花上人生大部分乃至全部的时间去找刺激。越危险，他们就越亢奋，越是无法估量，他们就越好奇。

萨厄·杨大概就是这些病友中的翘楚。

说实在的，引起萨厄·杨的兴趣并不是什么好事。

因为根本没人能够预料，他的兴趣究竟在于探究，还是在于破坏。也许今天是前者,明天就变成了后者,一切……看心情。

楚斯看到他那副若有所思的模样,就脑仁子疼。他用食指重重地敲了敲桌台边缘,"这位越狱犯先生,请你稍微克制一下你的表情,不用这么明晃晃地表现出你想搞事的心理,你控制器没摘你还记得吗?"

萨厄吊儿郎当道:"报告长官,是它先动的手。"

楚斯:"……你可以滚出去了。"

他敲了敲天眼系统,道:"小结巴,劳驾搜一下星图,把公用频道9500或9501定位出来。"

这是楚斯猜测的巴尼堡频道号,9代表军方直属,5代表基站组,按照惯用排列习惯,巴尼堡占的不是0就是1。就算超基站本身被封禁了,但频道不会随意替换,毕竟说不定什么时候它就被解禁了。

叮——

"指令不明,9500或或或或或9501,究竟定位哪一个,请重新下达明确指令。"

楚斯:"……结巴得真是地方啊。"

叮——

"或或或或或为强调用语,不是结巴。"

楚斯:"……"

叮——

"天眼系统为你提供最为流畅的智能服务,请重新下达明确指令。"

"你可真不要脸啊。"楚斯嘲讽着。

"请重新下达明确指令,明确指令,明——"

这大概是楚斯见过的最啰嗦最烦人最不要脸的智能系统。

他没好气道:"先定位9500,再定位9501。"

叮——

"扫描开始,数据较多,大约需要1分钟时间,请您耐心等待。倒数计时59——"

楚斯:"你打算这回从59开始一路卡机卡下去?"

"请不要发出无用指令干扰扫描。"

萨厄偏过头去笑了一声。

楚斯："……"

腿很长、脸很帅、气质优雅有品位的楚长官难得吃瘪，对方居然是个智障结巴，还不是人。

叮——

"扫描完毕，并没有卡机。扫描结果：9500为错误频道号，9501——1——1——1——"

"还是把你这倒霉玩意儿拆了吧。"楚斯简直气笑了。

"1——定位结果如星图所示。温馨提示：该目标距离太过遥远，位于超讯号可追踪边界线。目标正在靠近，预计4小时后到达星图第1区。"

楚斯一边听着它的搜寻结果，一边盯着星图。

偌大的屏幕上，图像犹如一个靶子，被不同直径的圆由里向外划分出不同区域。标着1-10区。靶心是10，最外圈是1。划分标准是宇宙超讯号的强度。

如果目标超出1区的外层边界，就连宇宙超讯号都没法到达。

眼下代表9501的那个点就刚好处在边缘线上，定位误差极大，等它再朝里移动一点，定位误差才能缩小到可操作的程度。

楚斯随意扫了眼屏幕角落显示的时间，大概瞥了眼小时数就重新敲了敲天眼的脑袋外壳："行吧，4个小时之后，去遛遛它。眼下有另一个非常重要的指令。"

叮——

"标准的指令语应当短小精悍，直切要点，恕我直言，你——"

楚斯："我拔电源了。"

叮——

"请说。"

"搜一搜这破地方还有没有食物。"楚斯面色冷静，心理却已经快要饿变态了。

"收到指令，搜索开始，3——2——搜索完毕。"

萨厄："哟，这次不但没卡机，还提前结束了？"

叮——

» 061 «

"如图所示位置,有您需要的东西。"

两人垂目一看——那地方不是别处,正是圆盘屁股那块的燃料仓,里头装着的反物质燃料只需几十毫克,爆炸产生的巨能就能把太空监狱送上天。

萨厄冷笑一声:"小结巴,不如先喂你吃上几克?"

叮——

"我错错错错错了,结果已修正。"

第13章
神秘数字

这结巴系统是个格外会找死的,但是也格外认怂,稍微一威胁,就乖乖服了软。

就见操作台的大屏幕上被分割成了五块,显示着不同的环境画面,每个画面里的食物被智能系统标注了出来,加了显眼的红框,旁边甚至还有几句注释。

"还真有剩余,看起来还不少。"楚斯说着,倾身靠近屏幕,手指虚虚扫过,"这显示的都是什么地方……"

第一块画面里有一张单人床,旁边还有连着墙体的衣柜,以及一张折叠桌板,桌板旁边是一个便携冰箱。一个硕大的红框直接将整个冰箱囊括了进去。

旁边注释写着:

物品数量:17件(约)。

可检测蛋白质:312g(约)。

可检测卡路里。

……

"这是狱警值班室吧。"楚斯匆匆看了眼注释,评价道:"全是废话。你有这工夫测那些华而不实的东西,不如直接把房间号标识出来,能不能干点儿实事?"

他边说边重重敲了两下小结巴的"脑壳"。

结巴系统没顶嘴,整个屏幕安安静静地凝固了大约两秒左右,突然一个闪屏,换成了一行字。只是那字几乎在浮现的瞬间就又消失了,整个屏幕重新回到五个画面的状态。

唯一不同的是,画面上的那些注释应楚长官要求,换成了房间号和具体位置。

萨厄笑了一声,似乎是没忍住。

楚斯"啧"了一声:"你看清刚才一闪而过的大字没?"

"看清了,挂横幅似写了一行:对牛弹琴。"萨厄随口答道,嘴角还噙着笑,显然对楚斯被堵乐见其成。

楚斯:"……"这小结巴大概是胆肥了。

他这表情不知戳了萨厄哪个点,以至于对方突然转过头来,微蹙了眉心问道:"怎么?我们眼睛不比显微镜差的楚长官居然没看清?"

楚斯撇了撇嘴,不太在意地答道:"之前眼睛受过一次伤,不过百来米之外指哪打哪依然不成问题,所以省省吧越狱犯先生,别想在这上面钻什么空子。"

萨厄:"……"

"你如果能把这结巴系统拆了重组,治好它的间歇性智障,等你下回作妖的时候,我也许能看在这分上勉为其难睁一只眼闭一只眼。"楚斯一边记下屏幕上那些食物的位置,一边又补了这么一句。

叮——

"警告,请不要在神圣的监控中心谈论这种无聊问题。温馨提示,为了节省能源,屏幕所显示画面3秒之后会被切换,倒数计时3——2——1——"

"你敢切换,我就敢拆了你的脑壳。"楚斯平静道。

叮——

"0.99——0.98——0.97——"

萨厄:"你可以更没种一点。"

"狱警值班室2号、3号和7号房间,还有餐厅的吧台底下,以及……监控中心维修柜?"

楚斯念到最后一个位置时,直接转身朝身后不远处的维修柜走去,一整排金属电子柜有点像楚斯别墅地下仓储室里的那个。

区别是别墅那个属于楚斯自己,随便就能打开,这边的……却被锁得死死的。

"0.72——0.7——7——7——"

"别'7'了,把这排柜子的锁解了。"楚斯敲了敲第二层柜,催促着结巴系统。

怼了楚斯的天眼正下不来台装卡机呢,一听楚斯下了另一个指令,当即屁滚尿流顺着台阶而下。

就听当当当当的声音响成了片,整个5×12的维修柜统统弹开了柜门,就差把家底都扔出来了。

楚斯哭笑不得。他伸手在屏幕上标注出来的二层柜里摸了一下,摸出了两板药片似的东西。

他脸色顿时变得十分嫌弃起来,用手指弹了两下边角,道:"浓缩营养片,不知道值得哭还是值得笑。"

这东西一板十二片,每片能够给一个体型居于正常值的人体提供3天内所必需的水分和基础营养,是各种太空行程中必备之物。缺点是难咽且难吃,还有一点儿副作用。

吞完营养片后,小概率人群8小时内可能会出现胃疼、头疼以及低烧的状况,8小时后逐渐好转。

别人怎么样不知道,反正楚斯是烦透了这东西的味道。

因为他曾经有将近8个月的时间,全部靠这东西维持生命,那是真正的捏着鼻子和血吞。打那之后,他每次看到这种浓缩营养片,鼻尖前就会浮起一股血腥气和营养片的酸苦气混杂的味道。

他将手里那两板营养片抖得哗哗响,冲天眼系统道:"你居然管这种色香味一样没有的东西叫食物?"

叮——

"很抱歉,经过多方——"

小结巴还没解释完,楚斯已经背手把营养片塞进了西裤口袋里。

小结巴:"……"你有本事嫌弃你有本事别要啊!

萨厄:"亲爱的长官,你可真不要脸。"

叮——

"没错——没错——没错——没错——"

楚斯耸肩:"谢谢夸奖。"

"鉴于见者有份的原则,楚长官是不是应该给我分一点赃?"萨厄笑着道。

楚斯转头就朝门外走,"抱歉,我这人从来不讲原则。"

他头也不回地冲结巴系统下了条指令:"狱警值班室还锁着呢,我现在过去,把锁打开。"

结巴系统沉默两秒,放出了一段录音,正是刚才萨厄所说的那句:"你可真不要脸。"

整整放了三遍。

楚斯:"……"

萨厄:"……"

自从进了监狱,所有人的血压都在飙高。

楚斯打开隔门,正要招呼角落里的大小拖把,就感觉背后突然贴上来一个人。萨厄压低了声音,表现得像一个合格的贼:"既然长官你蛮不讲理,那我就只能不问自取了。"

话音刚落,楚斯目光一垂,就看见萨厄瘦长的手指摸进了他的西裤口袋里,拿了一板营养片出来。

他两指夹着十二枚装的营养片,犹如夹了一张扑克,在楚斯眼前晃了晃。

楚斯:"……"

萨厄两指一抖一翻,那营养片便在楚斯眼前消失了,手法和那些玩扑克魔术的人相差无多。

楚斯本来就没指望能从他手里抢回来,甚至连手指都没抬一下,不冷不热地评价道:"杂耍玩得挺熟练。"

萨厄:"谢谢夸奖。"

楚斯彬彬有礼道:"表演完了请滚,别在这秀你的手。"

一见隔门打开便滚过来的拖把仿佛见了鬼:"你们这是在干什么呢?"

楚斯瞥了他一眼,直接把他瞥断了气,默默咽了口唾沫道:"随便随便,我不问了。"

拖把自己封了嘴,不声不响地牵着小拖把跟在那两人身后,一路上远远绕过了那些关在笼子里的狼。但即便这样,他还是觉得笼子里那些人看他的眼神能把他生吞活剥了,比萨厄那种直白太多了。

三人很快便走回到狱警值班室的那条走廊里,就见原本锁死的八扇门都已经自动打开了，里头还亮起了温和的白灯。

"1号、3号和7号。"楚斯随手指了一下算是分工，三人便各自进了不同的房间。

"这是我眍眼的三年来最幸福的一天！太棒了！"拖把亢奋地吱哇叫着，把2号房间冰箱里的东西都抱了出来，跟楚斯和萨厄找到的东西堆在了一起，"让我们看看都是些什么好东西！三明治、罐头、方火腿、熏肠，还有……啊，简直数不过来了！天，这是我头一回吃到这么新鲜的东西，让浓缩片见鬼去吧！"

楚斯挑了眉："既然你这么说了，那浓缩营养片就不跟你分了。"

拖把一愣，转而又猛地摇头："不不不不，当我没说，我要的！分我一份吧，求你了！"

他说着，把刚过他腰的小鬼从身后捞过来，捧起那黑黢黢的小脸朝向楚斯："你看，我们有两张嗷嗷待哺的嘴。"

楚斯："……"

"这小鬼究竟是谁？"他没好气道，"从头到尾只有你一个人在嗷嗷地叫唤，我可没听见她吭过一声。"

拖把顶着一张毛发纠结的脸，握着小拖把的手腕给楚斯行了个非常淑女的礼，笑眯眯道："让我来隆重介绍一下，这是我的小公主。"

两个脏成野兽派的人行这种礼着实有点辣眼睛，楚斯冲拖把道："如果在星球古早年间，你把公主养成这副样子是要上绞刑架的。"

拖把："……"

"所以她是个……女孩儿？你女儿？"楚斯觉得这小丫头大约是闭着眼投的胎，才跟了个这么不靠谱的爸。

拖把摇了两下头又赶紧点头道："嗯。"

楚斯古怪地瞥了他一眼。

"不是亲生的，但是我宝贝女儿没错。"拖把似乎担心说得太多被小拖把听见，说话时下意识用手捂住了小拖把的耳朵，又被后者一声不吭地扒拉下来。

"她为什么不说话？还没学？"楚斯问。

拖把指了指自己的脖子，低声道："嗓子受过伤，暂时没法说话，原本要治的，跟医生约了一开春就过去，结果……"

结果冬天一来就是50年。

拖把叹了口气,"也不知道以后还有没有机会了。"

小丫头自己却好像并没有意识到什么,她始终在用那双乌溜溜的大眼睛盯着楚斯,跟她浑身的泥垢相比,那双眼睛简直干净得毫无杂质。

"先吃点东西睡一觉。"楚斯顺手朝一个方向点了点,"回头让天眼把特别监禁室开了,那里头有些医疗器械,也许派得上用场。"

这种时候楚斯倒不混账了,安安分分地分摊了食物,各自钻进了一间值班室。

屏幕里看到的值班室毕竟只有一个角落,和实际的区别太多。

楚斯锁上门,在折叠桌边坐下,挑了点扛饥的三明治,又把剩下的食物重新填回冰箱里。

他剥开三明治一边咬着,一边简略地翻了翻值班室里其他地方,又用手指摸了摸墙体的接缝。

太空监狱的所有单独空间都是类胶囊的,在遇到紧急情况的时候,这些房间都可以被弹出去,离开监狱本体。当然得事先找个可靠的落脚点,否则扔出去也是死路一条。

这个功能至今也没有启用过,所以墙体之间的缝隙依然拼合得十分紧密。

值班室里有个单独的小隔间,里头有卫生间和简易淋浴房。

楚斯吃了两份三明治、一份罐头、半碗草莓,才堪堪缓解了累积下来的饥饿感。他打开简易衣柜,在里头一顿挑拣,忍着各种不习惯,找了件狱警的藏蓝衬衫和西裤,准备冲个澡眯一会儿。

他把换洗的衣服搭在金属架上,解开了衬衫的纽扣。

镜子里映照出他漂亮的胸腹肌肉,薄削却恰到好处,这一看就不是靠健身器材练出来的。楚斯把脱下的衬衫放了洗手台边,低头按了按左边的肋骨。

那里有一道极细的疤,头发丝似的,不仔细看甚至都很难注意到,只有用手指摸才能清晰地感觉到有些凸起。

他抿着嘴唇沿着那条疤按了一遍。

咔——

一道轻微的电子音响起,他腰间的一块皮肤沿着那条细疤打开了一个缺口,半只手掌大小,活似开了一道门。

那是一个非常诡异的场景,那道"小门"外层是仿真度极高的皮肤,里头是金属质的。而楚斯腰间那个被打开的部位,则嵌着一个拇指大小的方形金属块。

如果凑近了仔细听,就能听见里头有"滴答滴答"的响声,金属块上显示着暗色的数字。

123 12:07:21。

尾端的那个数字随着"滴答"声,一下、一下、一直在减小。

第14章
夜半警报

123天12小时07分21秒。

20秒——

19秒——

18秒——

……

这个倒计时看起来令人紧张，其实只是一种提示，告诉楚斯他"暂且"还能活多久。

如果在倒计时结束之前，做好了应有的维护，数字会刷回到初始值，重新开始倒计时。

如果这倒计时清零之后的24小时内没能及时挽救，那么，"暂且"两个字就该永远地去掉了，清零的那一瞬就会成为楚斯真正的寿命尽头。

这装置存在于楚斯的身体里已经很多年了。

每年两周在黑雪松林别墅的休假，就是在给这个装置做正常维护，以保证之后的半年，楚斯依然能精神奕奕地存在于这个世界上。

当初刚嵌入这玩意儿的时候，楚斯还跟技术医生抗议过，问说："这东西能不能做得稍微人性化一点？比如把这瘆人的倒计时给去了，不知道的还以为我在搞人体炸弹呢，一打开这盖门，还嘀嗒嘀嗒响个不停，您听听这像话吗？"

那技术医生叫邵敦，隶属于级别最高的白鹰军事医院，是智能机械治疗领域的权威专家，也是个常年跟病患斗智斗勇的老头儿。

邵老医生对于楚长官这种仗着脸好看成天胡说八道的病人，向来实行"三不一统"政策——

不许逞能、不给好脸、不让多说，以及统统驳回。

当时的楚长官左半边身体对智能机械还有严重的排异反应，出血、过敏和高烧交替不断，双眼的纱布也才刚解开半天，人还没脱离危险期呢，就对着治疗机械挑三拣四。

邵老医生板着个棺材脸，一边指使旁边的小护士给楚斯来一针，一边盯着仪表上的各种数据道："对付你这种忙起来不问日夜，疯起来不要命的混账东西，就该用倒计时，成天地刺激你，以免到点忘了维护。平白送命不说，还浪费一台器械。"

"你可得好好养着啊，这机子整个星球才20台，一旦接口对你的DNA有了记忆，可没法再给别人用了，废了就没处再利用了。"邵老一边训着话，一边还用戴了手套的指头尖去戳楚斯伤口和智能机械的连接处。

直戳得楚斯彻底没了脾气，只能认命。

这滴答滴答的倒计时，平时其实根本听不见。但楚斯时不时就能感觉到，它正贴着自己的骨头缝，给自己算着生命期限。这一算就算了近10年，甚至星球爆炸之前的一个小时，他还在别墅给这东西做着新一轮维护。

10年，任谁都习惯了。

所以楚斯只是垂目粗粗扫了一眼，确认这装置并没有在50年的冷冻过程中出现明显故障，便把那块皮肤重新阖上了。

能活的日子还是三位数，足够他再找一个能提供维护的地方。

只要倒计时没变成个位数，天生不紧张的楚长官就依然能保持冷静。

楚斯重新按合好那块皮肤，便进了淋浴房，热气转瞬氤氲，给玻璃门蒙了一层雾气。

哗哗不歇的水声中，头顶内嵌式的传音器突然沙沙响了两声，楚斯伸出来拿毛巾的手当即一顿。

那传音器连通着整个监狱的警报和通话系统，常用于紧急通知。安全大厦的人，每年不知道要处理多少紧急情况，对这种东西本就极为敏感。

楚斯愣了不到一秒，一巴掌拍在淋浴开关上，当即把湿漉漉的短发把梳到脑后，胡乱擦了身体便套上衣服出了淋浴间。

就在他单手扣着衬衫纽扣，准备开锁出门的时候，那传音器里突然有人咳了一声清了清嗓子,拖腔拖调地道:"长官,我房里不出热水。"

楚斯:"……"

他一个急刹,摸上电子锁的手指在半途拐了弯,直接按住了墙壁上的通话键,问道:"萨厄·杨,你有病吗?"

传音器沙沙两声,答道:"有的吧。"

楚斯:"……你就住隔壁,开门敲门这么简单的事情还需要人教吗?"

萨厄:"我敲门你十有八九不会直接开,所以我先沟通一下。"

楚斯张了口还想骂,就听见传音器又是沙沙响了一声,拖把的声音传了出来:"你俩在干啥?吓死我了……"

楚斯:"……"

被姓杨的神经病气糊涂了,忘了这传音器是公放。

楚斯翻了个白眼,低头看了看身上被洇湿的衬衫,面无表情地走到床边坐下,在床头嵌着的通信器上按了一下"3",直接接通了隔壁萨厄挑的3号值班室。

"你是不是不会用内部单线通信?"楚斯问道。

这回萨厄的声音终于不是从传音器里出来的了,"会用,但是我猜你在洗澡,单线通信的声音可传不进淋浴间。"

好,你有理。

楚斯面色不变,毫不留情按了挂断。

两秒之后,床头的通信器又"叮"地响了一声,自动接通:"长官,话没说完就挂电话可不是什么礼貌的行为。"

楚斯坦然道:"我从来都这么蛮不讲理。"

萨厄笑了一声:"所以,淋浴房能借吗?"

楚斯擦了两下头发上的水,答道:"我不得不提醒你,先前找食物我搜的就是3号值班室,检查饮用水的时候我试过,热水一点儿也不缺。好了,我打算睡会儿,祝你做个噩梦。"

说完,他便彻底按断了通信,并且开启了夜间免扰模式,然后把3号值班室的通信码拖进了黑名单。

但凡对萨厄·杨有些许了解的人都知道,他是个非常极端且古怪的人,准确而言,这世上大多数人在他眼中根本就是空气,他没兴趣,自然就看不见。

能引起他兴趣的只有两种人。

一种是比他还要危险不可控的人。越危险，他就越觉得有意思。但事实上，这种人几乎不存在。

另一种人掌握着他需要的东西，他怀着目的，所以看得见你。

楚斯自认不是第一种，那就只能是第二种。

而萨厄的目的他其实也能猜个七七八八，无非是希望通过他把那黑金控制器给卸了。

老实说，如今连星球都已经不复存在了，卸掉控制器也不是完全不可以。

但仅仅靠楚斯一个人的权限，确实办不到。

只是这话就算告诉萨厄也没有用，他不是没说过，那神经病信了吗？

没有。

怪只怪伟大的楚长官瞎话说太多，这方面的履历简直劣迹斑斑。就算他偶尔敢开心怀说两句诚恳的真心话，也没什么人信。

楚斯囫囵把头发擦了个半干，便和衣在单人床上躺了下来。

冷冻胶囊里的50年属于生理中止，并不是正常的休息，所以经历了一堆糟心事的楚斯此时格外困倦，几乎在闭眼的瞬间就睡了过去。

然后，他又梦到了5702年的冬天。

那个冬天是真的冷，连南顿州都下了足足一个月的大雪，就更别说以寒冷著名的米亚山脉了。

飞行器巨大的残骸就落在米亚山脉最陡峭的山崖之间。

字面意义的"之间"。

它残损的左迫降翼搭在东崖，枯焦的右迫降翼搭在西崖，中间的机身就那么险险地悬着空。梦里楚斯的处境和当年的现实一样，丝毫未变。

他左半边身体还在安全门里，只那整扇安全门已经面目全非，整个变形，几乎将他半个身体碾得细碎，碎到他甚至已经感觉不到痛苦了。

而他右半边身体则险险地悬出了飞行器门外，伸长的手死死拽着一个3岁的孩子，而那孩子脚下便是万丈深渊。他只要一松手，那孩子甚至都来不及哭，就会消失在这个世界上。

其实3岁的孩子对于他来说，并不算重。

但是在那种极寒的高山上，在雪风呼啸间，单手毫无凭依地拽着这么个孩子，拽上一个小时手就会脱力。

而楚斯已经拽了13个小时了。

就连他自己，也只能凭借仅剩的一点意志支撑着。

好在实验团队的大部分人都在飞行器迫降过程中随着安全舱被弹出去了，只有当时被神经线绊倒滑出舱门的这个孩子，和捞了他一把的楚斯错过了最佳逃生时间，被夹在不断爆炸的飞行器舱门中，撞到了米亚山脉里。

一挂就是13个小时。

即便是在梦里，楚斯也能清晰地感觉到那种能让人失去知觉和意志的寒冷。

还有飞行器武器舱炸毁时，致盲炮刺得人双眼难耐的胀痛感。

他最终还是在那种煎熬里流失了意识，等到再度清醒时，就已经躺在白鹰军事医院的特别监护室里了，邵老医生板着那张标志性的棺材脸，对他说："九死一生呐，左半边身体70%被高度毁损，得用智能机械……"

邵老后半句话在梦里显得含糊不清，就被一声警报给打断了，声音由渺远不断靠近，越来越清晰，也越来越刺耳……

两秒后，楚斯突然反应过来，警报并不是梦里的！

2号狱警值班室里，楚斯猛地从床上翻坐起来。

头顶的传音器里，刺耳的警报声依然未停，他一把捞起床头柜上的通信器扔进口袋，大步出了门，"天眼？！怎么回事——"

第15章

清除囚犯

被楚斯这一喝问,警报声骤然停止,一声细而持续的尖叫从顶部各处传音器里传出来,叫了好几秒,突然转为正经的电子音:"我好像做错事了长官。"

不是,你一个智能系统为什么回答问题前要尖叫?

但这种情况下,楚斯已经没那工夫在意这些了。他按响了3号和7号值班室的铃,没等门开就已经大步流星直奔监控中心。

"你做了什么?"楚斯穿过走廊,边走边问天眼。

监狱各处的记录仪就好似天眼的耳朵,它听了楚斯的问话,回答道:"两分钟前有特别指令直接发送到了我的处理中枢上,我——我——我——我照办了。"

"什么指令?!"楚斯在通往餐厅的隔门前刹住步子,抬手去解门边的锁。

"权限极高的指令,高到中枢自动执行的级别。"天眼回答道:"让我把囚犯就地清除。"

"什么?"楚斯一听这话,解锁的拇指差点儿按错地方。

通往餐厅的隔门被推开,天眼还在通过传音器解释:"您知道的,太空监狱系统完备,设计极其巧妙,每个房间都可以作为一个单独的空间囊,在紧急情况下,可被弹出监狱。"

只能说,智障终归还是智障,在这种情况下,它在解释监狱设计时居然还透出了淡淡的骄傲感。

只是天眼在说到最后一句时,一本正经的电子音还是弱了下去,"所以,我把他们弹出去了——了——了——了——"

系统再次在关键时刻佯装卡机。

楚斯这时已经顾不上骂了，就见打开的隔门后头，原本应该装满笼子的餐厅整个儿消失了。

这就好比整个餐厅是个蛋，"蛋"外头还有层包裹的金属皮。如今，"蛋"被那智障系统弹出了监狱，就地放逐，只剩了一层空空的金属皮。

什么金乌鸦银乌鸦，统统没了踪影。

楚斯："……"

天眼还在那里无限循环地"了"着，听得楚斯脑仁子都疼了。

"弹出去的时候有没有着陆点？"楚斯问道。

天眼："没——没——没——"

楚斯眉心一跳："你还有脸装卡机？下抓索捞！"

他踩着金属皮，穿过本该是餐厅如今空空如也的中间地带，一把推开了监控中心的隔门。

解锁后的门"咣当"一下撞出了声，惊得卡机的天眼一下子就恢复过来，"没法捞了。"

"什么意思？"

楚斯记得，太空监狱每个圆盘所配置的抓索数量必须大于等于2，一根抓索被拴在了龙柱上，至少应该还有一根多余，怎么就没法捞了？！

天眼的电子音听起来都有点小心翼翼了，"指令前后有两条，清除囚犯……和立即转移。所以我把他们弹出去之后，就地跃迁了一小——小——小——小段距离。"

楚斯："……"

茫茫宇宙，就算只跃迁了一步，那也是一段难以想象的距离，想要再把弹出去的捞回来，已经不可能了。

有那么一瞬间，楚斯脑子里闪过了很多疑问——

为什么会有突如其来的指令要求把囚犯就地清除？

会是已经分裂出去的那部分太空监狱下达的指令吗？可对于他们来说，把原本就在控制中的囚犯清理出去太过多此一举……

或者发出指令的人跟囚犯是站在一边的？这边刚被弹出去，那边就踩准了时间差，半道截过去把囚犯都接收了，然后放出来？

楚斯蹙着眉，毫不客气地敲了敲天眼："直接发到中枢系统的指令呢？调出来。"

他下指令的时候，顺便又瞥了一眼时间，距离之前已经过去了3个小时。也许做了梦的缘故，他感觉自己就像只睡了5分钟。

叮——

"显示大屏已更新。"这会儿天眼不敢再怠慢了，忙不迭把收到的直接指令放到了屏幕上。

接收指令一：清除囚犯。

来源：50001。

级别：标红。

权限：S(最高级)。

接收指令一：立即跃迁。

来源：50001。

级别：标红。

权限：S(最高级)。

两条指令前后只相差两秒，要求均是立即执行。

楚斯的脸顿时就沉了下来：又是50001，又是级别标红……又是冒充他？

这还没完了？！

当着正主的面明目张胆地偷皮披，一次不算还两次，再放任下去是不是连他这个正主都要被扔出去了？

楚斯简直要气笑了，他在乱糟糟的操作台上翻找了一下，找到了一枚黑色耳塞，塞进单边耳朵，下令道："把靶向星图调出来，重新定位9501的位置。"

叮——

"目标移动情况有变化，进入1区还有4小时，目前没法精确定位。"

这显然就是故意蹭着边走，要等它实际进入1区，谁知道需要等多久。

"不等了，我来手动定位。"楚斯重新调整了一下耳塞，"把波形转化结果放出来。"

一般来说，智能系统定位要比手动定位方便准确得多。但是有些常年执行太空任务经验极其丰富的人手动捕捉定位也不比系统差，甚至有些预判比系统还要可靠。

楚斯能算一个,只不过定位过程有点伤耳,大家平时不会用。

他指令下完,天眼便应声执行,耳塞里瞬间响起由波形转化而成的各种声音,交杂在一起,绞得人简直牙酸。

楚斯很久没用过手动定位,冷不丁听到这种万箭齐发的噪音,嘴角还是抽了一下。他又调整了一下耳塞,仔细捋着那些声音,同时双眼一动不动地盯着星图。

10秒之后,他摘下耳塞丢在操作台上,报了坐标星图上对应的坐标:"坐标0.741261,图内跃迁,隐形罩打开,直接过去。"

叮——

"收到指令,准备图内跃迁,倒计时5秒。"

"你在这种时候卡一个试试。"楚斯瞥了天眼中枢。

叮——

"不不不不,给我一个将功补过的机会。"天眼说完直接越过倒计时,"跃迁开始,防护罩已开,温馨提示扶好操作台,图内跃迁跟正常跃迁不同,可能有点颠——安!安!安!簸——哦!哦!哦!"

一句话愣是被颠得支离破碎,这哪里是有点颠簸,这跟被人用反物质星系导弹炸了一样。

楚斯:"……"三明治都要被颠出来了。

叮——

"图内跃迁完毕,祝您愉快。"

楚斯扶着操作台缓了好一会儿,正要再下指令,身后传来一阵重物砸地的闷响。

"谁?"他猛一回头,就见一个年轻男人正扶着门站起来。

他看起来都不到30岁,金色的长发在脑后扎了个辫子,跟身上的狱警服很不相称。他举手露出了一个极为无辜的表情,道:"我我我是我,别紧张,我就过来看看,发生什么事了?又是警报又颠得这么厉害。"

他说着又忍不住回头看了一眼,挠了挠头:"那个餐厅呢?怎么没了?"

楚斯上下打量了他一番,面色复杂道:"你是那个……拖把?"

金发男子:"……"

他瘫着一张脸道:"你指的如果是跟你一起缺过氧躲过炮的伙伴,那么是的。你不能因为我半年没洗澡就给我取那样的诨名。"

他说着话站起来的时候,一个深棕头发大眼睛的小姑娘也从他身后伸出头来,依然一眨不眨地盯着楚斯。

好,大小拖把都齐了。

洗个澡能洗出全身整容的效果也是前所未见。

"我有名字的,金·费格斯,好吧随你怎么喊了。所以这是发生什么事了?"

楚斯道:"简而言之,有人在我眼皮子底下三番两次冒充我,所以我来探探对方老巢。"

他顿了两秒,又补了个形容词:"疑似。"

这两个字刚说完,他突然想起什么般蹙眉道:"萨厄·杨呢?"

警报加颠簸,怎么着也该醒了。萨厄的警惕性总不会比这俩拖把还低。怎么会到现在还没出现?

"没看到啊,也许还没醒?"金答道。

楚斯抬脚就朝外走,直奔3号值班室,他连按三次铃,依然没有任何回应。

"天眼!把3号值班室打开!你清除囚犯是按照什么标准?"他盯着墙角的记录仪,突然出声问道。

咔嗒,3号值班室的门应声而开,露出里头的景象。

空空如也……

叮——

天眼的回答紧跟着响了起来:"带控制器的都扔出去啦!"

楚斯:"……你是智障吗?"

骂完,他又冷笑了一声:"哦,你还真是。"

天眼:"……"

第16章

危险登陆

金在后面张了张嘴,干巴巴道:"什么叫……扔出去了?"

楚斯的目光落在只剩一层金属外壳的3号值班室里,答道:"字面意思,就是某个智障的结巴把萨厄·杨扫地出门了,连同房间一起丢了出去。"

金:"萨……那位知道吗?被扔出去前有心理准备吗?"

楚斯瞥了他一眼:"你觉得这智障扔人前会征求对方同意吗?"

"就是说,那位被扔的时候正在洗澡或者正在睡觉……"金说完默默捂住了脸,哀叫一声,"你觉得他会生气吗?我有点害怕。"

叮——

"我也害怕。"

"你还有脸说?"楚斯道。

叮——

"这不能怪我,机体分离属于重创,我受过伤,反应迟钝很正常,应该得到原谅。"

楚斯冷笑一声:"这话你留着去跟萨厄·杨解释,你看他原不原谅你。"

叮——

"根据足量的样本数据分析结果显示,在没有着陆点的情况下被弹入太空,基本就永别了,我和他再见面的概率约等于0.00000000010529%。"

楚斯道:"你就是再加1万个0也没什么用,他的行为和后果如果能用正常逻辑和思维来预测,那就不是萨厄·杨了。"

说实话,萨厄·杨会有什么样的反应,会不会被激怒,会不会把怒火烧到其他人身上,就连楚斯也无法预料。

能被预测的,就不是萨厄·杨了。

他蹙着眉尖想了想,掏出了通信器,翻出之前萨厄发给他的信息。

他上下翻动了两下,还是点了回复:

醒了没? 有没有觉得周围环境有些不对?

刚输了一半,向来不怕被套麻袋的楚长官手指一顿,他摸着他那不剩多少的良心琢磨了两秒,觉得这问话不像是去抚平怒气的,倒像是去幸灾乐祸的。

就在他准备把打好的字删掉的时候,金突然拱了拱他:"欸?我说长官,我们赶紧下贼船怎么样? 转移个阵地,把这智障系统留给那位撒气去。"

被他一拱,楚斯手指戳到了发送。

楚斯:"……"

太棒了,火上浇了把油。

他二话不说,掉头就往监控中心走,"天眼,隐形罩别撤,把瞭望仪对准目标9501。"

当他们重新回到监控中心的时候,大屏幕上已经放出了9501的瞭望图,旁边列着一堆初步测量出来的数据值。

那是一块鸡心形的星球碎片,面积比原本的黑雪松林还要大上两倍,四周有丘陵和林地。

"老巴尼堡就在这一块显示为黑色阴影的地方。"楚斯手指在中心某一处巨大的黑斑上画了一圈。

"整块碎片还有两分钟会进入α星区,进入过程中受引力场影响,会有颠簸感。龙柱的拟重力系统和公自转平衡系统会重新自我调节。"

他的手指又沿着这个碎片边缘走了一圈,停在鸡心底部一个单独缀出来的小尾巴上。在瞭望图上,它看起来像一个小小的半岛,接着道:"我们趁着波动绕行到这里,中心龙柱对这里的感应最弱,我们从这里接驳登岸,可以把动静减到最小,如果巴尼堡真的有人入驻,他们也不容易察觉。"

金点头:"行,都听你的! 我这就去收拾东西。"

两分钟的时间实在很紧,他们活像两个结伴去抢银行的人,在狱警的衣柜里头翻出能用的包,大把大把地将东西往里扫。

食物、袖珍指灯、便携武器、万用药剂、掌上导向仪、能源板……

金一把将小拖把夹在腋下,大包一背便冲往舱门。

他眼睁睁地看着楚斯把一根缩小版抓索绕在了手腕上,又在另一只手的手腕上扣了个黑色护腕似的东西,上面带着一排插孔。

楚斯把一排金属胶囊似的东西挨个塞进插孔里,然后拎着黑包偏了偏头:"走。"

金:"……"不用细看也知道那排金属胶囊跟炸弹脱不开关系。

狱警统一的深蓝色衬衫穿在楚长官身上一点儿也不像普通制服,倒像是去哪儿定制的,显得他身材修长又挺直。

他顶了张"去休假"的斯文脸,干的却是"炸碉堡"的勾当,真是违和得让人不敢多看……

叮——

"目标正在进入α星区,舱门已开,连接器已就位,颠簸感十分严重,祝各位吐得愉快——快——快——"

天眼的惯性卡机活似催命,两人一出舱门就感受到了久违的窒闷感。即便耳边还挂着空气置换机,但置换出来的终归不如监狱里的造氧系统好使。

"真的好颠啊!"金吼了一声。

巴尼堡所在的碎片一直在剧烈颠动,像是正在穿过强气流的客机,也影响到了他们。

智障系统终于机灵了一回,隐形罩没有撤下的前提下,偷偷伸了一条"腿",像当初夹住楚斯他们那块小碎片一样,夹住了巴尼堡所在的巨大碎片,然后两条并不平衡的腿朝中间一收……

小碎片和巴尼堡碎片边缘相撞,两方龙柱保护罩相合的瞬间,颠簸感更重了。

两人堪堪维持平衡,艰难地移动到两块地相接处。

好死不死的,连接处刚好是一块突出的长石,就像一条天然的独木桥。

楚斯抬脚就要朝独木桥上走,似乎完全不在意脚下的万丈星空。

"不不不不等等!"金一把抓住他,"我我先走,我让她抓住我的衣服走在后面,你帮我在后面看着点她。"

他边说边指了指小拖把。

"快!"楚斯也不废话,朝旁边让了一步,在金背后拍了一把。

"你知道吗,我恐、恐、恐高——"金喊了一声,感觉都快要哭出来了,但是脚下却并没有停。

对于恐高的人来说,过这条桥大概相当于死过去一回,尤其这条桥还一直在上下颠簸。

金迈上桥的一瞬就扑通跪了下去,毫不在意形象,手脚并用往前爬。

楚斯:"……"

小拖把虽然不会说话,看起来却好像完全感受不到任何恐惧,就那么揪着金的裤脚,没什么表情地朝前走。

就连楚斯都被她的模样惊诧了一下。

好在,对成年人来说很窄的桥面对小拖把来说倒还算宽,她重心又低,反而比金挪得稳当。

楚斯紧随其后上了桥。

金登到对岸的那一瞬长长松了一口气,几乎瘫坐在地上。他把背包甩在脚边,腾出双手接住了小拖把,把她也拉到了对岸。

然后就在楚斯也快要登岸的一瞬,金放在脚边的背包被颠动得一滑,随着边缘的碎石掉了下去。

"啊——"金下意识叫了一声。

楚斯猛地矮身一捞,无名指刚好勾住了背包带。

结果背包拉着他整个人都朝下坠了一下。

楚斯:"……"这是塞进了一栋别墅吗!

最要命的是,在他下坠的刹那,颠簸突然来了个爆发。

整条石桥一晃,直接把楚斯颠了下去。

楚斯瞳孔一缩,却感觉一只冰冷的手缠上了他的手腕。

楚斯一愣,仰头一看,却见从来一声不吭的小拖把正死死拽着他的手腕,乌溜溜的大眼睛一眨不眨地盯着他。

那力气,大得令他惊讶,简直不像正常人。不过更令他惊讶的是,小拖把居然还抽空冲他露出了一个不太熟练的笑,只是因为用尽了力气咬着牙的缘故……

这小崽子笑得活似要吃人。

可惜,她还没笑多会儿,整个人就也跟着楚斯朝下一滑,连带着拽着她的拖把。

碎片在颠簸中有些倾斜,串成串的三个人一点点朝边缘溜冰似的滑了下去。

楚斯:"……"

小拖把:"……"

金:"……"

铁定要完。

第17章
想想办法

就在拖把金滑出地面边缘的趋势越来越难以止住时,他感觉自己的脚踝被人一把抓住了。

滑动戛然而止!

"谁?!"金艰难地扭过头去,"不管是谁,求你千万别松手!"

他说这话的时候牙齿紧咬,几乎是一个字一个字地从牙缝里往外蹦。

拽住他的人穿着一身黑衣,戴着供氧面罩,几乎和黑夜融为一体,看不清具体模样。

萨厄·杨?!

也许是出现时都戴着供氧面罩的关系,金第一反应就是萨厄·杨!

这念头一闪而过的时候,他居然想冲下头挂着的楚斯高喊:"肯定得救了!"

谁知道为什么。

不过很快他就反应过来,拉住他们的那个人应该不是萨厄·杨。

因为从那人两脚跟蹬地极力后仰的姿势来看,一拖三果然还是很吃力的。

他毫无道理地觉得如果是那位越狱犯先生,应该不会这么吃力,不,应该说干什么都不会吃力,好像无所不能。

依然是谁知道为什么!

不过下一秒他就坦然了,因为他看见挂在下面仰着头的楚斯也是一愣,蹙着眉下意识问了句:"萨厄·杨?"

你看,长官脑子也坏了。

就在他们脑子相继进水的时候,那位一拖三的天使说话了:"不管你们是谁,你们敢不敢自己再往上努力一下?我手要断了!"

"我感觉我正在经历星球古早时候的分尸酷刑——"金都快疼哭了,"长官你想想办法?有没有能蹬脚的地方?"

挂在下面的楚斯当然不可能任由别人使力,他却在最底下赖着。

于是他开始想办法了。

楚长官想办法自救和想办法安抚别人,用的方式都很别具一格。

他拎着背包的那只手努力抬到了嘴边。用牙把护腕插孔里的金属胶囊叼出来一颗。

金猜得没错,这些金属胶囊还真是一种炸弹。

但这种炸弹有点特别,属于消音弹的一种,安静低调,缺点是杀伤半径略小,优点是外层推力略强。

可以在安静爆炸的同时把己方人员推得更远一点。

楚斯用舌尖顶了一下胶囊底部,然后松了牙齿。

龙柱的拟重力系统现在略有些混乱,尽管路线有点扭曲,金属胶囊还是在眨眼间坠到了楚斯脚下数十米处,然后陡然炸了开来。

消音归消音,爆炸带来的冲击力依然大得惊人。

火光闪现的瞬间,垂挂着的三人直接被掀飞了起来。

金落到一边,连滚了好几个跟头才停下来。

那位一拖三的天使也被掀倒在地。他目瞪口呆地看着烟雾里头突然甩出两个黑包,山呼海啸地砸了过来。

天使动作迅敏地侧翻让开。

嘭!嘭!

黑包落地的同时,升腾的烟雾终于散去。

就见楚斯也侧身滚落在地,一手搂着他一半大的小拖把,另一只手肘堪堪撑住了地上坚硬的石头,手掌却护着小拖把的头。

天使却依然目瞪口呆。

他甚至忘了翻坐起来,就那么倒在地上,难以置信道:"我只是让你们努力一下,一下而已,你们居然把自己炸上来了?"

金蒙了两秒,一骨碌翻身爬起,跌跌撞撞往崖边跑,重复了同样的话:"你居然把自己炸上来了?"

楚斯其实承受了主要的冲击力,滚上地后,又一直护着小拖把,整个肩背犹如碎了又重组过。

以至于他低着头僵了半天才慢慢缓过来。

金抬着手有些不敢碰他们,慌慌张张地问:"还醒着吗?头疼吗?能不能动?有哪里不舒服吗?嘴巴里有没有血——"

他还没叨叨完,楚斯就冲他抬了一下手指。

金立刻住嘴,小心翼翼地等了一会儿。

片刻之后,楚斯终于轻轻碰了一下小拖把的头,"炸到哪里没?"

小拖把一点儿没有被吓到,也没有受伤。她眨了眨眼,在楚斯手掌下摇了摇头。

"吓死我了……"金见两人似乎都还好,长长出了一口气。

他轻手轻脚地把小拖把从楚斯怀里接过来,又不放心地检查了一遍。

楚斯这才坐起来,揉了揉后脖颈和肩骨,又活动了一下关节,这才掸起了身上的碎石土。

天使又愣了好一会儿,再度感叹一声。他爬站起来,又弯腰拎上了那俩黑包,"这么沉……"

"你们究竟是什么人?"天使的声音从供氧面罩下传来,听着很年轻,也很欠打,"这俩黑包我先扣下了,不给个合理解释别想拿回去。"

金诧异道:"你刚刚不是还在救我们?"

"这是两码事。"天使挑了挑下巴。

楚斯咳干净呛到的烟尘,嗓音变得略有些哑,他冲天使招了招手:"劳驾摘了面罩我看看,你的声音我略有些耳熟,尤其是说话方式。"

天使警惕道:"干什么?!你让摘我就摘啊?这种诈人的手段都是我玩儿剩下的!"

楚斯无所谓地一耸肩,站起身来用手背擦了擦脸。他边擦边想了想,道:"……唐?安全大厦特殊训练营第三期的那个。"

唐惊了一下:"你是谁?"

他这话刚问完,楚斯已经走近了几步,声音也没那么哑了:"哦,你们当训练队员的时候,我刚好是训你们的那位。"

唐："……"他手上俩包咣当砸落在地，诧异道："楚……长官？"

楚斯边走边把碍事的衬衫袖子翻折到小臂上，冲唐点了点头："你记性还不错。"

"……"唐撒腿就想跑。刚撒没两步，他又反应过来眼下境况，讪讪地拎起包乖乖递给楚斯，"哎那什么，您就别挤对我了，我错了还不行吗，主要也是现在特殊时期，不得不警惕点。"

"什么意思？"楚斯问。

"说来话长……"唐左右扫了一眼，似乎也不打算在这里说，"你们怎么会从这边偷偷……呃悄悄过来？"

"我们原本那个星球碎片出了点意外，没法待人，过来看看能不能换个阵地。"楚斯说得仿佛来邻居家串门一样简单。

唐："……"

他又左右扫了一圈，似乎在警惕什么，然后冲楚斯他们招了招手道："跟我来，先回基地。"

楚斯挑眉："基地？"

唐："嗯嗯嗯，好歹能歇脚，去了再跟您细说。"

他们跟在唐身后，转眼便没入了林地。

金悄悄问楚斯："什么训练营？你给他们当过头儿？他们可信吗？"

在楚斯还没升调入第5办公室当执行长官的时候，他在安全大厦的特殊训练营里待过很长一段时间。

那是安全大厦下属最重要的地方之一，专门给各类特殊人才做专业训练。是安全大厦特殊任务执行者的储备仓。从里面出来的训练员一旦开始执行任务，就成了不存在的人。

他们不会再有稳定的名字，稳定的职业，稳定的亲人朋友……但有绝对不变的忠诚。

楚斯在里面当过两年训练员，时隔十多年后，又在里面当了5年训练长官，所以对这点十分了解。

他点了点头，道："可信。"

金又跟着走了几步，还有些不太安心，他又道："能举个例子吗？最好是我知道的人。"

楚斯:"我啊。"

金道:"我知道我知道,我的意思是……还有吗?"

楚斯闻言思索了两秒,"啧"了一声道:"在训练营里待过而你又恰好知道的人倒是真有一个,但偏偏是50年来唯一一个反面教材。"

金:"谁……"

楚斯:"萨厄·杨。"

金:"……"你们的人生究竟都经历了些什么?!

第18章

林中基地

楚斯的人生要说长，绝对算不上。

星球法律规定30岁开始负完全刑事责任，35岁彻底步入成年，依照这样算来，60岁应该是正值盛年。

如果出生在蝴蝶岛或是费加城那样终年安逸的小地方，他这个年纪的人大概刚从院校出来还不满6年。

6年，在星球普遍200出头的寿命里，实在是太短的一瞬了，很可能还没法完全褪去学校里带来的青涩气。

跟这样的人生相比，楚斯的经历确实太过波折了一些——

他出生的地方，是号称地狱之眼的西西城。那里是见证了星球势力分崩又合一，合一再分崩的旧中心，是曾经在星际移民盛行之时，流动人口最多、成分结构最复杂的城市，也是后来星际间一百年大混乱爆发时，死尸最多的地方。

楚斯出生的那一年，刚好是大混乱结束的第20年，星际移民被联合封禁，这个星球的总领政府在成立整整120年后，终于收拾完了所有烂摊子，发展重新稳定起来。

但是混乱势力依然没有消失殆尽，时不时还会勾结个别不消停的他星政府冒两下头，活像永远也打不完的地鼠。

西西城作为历史遗留问题最严重的城市，每天都会有新出生的孩子成为孤儿。

楚斯就是其中之一。

如果说西西城本身是地狱之眼，那么城立孤儿院，就落在漆黑且深不见底的瞳孔里。

不过楚斯算不上最悲苦的那个,因为他在孤儿院待到8岁时,被人收养了。

收养他的人叫蒋期,是当时军部三大武器专家之一。蒋期一生研学,无妻无子,是条孤星的命,只在5661那年路过西西城参加一个军部会议时碰见了楚斯,这才算是有了个儿子。

但是好景不长,楚斯被收养的第7年,巴尼堡事件爆发,蒋期以及军部和政府的一干要员,全部折在了那次事件里。

那一年是5668年,15岁的楚斯被安排进了白鹰军事疗养院,在那里见到了同样15岁的萨厄·杨。

那时候的萨厄·杨依稀能看出一点儿后来的影子,但在那个年纪里,也只是显得格外桀骜不驯而已。反倒是那时候的楚斯,有着极为严重的心理问题,阴郁、寡言、独来独往,比萨厄·杨更像个监狱储备军。

他们在白鹰疗养院待了12年,期间修满了白鹰独立军事学院的课程,毕业的时候刚满26岁,离成年甚至都远得很。

27岁那年,他们一批9人一起进入训练营。

那时候的训练营还挂着军部的旗号,标志和疗养院以及独立军事学院相似,依然是一只白鹰。

一般人在训练营里得待满5年才会离开,之后就各奔东西。换了什么身份,领了什么任务,相互之间都是毫不知晓的,除非被集结成联合小队,执行多人任务。

楚斯在里头待的时间破天荒的短,2年就出营了。

但萨厄·杨比他更短,只待了一年。

5681年,楚斯28岁,在萨厄离营前还冲他说了句"再见"。那是他们之间极少的心平气和不带任何情绪的对话,也是最后一次那样的对话。

两年后,训练营划归到安全大厦之下。

再两年后,他们分崩成了对立面,萨厄·杨被全球通缉。

之后整整17年,楚斯再听到各种关于萨厄·杨的消息,不是在自己所接的任务信息里,就是在总领政府、军部、安全大厦以及太空监狱发布的各种联合公文里。

直到5702年,楚斯因为左半边身体高度毁损,从训练营训练长官的位置上退了下来。他调入5号办公室做执行员后处理的第一个公文,就是关于萨厄·杨的——

这位跟政府玩了17年猫鼠游戏的亡命徒,终于进了太空监狱。

这么一回想,他们这60年人生的每一个重要节点,似乎都是交错相接的,也算是独一份的孽缘了。

不过这其中的转变和瓜葛,根本不是一两句话就能说清楚的。

楚斯也懒得跟不相干的人解释这些,于是敷衍地冲金摆了摆手道,"少说话,跟上就行,总不会让你丢了小命。"

有这么一句话保底,金顿时就安心了不少,也不再多打听,牵着小拖把细瘦的手腕,安安分分地跟在后头。

巴尼堡的选址本就偏得很,远离人烟,外围环绕的几乎都是未经开发的原始林地。

如果没有人带路,进这种林地根本绕不清方向,很可能连伸脚的地方都没有。

但即便有唐带路,他们还是走得十分艰难。

金一边拨开一人多高的枯草,一边嘶嘶地抽着气,"这些草茎上全是刺,我现在左手握拳能完美伪装成刺猬。"

"可惜,现在根本找不到刺猬这种东西供你伪装了。"唐跳了一下,跃过地上某个路障,回头提醒道,"看着点脚下。"

"瞪瞎了双眼也看不清。"金没好气道。

楚斯抬头望了一眼,枯枝败叶的缝隙之间,遥不可及又近在咫尺的星海从地面这一边,铺洒到另一边。

像这场黑夜一样,不知尽头。

他准确地踩着唐的步点,跨过障碍。结果刚走没两步,就听后头一声钝物砸地的闷响。

金"嗷"地一嗓子,坐在了地上。

"嘘——!"唐猛地回头,警告地瞪了他一眼。

金的哀叫戛然而止,硬生生又被他咽了回去,"我跳过了这根倒地的树,却万万没想到落脚的地方还有圆枝埋伏着,踩得我一滑……"

唐大半张脸都在供氧面罩里,看不清表情,但十有八九在幸灾乐祸。他挑眉问道:"你坐哪儿了?"

金瘫着脸道:"坐在了倒在地上的草茎上,我觉得我大概是要死了。"

"不会的,顶多扎上一屁股的刺,基地里有药。"唐的声音里有掩饰不住的笑。

金冲他默默比了个挑衅的动作。

小拖把还站在树干后面,抬脚比划了一下,又默默缩了回去。以她的短腿,估计是跨不过去的。如果一不小心坐在树干上,会跟她亲爱的爸爸遭受一样的酷刑。

"你可真是个人才。"楚斯没好气地说了一句,把肢体僵硬的金扶了起来,又越过树干将小拖把抱过来,"行了,快走吧。"

"我发现你对孩子比对我温和多了。"金撅着腚,姿态别扭地跟在两人后头。

楚斯没说话,唐却在前面笑了一声,随口应道:"你该庆幸你没待过训练营,你如果被我们长官训上5年,保管见他就腿软,他也就对小崽子有点耐心,尤其是看起来被养得很惨的小崽子。"

金:"……"

他们走了大约有10分钟后,终于看到了一点灯火。

那是一座拼装出来的模块屋,从窗子里透出来的那几星光亮来看,大约有七间房,围箍成了一个圆,圈出了一片院子,只是黑黢黢的,也看不清院子里有些什么。

圆圈开口的地方,就成了院门。

不得不说……这基地有些过于简陋了。

他们刚靠近基地,几扇窗子就被人从里推开了,好几个脑袋探了出来,冲这边问道:"唐!找到蝇眼没——不等等!你怎么还带了人回来?!"

"见鬼的哪找来的人?!"

"地底下挖出来的吗?"

七嘴八舌的问话一点儿没有欣喜的意思,但是不知道为什么,却让人突然放松下来。

从冷冻舱里出来后,楚斯头一回真切地意识到他们确实还活着,活得好好的,也许再活得长一点久一点,就又能重返人间了。

"蝇眼的事等会儿说,你们不会想知道我找到了谁。"唐冲他们说道。

三人完全迈进基地的瞬间,楚斯听见那些房间里此起彼伏响起了"叮"的信息声。

其中一个嘟哝了一句:"老天,能不能把范围再扩大些,人都进基地了通信器才提示,还防御个什么!"

听到"通信器"这三个字,楚斯下意识低头掏出了自己的通信器,手指翻点几下,调出了信息界面。自己手误发给萨厄·杨的信息还静静地躺在最顶端,没有收到丝毫回音。

楚斯:"……"好了,这么长时间没动静,越狱犯杨先生基本是气疯了。

第19章
东塔怪事

"来来来都出来见人,别缩着了宝贝们。"唐按亮了中指上绑着的便携指灯,挥舞着白色光束在一排窗户上扫过,"快点儿。"

"说多少遍了,别把指灯绑在中指上,每次一伸出来我就下意识想把巴掌送到你脸上。"里面的人用手背挡着被灯晃过的脸,骂骂咧咧地从屋里出来。

楚斯手指一拨,捏着的通信器调转了个儿,重新被他扔进了兜里。

他借着唐的指灯光亮,眯着眼看向那伙人。

打头的是个漂亮姑娘,有着明显的门勒城血统,即便在星夜下皮肤都白得扎眼,棕黑长发在脑后扎了个高高的马尾。她穿着紧身背心和军用长裤,丝毫不介意把胳膊上那条十多公分的长疤露出来。

她先是面无表情地把挑衅的动作怼到了唐的鼻尖前,目光半是傲慢半是懒散地从眼角斜瞥出来,往暗处的楚斯脸上扫了一下。

只一下,她那双漂亮的蓝眼睛就猛地瞪圆了,"活见鬼了……"

楚斯点了点头,"这问候我收下了勒庞小姐。"

勒庞倏地收回手指,原地一个转身,两脚跟啪地一并拢,指尖在眉边一碰:"允许我重来一次,好久不见,长官!"

她这么一喊,后头的人也陆续看清了楚斯的脸,登时收了大爷样儿,排成串儿滚过来,啪地一并脚。

地动山摇。

楚斯:"……"

众人又七七八八地反应过来,吼了一嗓子:"长官好!"

楚斯的目光一一从他们脸上扫过。很巧,站在这里的五个人,每个都是他带出来的。

"好久不见。"楚斯并着的两根手指碰了碰自己的眉骨,自打出了训练营,他就再也没行过这种军部规格的礼。

萨厄·杨刚露面时倒是行过,但他那姿态太过懒散,活生生把军礼行出了流氓味,更像是嘲讽。被敬礼的不朝他扔鞋就不错了,就别说回礼了。

勒庞眼珠一转,又歪头看向金:"这个小辫子帅哥和这个小崽子又是谁?"

她说着舔了一下嘴唇,"看得我都饿了,好久没吃肉,哎……"

金:"……"

他干笑一声朝楚斯后面躲了一步,悄声道:"你们这些人怎么张口闭口都是吃人。"

楚斯道:"训练营里带出来的毛病,罪魁祸首就是那位反面教材,你找他抱怨去。"

这种听起来非常不善良的说话方式是萨厄·杨最喜欢的,当年在疗养院时就传染给了一批病友,进了训练营之后又传染给了同期队友,一不小心就这么代代传承下来。

传到后来,反而没人知道源头在哪儿了,因为"萨厄·杨"这个名字是特殊训练营唯一的一个污点,成了十数年里从高层到各届学员都避而不谈的禁词。

"这位……"唐指了指金,说了两个字就卡了壳儿。

"金·费格斯。"金体贴地报了自己的名字,又拍了拍小拖把的头,"这是我女儿。"

"好漂亮的小姑娘,长得真不像你。"唐夸了一句。

金:"……"你们训练营能不能出一个会说人话的?

"这位费格斯先生扎了一屁股的毒刺,再这么站下去他大概会疼哭。勒庞,帮忙拿点儿药来。"唐说着再度小心地环视了一圈,领着众人朝最大的那个屋子里走去,"咱们进屋说。"

楚斯顺着他的目光也朝周围环视了一圈。

这个基地所处的地方被层层高树包围着,颓挂下来的枯枝败叶交错纵横,刚好形成了一个天然的巢,兜在他们头顶上,将基地半包围在其中。

除了这些也许还能再抢救一下的树,周围没有半点儿活物。

"这里是我们的餐厅,兼具会议室和客厅的功能,如果有客的话。"唐简单介绍了一下,"往那边依次是几个房间,我的,乔尔的,勒庞的在中间,最边上是刘还有盖伊的。这边这间是侦查室。"

餐厅里有几张硬质的凹型矮椅,椅子中间围着个两用电炉,一只非常丑的锅子架在上面,里头咕嘟咕嘟不知在煮着什么。

众人七七八八在椅子里坐下,勒庞穿过几个房间,拿了药盒来,冲金一努嘴:"去,到墙边箱子那趴着,把裤子脱了。"

金:"啊?"

"等等等等,你还是来椅子上坐着吧,药和镊子给我,你能不能偶尔把自己当个姑娘。"长了张娃娃脸的乔尔连忙过来插手,好心领着金去了他的房间,免除了金众目睽睽之下脱裤子的尴尬。

那边屋门一关,勒庞坐进了楚斯旁边的椅子里,冲楚斯道:"长官,这基地刚建没多久,房间少。过会儿让唐和乔尔搬去一起,刘和盖伊也凑一凑,腾出两间来给你们先住下。等攒够了材料,再扩几间就会宽松很多。"

"你们怎么会在这里?"楚斯问完又补了一句,"当然,挑能说的说。"

众人对视了一眼,最后还是唐开了口:"其实现在这境况,也没什么不能说的了。"

勒庞"嗯"了一声,道:"我们当初是同时接到了一个任务,来巴尼堡对东塔地上十六层和地下两层进行秘密清理,时间要求很紧,说是务必在5天之内清除完毕。"

楚斯闻言皱起了眉,"清理东塔?"

当初的巴尼堡事件发生在5667年,导火索是巴尼堡发出去的一条指令加密错误,被泄露了出来,由此牵出了整个军部和总领政府勾结他星的一溜反叛分子。

军部元帅和总领政府领首反应迅敏,当即封了整个巴尼堡,花了五天四夜,上上下下全部清查了一遍,不论是在里头工作的人,还是存录在里头的各种历史信息和指令,一点儿都没放过。

带疑点的人员全部就地圈禁,牵扯进去的各种实验项目和研究工程全部叫停。

结果那帮反叛分子狗急跳墙，端出了武器。

最大的交火点有三处，一处是军部第三研究基地，楚斯的养父蒋期当时就在里头。他的专有实验室在顶楼，也许是在监测数据的时候，也许是靠在椅子上闭目养神的时候，反叛方一枚N11光束炮，让他和他的实验室永远待在了一起，连骨灰都没能剩下。

而另外两处，一处是白鹰会议大楼，还有一处就是巴尼堡的东塔。

当初东塔经受的火力最为零碎，所以从上到下一片狼藉，以至于后来收拾乱局时，清查小组连续工作了整整一个月，才把所有重要的采样收集清楚。

那之后，巴尼堡就遭到了永久封禁。

一个被永久封禁的地方，怎么会在46年后，再突然派人去做秘密清理呢？清理什么？

"很古怪是不是？"唐一看他的表情，就接话道，"我们当时也觉得古怪极了，但是这个是S级加密任务，也不好多问。长官你是不知道，我们到了东塔之后才发现任务究竟有多扯淡。"

唐呸了一声，连说带比划，"本来以为是清理点儿什么机密玩意儿，或者隐藏了什么高端的东西，结果……全是这么大这么大的金属残骸和碎块，还有些倒塌的操作台啊、碎玻璃屏啊、断了的线啊……我们就是扫地去的！"

"5天之后，我们清理到最后一层时，收到指令，让我们立即撤出。"勒庞道，"说实话，我一直觉得这事很蹊跷，指令特地强调让我们从东边丘陵走，沿着古拉河，到沼泽那块，有飞行器来接我们。幸好当时出了点儿临时状况，我们多耽搁了两个小时。否则……"

"否则星球炸了的瞬间，别说冷冻胶囊了，我们连个掩体都找不到，就该在那一波冲击里直接升天了。"唐想了想，又道，"不过这不是最让我们觉得奇怪的地方。"

楚斯："哦？还有什么"

"最奇怪的是我们醒过来之后。"唐解释道，"哦，我们是两个月前陆续醒过来的，最初都待在巴尼堡东塔地下，但是我们碰到了一些……"

他说着，夸张地打了个寒颤，道："一些非常古怪的事儿，在那边实在待不下去了，所以才费了一番工夫，搬到这里来。"

第20章
不速之客

这些人当年刚进训练营的时候一个个病也不轻,反骨恨不得龇出头顶,别的不说,反正没有一个是胆小怕事的。

要说唐那个寒战打得有多真情实感,楚斯是铁定不信的,他摆了摆手道:"东塔能有什么古怪?"

"您知道的,巴尼堡被封禁的时候,冷冻胶囊还没有被制造出来。"唐说。

楚斯点头,他当然知道,现在普遍应用的冷冻胶囊生产令是他担任长官的时候签的字。

"但是您猜怎么着,东塔地下第二层里头有个设备室,我们在那里头找到了跟冷冻胶囊十分相似的冷冻舱,但不是单人的。"

唐说着又忍不住龇牙咧嘴地嫌弃,他两手一张比划着,"是这么长的大通铺!星球爆炸的时候也没得挑,我们就全跳进去了。谁知道那个通铺冷冻舱有闹铃,也不知道谁设定的。两个月前我们就是被那么闹醒的。"

"对,应该是个男声,电子音吧,反复说着一句话'预设时间将在两分钟后结束,冷冻装置停止工作'之类的。"勒庞翻着白眼回忆了一下,"大概说了有七八遍,接着是倒数30秒,然后冷冻舱自动开了。我们当时刚醒,还有点蒙,理不清状况。醒了之后大眼瞪小眼的,只顾着商量接下去该怎么办。但是——"

那姑娘从军裤的兜里摸出自己的通信器,咬着舌尖翻了会儿,把屏幕伸到了楚斯眼前:"长官你看,之后的每一天,我们的通信器都会自动接收到几条信息。"

屏幕凑得太近,楚斯朝后略让了让,看清了上面一排信息内容:

17:51:12。

数据传输中断，自毁中止。

17:51:03。

数据传输开始。

17:50:36。

查找指令完毕，未找到S001号指令源。

17:48:25。

自动查找指令。

楚斯挑起了眉："鬼来电？"

"是吧？！真是见了鬼了！"勒庞手指一拉，这样的信息几乎占据了她全部屏幕，一眼看不到尽头，"每天通信器都会被不明来源的玩意儿自动接通，光是查找什么S001号指令也就算了，那个自毁又是什么玩意儿？！谁知道它是要毁数据还是连我们一起毁了，所以每次传输都被我们强行掐断了。"

楚斯问："查过来源没？"

勒庞一边把通信器塞回兜，拍了拍，一边嗤了一声："怎么没查，唐借用东塔一层唯一能用的两个操作台，没日没夜地盯着那信号追踪。那一个月我们轮班倒，一拨在外面进行地毯式搜人，另一波盯着追踪码，却没找到任何闯入源。"

"搜不到其他人，也找不到闯入源……"楚斯想了想，道，"那就只能是一种可能了。"

"是巴尼堡内部的局域讯号，而且具有极高的藏匿性。"唐打了个响指，指着楚斯道，"长官您是想说这个吧？跟我们想到一起去了！但是我们知道了也没什么用。"

巴尼堡的东塔早就在那次事件中毁得七七八八了，外表虽然看不出什么损坏，里头的设备却一塌糊涂。唐能找着两个操作台勉强用着，已经很不容易了。

这种具有极高藏匿性的讯号，绝不可能是这两个小操作台就能搞出来的。

信号来源很可能在中心堡，那里有两个总控室，相当于巴尼堡的左右大脑。只要想办法进入总控室，一切就能一目了然。

"怎么？你们授命来清扫的时候没有开通权限？"楚斯问道。

"开了，但是权限仅限于东塔，中心堡和西、南、北三座塔都进不去。"唐"啧啧"两声,"所以说,这任务就是扯淡,抠成这副死鬼样子,多开一个门能要他们的命吗?"

"我们最初还大意了,把它理解成了普通的局域讯号,一旦超出一定的范围就接收不到。"勒庞抚着额头,非常无奈地摊开一只手,"于是我们就从那里搬出来了,还好乔尔背了一台迷你模块打印机,我们把东塔所有能拆卸下来的能源板和模块材料都拆了,在林子建了几间模块屋,结果……呵!"

他们搬出来的头一天,确实没再收到信息。

可第二天,阴魂不散的玩意儿就又来了。这次那四条信息之前还多了一条,内容是:重新定位完毕,图内坐标2856,1920。最贱的是还附了一张实景图,拍的就是他们房屋的正面图。

他们掐掉自毁进度之后,就立刻拆了刚建好一天的屋子,重新移到了距离巴尼堡更远的林子,却依然没能躲开,信息消停了一天,又来了。

就这样,他们一路从中心林区挪到了边缘。

"按照我们所收到的那些实景图来看,这里简直满林子都埋着眼睛……哦,就是我们之前提的蝇眼,我们给取的诨名。"唐解释道:"我们试图搜过一遍,但那工程太大了,收获少得可怜。"

他跺了跺脚,踩着地面:"我们现在所在的这处算是目前待得最久的,不知道是不是因为靠近边缘,那玩意儿已经安分了3天。但是我们始终提着心,不论多累也得留一个人守着,以免突然收到信息措手不及,来不及中止自毁。"

"但这样终归还是太被动了。"楚斯皱着眉道。

"被动极了!巴尼堡虽然被封禁了很久,但是当初建造的时候全是用的最牛最高级的技术,防御系统很厉害。"唐道,"我们当时想了很多优雅的方法,啥用没有!最后讨论来讨论去,只能这么着——"

他用十分温和的语气给楚斯描述了一下他们的讨论结果,换成通俗易懂的表达,就是一句话——轰它!

"是啊!所以我们搞了点手工活儿。"勒庞冲他眨了眨眼,对着旁边一个板寸头男人打了个响指,"刘!把你做的那些宝贝拿出来现一现!"

当年刚入营最闹腾的时候,刘就不怎么爱说话,偶尔被逗上两句,会腼腆地笑一下,显出单边酒窝来。这位看起来最温和老实的人,最擅长的是自制各种高杀伤力武器。

当年他们几个拿刘做出来的袖珍弹闹着玩,结果炸了他们合住的那栋独门公寓。

楚斯对那件事记得很清楚,自然一下就猜到了所谓的"宝贝"究竟是什么。

果不其然,刘起身去自己的卧室抱了一兜珍珠大小的袖珍弹来,跟捧着自家亲闺女似的。

楚斯失笑:"……你每天就睡在这些东西上面?不怕被掀上天?"

"没有每天,3个小时前刚完工,新鲜出炉。"刘笑着回答道,"我们打算明天去巴——"

他这话还没说完,几个人的通信录同时"叮"的一声响,就连楚斯的也跟着响了起来。

众人脸色倏然一变,唐甚至都没有掏出来看一眼,就飞身窜进了侦查室,"把通信器都拿过来,先把自毁给中止了!"

楚斯摸出通信器看了眼,果然是一条定位信息,还附加一张实景图,和勒庞他们描述的一模一样。

他跟在勒庞身后进了侦查室,乔尔也抱着他自己和金的通信器冲了进来。

唐在操作台上敲击的手指都快成虚影了,屏幕上代码簌簌直飞。

"你们这是把东塔操作台也拆来了?"楚斯道。

唐随口答道:"不拆白不拆!来来来通信器!"

他"啪"地敲下最后一个键,接过众人的通信器,挨个在操作台的感应器上蹭了一下。

楚斯拿回通信器的时候,就见一条新的信息跳了进来——数据传输中断,自毁中止。

他这人其实有个毛病,就是闲不下来。

被人这么威胁了一把,如果还能坐以待毙等着被威胁第二次,那就不是他了。

楚斯把通信器扔回兜里,侧身冲刘伸出一只手,抬了抬下巴:"你那些小宝贝呢,分我几个。"

刘:"长官你现在就要?不、不用歇一晚?"

"哦，没事，你们忙你们的，我去溜达一圈。"楚斯接过几个袖珍弹，手指拨弄着数了一下，"六个？估计少了点，再来三个。"

刘："……"这都是高杀伤性炸弹，不是糖啊！

唐和勒庞这两人当年也是训练营出了名的搞事二人组，他们一听楚斯这话，当即对视一眼，凑过来冲刘嘿嘿笑："大刘，也给我们几个呗，信息都上门了，还等什么明天，行动提前！"

"你们……"刘哭笑不得，干脆把手里的袖珍炮全塞进他们手里，"行行行，都别拖了，一起上吧！"

娃娃脸乔尔迟疑了片刻："那位扎了屁股的小辫子先生和他的女儿……"

这话刚说完，小拖把飞快地从楚斯手里摸了一颗袖珍弹，又仰脸看了楚斯一眼，而后一脸严肃地站在了楚斯身边。

乔尔："嘿——"

楚斯："费格斯小姑娘，这东西你可不能玩。"

"你们过去吧，我留在基地照看他们，小辫子先生现在移动起来不大方便。"乔尔想了想道。

"行！别耽误时间了，走吧！"唐冲众人招了招手，带头窜了出去。

从基地到巴尼堡着实有些远，以他们这种特训过的疾行速度，也走了将近40分钟。

"好在这里没有别人，随便炸！"唐从原始林里钻出来的时候，冲楚斯这么说道。

他们所站的地方有一个小坡，顺着坡下去，能进入东塔一层的门，穿过那道门，再绕过一个半圆形的草坪，就能绕到中心堡对外开的大门。

楚斯眯着眼看过去，又跟着唐和勒庞下了缓坡，道："不过这些袖珍弹的破坏力还是有限了点，想要彻底炸开大门有些难度。"

勒庞道："没关系，我们也没指望一下子把门炸开，只要能让它边缘松动一些就行。东塔那边别的不多，趁手的工具倒是还有一点，炸开缝了我们再把门撬开，以那个材质的坚韧度，我们计算过，轮番上岗差不多需要撬两天。"

唐嗤了一声："两个月我们都熬过来了，两天算什么！况且这也是我们能想到的最快的方式了，谁让我们当初没带点光束炮来呢！"

刘一听武器就来了精神,忍不住开口感叹道:"有点怀念光束炮随便用的日子了,在门前放上四枚,地狱的门都关不住。"

勒庞"啊"地接道,"要是再来个A12反物质炮,那就……"

唐翻了个白眼,道:"别做梦了宝贝们!"

楚斯倒是步子一顿,"反物质炮没有,反物质燃料仓倒是有一个,只是……"

"不不不不长官我们只想开个门,不想把整个儿巴尼堡送上天。"唐快把脑袋摇晕了。

说话间,他们已经穿过了东塔,东塔的门敞着,显然这帮兔崽子们离开的时候跑得贼快,连门都顾不上锁。

"反物质燃料仓那个当量光听听都能送命。"沿着半弧形草坪往中心堡大门方向走的时候,唐还在感叹楚斯的想法太吓人,"那个太疯狂了,您别闹!我——"

他话刚说了一半,突然"嗯"地疑问了一声,"等等!我怎么听见大门那边有声音?就像是……"

"就像是炮管磕碰到金属上的声音。"刘对这种声音敏感极了,连忙加快了两步。

众人绕过最大的那块弧度时,刚好能远远看到巴尼堡的大门侧边。

"等等!"楚斯一把拽住了还要往前走的几个人。

就在他们停步的那一瞬,惊天动地的爆炸声从大门处陡然传来。

火焰被浓重的烟雾裹挟着直窜天际,像星海中一朵兜天罩地的巨云。

轰——

第二朵。

轰——

第三朵。

唐被掀飞在地时,晕了好一会儿,才艰难地抬起头,目瞪口呆地看着那三朵巨云,蹦出俩字:"天……呐……"

"咳咳……这是真要把巴尼堡炸上天啊!什么情况?哪个神经病这么疯?"勒庞一边咳着嘴里的尘土,一边茫然地看向楚斯。

楚斯:"……"突然有了点不好的预感。

唐一边问着,一边艰难地爬起来,"还好是在巴尼堡,每堵墙都有防爆功能,挡了点冲击力,不然咱们现在就该碎成一把骨灰了。"

楚斯站起身,正要说什么,突然感觉头顶被什么东西拍了一下。

"谁?"他皱着眉转头。

"还能有谁,我的长官?"

萨厄·杨那懒洋洋的声音毫无预兆地响了起来,就在众人头顶。

楚斯朝旁边让开两步,抬头循声看去,就见萨厄·杨正直起身来,高高地站在墙头上。他一手插在兜里,另一手拎着一根银色的金属炮管,看着十分眼熟。

他居高临下地冲楚斯笑了笑,拖着调子问道:"你带着几个小傻子,鬼鬼祟祟在这里干什么呢?"

第21章

久闻大名

唐也好，勒庞也好，都不是什么好脾气的人，一上来就被某个来历不明的人士称为"小傻子"，谁都不会愉悦到哪里去。就连向来话少有些腼腆的刘都挑起了眉。

"你才小傻子！"唐张口就回了一句，下意识就狠狠地比了个挑衅的动作。

然而他指头还没伸直，楚斯就活似后脑勺长了眼，回手就把他的指头给摁下去了。

"欸？"唐和勒庞均是一愣。

萨厄·杨嗤笑一声，把炮管重新扛到肩上，眯起扣了护目单镜的左眼，瞄准了唐就是一下。

这举动来得毫无征兆，唐瞳孔一缩，周身血液瞬间凝固。

咻——

气流擦过炮管的声音又轻又快，唐感觉自己膝盖被气流一撞，条件反射似的一软，噗通就跪下了。

唐："……"

萨厄·杨耸了耸肩，"好可惜，没弹了。"

唐简直想吐他一脸肠子，他爬起来就想往墙上蹬："可惜你个头！那是R-72式火箭炮啊你就随便往人身上招呼？！你谁啊？！"

勒庞一边拉着他说："你冷静点。"一边摸出了袖珍弹。

刘："……你俩都冷静点。"

他二话不说把勒庞的袖珍弹抄进了自己兜里，警惕地看着墙上的不速之客。

楚斯脑仁子隐隐作痛，萨厄·杨这个家伙露脸没两秒，就稳稳拉住了全场仇恨,把几个人搅得鸡飞狗跳恨不得当场就要撸袖子抽死他。

这也算是一种别样的才能了。

"你能不能消停哪怕一天,别给自己树敌?"楚斯没好气地冲萨厄·杨道。

"那多没意思。"萨厄笑了一下,"不过能得到长官的关心,这敌竖得不亏。"

楚斯:"我建议你吞一枚火箭炮醒醒脑子,诚挚提醒,树敌太多会遭报应的。"

萨厄微微歪了头,透明的眸子在眯起时有种格外冷静而危险的意味:"诚挚提醒,一声不吭把人扔进太空也是会遭报应的。"

楚斯:"……"

有那么一瞬间,很少自省的楚长官居然觉得有点儿理亏。但很快他又觉得这理亏来得莫名其妙。于是从容答道:"扔你的不是我,这点你可以去问问那结巴。"

萨厄·杨似乎等的就是这么一句,听完就弯着眼又笑了一声。

他懒懒"嗯"了一声,道:"我也是这么想的,所以我把那结巴拆了。"

"……"楚斯以为自己听错了,"你什么?"

萨厄在腰后摸了一把,似乎把什么东西摘了下来。

那是一个银色半金属半透明的方块,长得和古董硬盘类似,半个巴掌大小,很薄。他捏着那方块颠了颠,就听那方块里头传来一个断断续续的电子音:"被大卸八块的天天天天眼系统为您服务,请下指令。"

说完,那方块还发出了一声拟人的啜泣。

楚斯:"……"

他一言难尽地看了眼被拆卸下来的部分天眼核心盘,问萨厄:"你究竟走的什么路线过来的?"

"托这结巴的福,我刚要闭目养神一会儿就被弹出了监狱,万幸那时候还没睡着,所以我借了值班室里狱警专用的单人抓索,在弹出的时候开门套上了龙柱,刚攀住崖壁,这智障就跃迁了一次。"萨厄说到这里就冷笑了一声。

天眼再度啜泣了一下,听起来可怜巴巴的。

只能说感谢龙柱没把他屏蔽在外,而天眼这个智障在开启跃迁时,又把小小的星球碎片当成自己的尾巴一并纳入了保护罩里,否则跃迁之后,被大卸八块的就是萨厄·杨自己了。

他单手撑着墙沿,翻身跃下来,落在楚斯面前时又短促地哼笑了一声,"我本打算从底下翻上地面,结果这智障又跃迁了第二次。"

楚斯:"……"

第二次跃迁是他下的令,他咳了一声,偏开头掩饰了一下表情。

唐和勒庞他们气还没消,却不得不注意到了萨厄·杨刚才说的几句话。里头的几个关键词着实有点炸耳——

什么叫被弹出监狱?

还有什么叫用抓索套上了龙柱?

众所周知龙柱那玩意儿是非常不讲道理的,人靠得太近会被瞬间分解成肉泥,抓索这种东西套上去,也会被龙柱附带的能量场感染同化。

这时候再去摸那抓索,一摸就是一手的血,皮开肉绽都是轻的。

可是……

他们几个警惕地朝萨厄·杨的两只手瞄了几眼,既没滴血也没掉肉,别说皮开肉绽了,明显的伤痕都没有。

"这人究竟怎么回事?他还是不是人呐?"唐蹙着的眉心能夹死一堆蚊子,他压低了声音,从唇缝里挤出这句话。

被问的勒庞还没来得及开口,萨厄·杨就偏头瞥了他一眼,"你压着嗓子我就听不见了?"

唐:"……"

他克制住了冲这人破口大骂的欲望,目光从萨厄手臂箍着的黑金环上一扫而过,有些愕然地转头问楚斯:"太空监狱的人?他这会儿难道不是应该蹲着大牢吗?!"

楚斯没好气道:"大牢都拴不住他,他越狱了。"

众人:"……"

他们感觉自己脸上除了问号,已经没有别的表情了。一个越狱的囚犯为什么能和监狱监管一把手面对面这么说话?不是应该二话不说把这人抓起来吗?

"长官,老实说,我们身上弹药存量比较多。"唐忍不住压低声音提醒了一句,"你如果想抓的话……"

萨厄·杨挑了挑眉，低头摸了点东西，然后摊开手掌懒懒地道："不太巧，我这里还有一把反物质微缩弹。"

众人："……"

他手掌上躺着的微缩弹每个都只有米粒大小，撇开外头特殊处理过的弹皮不谈，这些微缩弹的反物质含量加一起顶多三四十毫克。

听起来不多，但足够把这整块星球碎片毁得一干二净。

楚斯实在看不下去，出声问萨厄："所以我们跟这边一接驳，你就摸到这里来了？你来巴尼堡是为了什么？"

"你猜？"这家伙眨了眨眼，拎着炮管兀自朝大门方向走。

楚斯看了会儿他的背影，头也不回冲身后几个小傻子招了招手，"走吧，别让人抢了先。"

虽然萨厄没说原因，但从目前的举动来看，至少不是冲着他们来的。

唐他们几个相互对视了一眼，紧走几步跟了过去。

"长官，他究竟是谁啊？"勒庞忍不住又问了一遍。

楚斯顺口回道："他叫萨厄·杨，你们也许听说过。"

众人下意识点头："噢。"

楚斯没等他们再有什么反应，便冲领先几步的萨厄·杨道："麻烦这位越狱犯先生把你手里拎着的东西还过来，偷拿别人的武器你还要不要脸了？"

萨厄·杨没回头，他边走边晃了晃炮管，声音里带着笑："报告长官，这明明是你用完丢开的，我只是废物利用，从燃料仓里找了点能用的填充物，你不能这么不讲道理。"

"我从来都这么不讲道理，还有我的护目镜，劳驾一起物归原主，谢谢。"楚斯说道。

这回萨厄干脆转了个身，背朝着中心堡的大门，一边倒退一边冲楚斯张开了手臂，还没消散的火光和漫天的尘雾是他的背景。

他笑了一下，说："来抢吧，不客气。"

楚斯："……"你还是抱着火箭炮一起升天吧。

不得不说，萨厄·杨那狂轰滥炸式的开门方式非常有效，整个中心堡大门被炸得不知所踪，两边高防御门墙也扭曲变了形，活像猛兽的血盆大口，龇牙咧嘴地张在那里。

他和楚斯两人一前一后进了门……洞,摸索到了应急能源的开关。

就听嗡的一声,整个中心堡由上至下一点点亮了起来。

他们所在的是东边地上一层,巨大的空间里放置着各种高精仪器,大大小小,从极高的堡顶,一直延续到极深的堡底。在这里说话,甚至能听到一点儿回声。

最主要的操作中心在地下。两人顺着侧边的楼梯"蹬蹬"下了楼。

往地下一层的传送坪上走去时,楚斯回头催了那三个小傻子一声,"快点。"

结果这两个字不知怎么的,把那三个"梦游"中的人惊了一跳。唐张着嘴看向萨厄·杨,才反应过来这人究竟是谁。他嘴里说着脏话,脚下却踏了空,直直从楼梯上滚了下来,把快他两步的勒庞和刘也撞得扑通一跪。

三个人都赶不及爬起了,就冲楚斯道:"长官你说他是谁?萨厄·杨?"

楚斯:"……"

萨厄嗤笑一声:"小傻子们的反射弧大概能绕宇宙三百圈。"

第22章
死里逃生

不管怎么说，这些都是楚斯带出来的人，当他们在萨厄·杨面前集体扑地的时候，楚斯觉得自己的脸也跟着一起丢尽了。

他一言难尽地叹了口气，道："女士先生们，答应我，以后出去别说是特别训练营的人好吗？"

三个人："啊？"

"啊什么？劳驾直起身滚过来。"楚斯面无表情地道。

训练营出来的人，身上多少带着军部特有的条件反射，尤其当年他们还被楚斯训出了阴影。几乎是一听这种话，就嗖地爬站起来，就差没列队报数小跑过来了。

众人一起站在了中心的传送坪上，所有涉及高精机密的机构职员对这东西都不陌生。

曾经安全大厦内部七十多层之间来往，都用的是这样的传送坪，不过是更新版的，比这个更为简约高端的一点。它看起来跟古早年间那种玻璃电梯有点像。人进去的瞬间会被扫描DNA序列，和大厦内部档案以及预约待客资料相对比，身份通过验证的才能顺利启动。

身份不明的来客会被传送坪底部的触感器智能锁死，除非剁腿，否则无法移动。

楚斯每天上下楼都得用这个，早就习惯成自然了。

他几乎是下意识地抬手按上了启动器，扫描区自动启动。

红光在他手掌下扫过的瞬间，他才猛地反应过来，倏然缩回了手："……"

他无意间把这里当成安全大厦了，安全大厦里他的权限位处最顶端那个阶层,当然畅通无阻,手掌随便按DNA随便扫,绝对不用担心验证不通过。但是这里可不一样,这是巴尼堡。

即便这个老版的传送坪看起来只需要验证启动人的身份,安全度没那么高。但……

一个在他14岁就被封禁的地方,他上哪儿来的权限?

三傻子还没反应过来,萨厄·杨已经用一种戏谑的口吻说道:"我们长官也有大意莽撞的时候,不过没关系。"

他摸出被拆下来的天眼系统核心盘,冲楚斯眨了眨眼,"我很讨厌给人收拾烂摊子,但如果是长官你的话,我可以勉为其难——"

话未说完,一个陌生的电子音就打断了他,"身份验证通过,传送坪启动。"

嘀——

随着一声轻响,整个传送坪颤动了一下,缓缓朝下一层降去。

萨厄·杨:"……"

三傻子:"……"

就连楚斯都一脸茫然地翻看了一下自己的手掌,而后蹙眉道:"通过了?"

萨厄透明的眸子一动,上下打量了楚斯一番,最终又盯住了楚斯的眼睛,像是盯住了近在咫尺的猎物。

楚斯很不喜欢被人这样盯着,那目光说不上来是审视还是什么,总之,有种不轻不重的压迫感。吃软不吃硬的楚长官最烦的就是所谓的"压迫感"。

就在他心下有些不爽的时候,萨厄·杨又突然变了目光,撇着嘴吊儿郎当地伸手摸了一把坪内那个启动器。

红光在他手掌下一扫而过。

电子音再度响起,"身份验证通过。"

萨厄嗤笑一声,"我就知道,毕竟是五十年没更新的玩意儿,估计来条狗摸一下它都能通过。欸?你们要不要都试一下?"

三傻子:"……"你什么意思?!

暴脾气如唐,当场就要撸袖子了!然而撸到一半突然想起来这家伙是谁,他又僵住了动作,顶着一脸吃了耗子药的中毒表情,默默把袖子又放了下来。

楚斯皱着眉看向萨厄:"……你今天不跟人打一场群架骨头痒是不是?"

萨厄冲他笑了一声："你冤枉我了，我只是说话比较直。"

"嗯，你总有理。"楚斯道。

唐突然回头，面色古怪地看向勒庞，勒庞又面色古怪地看向刘，刘目不斜视："……"别看我，我也看不懂。

中心堡的东地下二层，高达四十多米，是整个中心堡最大的空间之一，另一个是西地下二层。巨大而复杂的设备从底部一直顺着墙到顶，看起来壮观又冰冷。

传送坪到底的时候，顶上的口应声封了起来，铜墙铁壁将他们彻底罩在了地下二层的空间里。

然而传送坪的门却仿佛死了一样毫无动静。

"嗯？"唐抬手拍了拍那扇透明的门，皱眉道："这门不会也老化了吧？怎么这么迟钝？"

他这话刚说完，又一个电子声从启动器里传了出来："指令源开始验证。"

"指令源？什么指令源？"勒庞原地转了一圈，"这话听起来有些耳熟。"

嘀——

"检测不到S001指令源。"电子音又毫无起伏地响了起来。

勒庞他们的脸色突然就变了，"S001？那信息还真是从这里来的！"

他们下意识就摸出了通信器，然而这次他们收到的不再是信息了。电子音接着又道："身份错误，自毁程序启动，倒数计时5——"

从"5"这个数字出来的一瞬，传送坪密封的玻璃圆柱顶端突然伸出一排黑洞洞的喷孔。

众人悚然一惊。

"4——"

唐当即就掏了一把袖珍弹出来，被刘一把按住，语速飞快地喊道："你是疯了吗？！这么小的空间炸的是我们自己！"

"3——"

砰——

他们被身后一声脆响弄得一愣，差点儿以为萨厄·杨那个疯子又不管不顾地要炸堡。转头一看才发现他正站在启动器旁，启动器的外罩碎了一地，裸露出了里头复杂的芯片和接线。

"2——"

"通信——"萨厄头也不抬地伸出了手,话还没说完,楚斯已经一把撸了所有人手里的通信器,扔给了他。

萨厄接了个满怀,冲他吹了声口哨,"我很欣慰这么多年——"

"闭嘴,快点。"楚斯说完,抬头看向那顶头的黑洞洞的喷孔。

"1——"

萨厄灵巧地把所有通信器连上了接线,手指翻飞地在其中一个上面输入了一长串字符,又干脆地把天眼核心盘连了上去。

"液氮准备——"

楚斯一听这话,当即把萨厄靠在腿边的炮管拎起来扛在了肩上,又从刘的手里薅来一把袖珍弹,全部送进了弹道。

嘀——

液氮喷出的瞬间,楚斯已经朝头顶的喷孔轰出了炮火。

开炸的刹那,整个中心堡都震动起来。

"哎哟——"唐他们脚下一跳,这时候如果有墙,保管他们已经飞速翻出去了。在这种密封的地方,这种杀伤力的武器说轰就轰,不疯都干不出这种事来!

"蹦什么?!这不是你们炸公寓的时候了?"楚斯眯着眼透过瞄准器看向炸开的火光,随口说道。

萨厄却笑出了声,似乎觉得非常刺激。他咬着舌尖,眼皮一撩,朝顶上飞速扫了一眼,手指的动作却一点儿没停。就这样,他还百忙之中抽出空来,腾了右手在楚斯耳边打了响指,"不愧是我的长官!"

"干你的事!"楚斯威胁般动了动炮管,好像萨厄只要再多浪费一秒,他就会轰掉这家伙的脑袋。

火光炸开的瞬间,极高的温度瞬间将液氮气化。

瞬起的浓雾裹着灼烧般的热浪从顶部直冲而下。

叮——

天眼系统熟悉的电子声如同天籁之音:"干扰数据散播成功。"

整个中心堡东地下二层所有的电子屏幕骤然一亮,像是巨兽突然睁开了眼。

被拆得不成样的启动器再度"嘀"的一声:"解锁成功,清理程序启动。"

浓雾充盈的瞬间,玻璃门乍然开启。

那种骤然一白的环境晃到了楚斯的眼睛,关键时刻老毛病又犯了。他感觉被人拽了一下手腕,便当即顺着那个方向就地一翻。

炮管砸地的声音刺耳极了,楚斯猛地闭了一下眼,再重新睁开,就见顶头的喷孔"嗡"的一声响,巨大的吸力瞬间将浓雾、火光和热浪全部抽了回去。

传送坪的玻璃罩内,只剩了一点浅浅淡淡的雾气,又很快消失得干干净净。

唐摔的地方离楚斯最近。他瘫在地上,满脸蒙地喃喃:"这也行?"

"谢了。"楚斯松了肩膀,冲他说了一句,便翻身站了起来,拎着炮管粗略检查了一番。

唐:"啊?"

"拽了我一把。"楚斯随口道。

唐:"啊?"

勒庞和刘也从地上爬起来的时候,萨厄已经再度进了玻璃罩,在通信器上敲了片刻。

就听满墙的设备嗑了药般此起彼伏地说道:

"S001指令源。"

"发现指令源。"

"S001启动。"

"指令源受到干扰。"

"程序错误。"

"哗——"

众人:"……"

萨厄一把拔了所有的通信器抓在手里,他在此起彼伏犯病一般的电子音里嘲讽一笑,没型没款地斜倚在了玻璃门边,拿起一个通信器随意瞄一眼,道:"这个屏幕上程序乱七八糟堆在一起的——"

话还没说完,勒庞抽着嘴角举手道:"我的。"

萨厄抬手便把它扔了过来,又拎起下一个:"这个屏幕边沿磕得像狗啃的是?"

唐干巴巴道:"我的。"

萨厄又扔了过来,他把剩下两个屏幕都按亮看了一眼,挑着眉选了一个,直接朝刘扔过来。

刘:"……"

"长官,来拿你的通信器。"萨厄弯着眼睛冲楚斯晃了晃那块薄板。

楚斯:"扔过来。"

萨厄拖着调子,"刚才某个腿很长的高级长官在里头摸瞎时,被我拽了一把,是不是应该表示一下感谢?"他顿了一下,又眯着眼补充道:"对着正确的人?"

"……"楚斯看了他3秒,开口道:"谢谢。"

萨厄:"不客气。"

说完,抬脚走过来把通信器拍在了楚斯手里。

楚斯总算没憋住,"你幼不幼稚?"

"我发育良好非常成熟,谢谢长官关心。"萨厄说着话的时候,已经绕过楚斯径直走到了中心操作台边,"让我看看,那个顽劣的50001究竟在哪里。"

楚斯:"……"这话怎么听怎么不对味。

第23章
仇人相见

作为倒霉催的50001本人,楚斯自然不可能错过萨厄·杨捕捉那个"冒充者"的全过程。

东地下二层作为中心堡的半个大脑,所贮存的信息数据庞大到难以想象。即便这里上一次被正式使用已经是40多年前了,但作为星球上尚未被超越的最大超基站,数据的自身管理系统还是十分缜密的,在它们有条不紊严阵以待的情况下想要入侵是一件费时又费力的事情。

萨厄·杨便挑了个损招,利用天眼这个外接智能系统作干扰源,让巴尼堡东大脑下意识产生排异反应。

对方不活动还好,一旦活动起来,破绽就多了,这时候再散播干扰就会迅速渗透,病毒一样转瞬把整个东大脑搞疯。

"智障能传染,这话一点儿也没错。"萨厄·杨两手撑在操作台边,随便敲击了几个按键,一边使唤天眼一边还不忘损它。

叮——

天眼的声音从玻璃罩里传来,字正腔圆道:"温馨提示,N57021225号囚犯杨先生,你真不是个东西。"

这结巴仗着现在得靠它办事,突然就长了浑身的胆子。

萨厄·杨对于这种评价欣然领受,他啪地按了一下确认键,一边仰头看屏幕,一边随口道:"哟,谢谢夸奖。"

楚斯走到操作台边:"恕我直言,你可真不要脸。"

萨厄·杨笑了:"彼此彼此。"

楚斯扫了眼满是复杂数据的大屏幕,一手插在兜里,另一手仔细翻看着手里的通信器，把每个程序都点开检查了一遍。刚翻到一半一抬眼，就看见萨厄·杨偏过头来，似笑非笑地道："怎么？通信器从我手上过了一下，就这么不放心？"

"毕竟你有过前科。"楚斯不冷不热道。

当年刚进疗养院的时候，他和萨厄·杨不对付到了极点。那时候的楚斯阴郁寡言，从孤儿院带回来的后遗症使得他常年头疼得厉害，睡不了一个好觉，浑身是刺，谁碰扎谁，能动手的绝不动口，跟萨厄·杨这个天生反动分子凑一起就能搞出一场局部地震。

十来岁的年纪非常要命，刚好处于就爱跟人对着干的叛逆阶段。他们两人骨子里某些点其实很像，唯一的区别是楚斯恨不得全世界都别烦他，让他一个人待着，而萨厄·杨则是见天找刺激恨不得要烦死全世界。

就连疗养院的看护们都时时刻刻提着心盯着他们，想尽一切办法把他们岔开，避免狭路相逢的局面，但这招也只能拦一拦楚斯，根本拦不住萨厄·杨。

因为萨厄·杨想搞事的时候，非常善于见缝插针。

一切东西只要从他手里过一遍，你就别想再用得安生，哪怕他只碰了十几秒。

当然，前提是他有那个兴致的话。

楚斯的通信器、耳机、生理状况检测仪等等都遭过他的毒手。

好在萨厄·杨那样的状态只持续了1年，1年后他似乎终于宣泄掉了那股劲一般，慢慢变得懒散起来，就连找刺激也都是一副懒洋洋的模样。

尽管那段时间十分短暂，但至少让楚斯从此记住了一件事——当你跟萨厄·杨不同目的不同战线的时候，任何东西都不要轻易让他碰。

萨厄·杨对于楚斯的警惕似乎很无奈，他叹了口气，"这次你真的想多了。你认为在那种跟液氮和炮管比速度的情况下，我会有多余的时间和精力对你的通信器做什么吗？当然，能被长官你这样高估，我非常荣幸。"

"说得跟真的一样，不过很遗憾，我一个字也不信。"楚斯嘴上依然毫不留情。

但就事实来说，萨厄·杨这话其实很有道理，那种情况下哪个正常人都不会再分神去干别的把戏，那简直是上赶着找死拿命开玩笑。

楚斯垂着眼睛，手指依然固执地点向了最后一个未查的程序。

就在他粗略一扫准备收起通信器的时候，屏幕上突然炸开了满天星，各种乱码一样的光点从上闪到下，晃得楚斯眯起了眼，然后瞬间变成了一片浩瀚又安静的星海。接着通信器固有的电子音突然出了声，用一种葬礼般庄严的语气说道：

"Surprise（惊喜），送给一定会检查通信器的楚长官。"

这声音出来的同时，萨厄·杨还一边敲着他的按键，一边头也不回地同步配了个口型。

楚斯："……你一定要这么孜孜不倦地证明你病得不轻吗？"

萨厄·杨却没有回话，甚至都没有看楚斯一眼。他那双颜色极浅的眼睛依然一动不动地盯着屏幕，飞速滚动的字符映在他的眸子上，像薄而冷的玻璃。嘴角却翘起了一个弧度，又很快收了起来。

这人不笑不眯眼的时候，侧脸的轮廓线条硬而深，显出的气质不是轻挑也不是傲慢，就是一种难以接近的冷感。

楚斯通信器里被动那个真的只能算是一个小小的手脚，大概也真的是因为植入的时候时间很紧，就连不专攻这个的楚斯自己也能轻易地把它清除出去。

不过这个小小的程序并没有劳驾楚斯动用他金贵的手指。那一片浩瀚又安静的星空只存在了5秒，就蹦出来一个提示，显示垃圾程序已被自动清除。

可见萨厄·杨是真的纯手欠。

唐和勒庞在后面惊疑不定地看着那两人，同时转头偷偷问安静的刘："欸，当年我们那帮人里头就数你知道的事儿最多，还都闷着不说。你……听过咱们长官和那谁的事情吗？"

刘："我只知道他俩认识，据说曾经关系特别差，没了。"

勒庞翻了个白眼："废话，所有人都听过这个。但是……这看着一点儿也不像是你死我活的那种关系差呀。"

刘一摊手："鬼知道。"

"劳驾你们以后有悄悄话别说出声，尤其别当着正主的面说出声。"楚斯冷冷地说道。

这见鬼的地方说话还带回音，说个悄悄话都是循环加强版，听得人心情复杂，非常糟心。

萨厄倒是短促地笑了一声："这么想知道我跟你们长官有过什么纠葛？"

他说完从眼角瞥了他们一眼,手指却轻描淡写地敲下了最后一个键,满墙的屏幕瞬间全部刷新成一个相同的界面,壮观得令人惊叹。

"楚长官告诉你一个好消息,你的仇人萨厄·杨为您揪住了50001的小辫子。"

第24章

夜半逃跑

好好一句话,经由萨厄·杨的口说出来,就怎么听怎么都不太正经。但楚斯认识他实在太久了,深知他究竟是个什么东西。你反应越大,他越觉得有意思,所以最好的方式就是当没听见,不要给他半点儿情绪反馈。等他觉得单调无趣了,自然就好了。

某种意义上来说,这方法是奏效的,因为放在萨厄·杨这种不按常理出牌的人身上,只要没把他激得更疯,都是好消息。

但另一种意义上来说,这方法还是屁用没有——

毕竟这都40多年了,萨厄·杨这神经病还没开始觉得无趣。

楚斯神色淡定,在脑中自动把那些毫无必要的用词给摘掉,只留下重点。他盯住了最近处的一块屏幕,扫着上头的荧蓝字符。

那些字符绝不是常用的信息处理代码,否则楚斯一眼就能看个七七八八。

它们正以一种奇怪的组合方式,在屏幕上铺了个满,乍一眼,能把人脑子看得"嗡嗡"直响。

"这被加密过吧。"唐在这一块也算个能人,只是不如太空监狱出来的经验丰富,"这还不是咱们常用的。"

训练营在楚斯他们那个年代还隶属军部,所以那时候他们要学的内容包括军部可能接触到的各种加密方式,不论是常用的还是不常用的,基本上一样都不会落下。

后来训练营转划到安全大厦名下,所学的就相对有限了一些,但是军部最常用的和次一级常用的他们依然得会。

实际任务中接触得多了,对这些都快练就出第六感了。

眼前屏幕上的，看起来比任何一种都别扭，别说唐他们了，楚斯也敢肯定这绝对不在训练营乃至军部的接触范围内。

"像蜘蛛密码的变异。"唐摸着后脑勺，一脸严肃地判断完，又撇着嘴加了一句，"好吧，我胡猜的。"

不过这些乱码似的组合却并没有在屏幕上停留多久，几乎刚走到结尾就被瞬间刷了新。

跳闪了大约十来下后，那些乱码组合全部变成了正常的可阅读的字词：

信号源捕捉成功。

信号源属性：双层。

一层信号源：86206-018。

二层信号源：50001。

处理方式：清除or锁定。

一看属性是双层信号源，楚斯就明白了过来。所谓的双层属性，就是一个信号源又披了一层假皮出去招摇撞骗。一层信号源是本体，二层就是那张皮。

"我刚才看了眼信号源的轨迹，挺潇洒的，每次出发前都要绕到这老巴尼堡来喷个漆，把自己伪装成50001，一触就走，完全不作停留。"萨厄·杨大致解释了一句，"把这里当成了转换处。"

"86206-018，"楚斯抱着胳膊看了会儿，嘀咕，"有些眼熟。"

但这绝不是什么好兆头，能让楚斯眼熟的信号源可不多，他成天不是跟军部以及政府打交道，就是跟太空监狱或者各式他星分裂势力打交道。

一层信号源是里面的任何一个，这乐子都会有点大。

楚斯朝萨厄·杨看了一眼，见他还没动，便干脆地伸手越过他敲了几个键。

整个系统卡顿了一瞬，最正中的屏幕便跳出了一行提示："正在载入第36版星球城市地图。"

萨厄垂下眼皮，目光从楚斯手上一掠而过，"长官手伸得很长啊。"

楚斯懒得理他，他也没多说什么，干脆放开两手懒懒地撑在了操作台边缘，随便楚斯越界过来在他眼皮子底下操控系统。

一版复杂的城市微缩俯瞰地图被加载了出来，楚斯敲了几个键后，手指直接按住了其中一个没有撒手，又冲萨厄·杨抬了抬下巴，"劳驾抬一抬你的手指头，摸一下启动区。"

"摸一下算立功吗?"萨厄偏头过来问道。

楚斯:"不摸你就让开。"

霸占着操作台最关键的位置却不动手,非要磨磨叽叽的,也不知道他图个什么。

"那我还是选择立功吧。"萨厄·杨随口答了一句,手指已经摸上了启动区。

屏幕再度跳出了一个提示:正在搜寻一层信号源86206-018。

"这系统哑巴了?提示怎么都不开口。"勒庞嘟囔了一句。

唐在一旁小声回道:"你忘了?这系统刚才还被……嗯那谁搞疯了一把,满墙电子音乱成串了,这会儿正处在紊乱调节的自动静音中呢。"

以往这样的搜寻顶多是需要耗费几秒,但是这次,也不知是巴尼堡真的被封禁了太久还是别的什么缘故,整整一分钟过去后,屏幕才终于一层层细化地图,在某个街区圈出了一角。

旁边有一个小提示框,标注着搜索到的痕迹时间:5633年。

"干得漂亮,找到了信号源最早期留下的痕迹。5633年,距今大约……"萨厄·杨说着,还正经动了动左手手指数了一番,"得有个百八十年吧,加油,说不定还能把对方捉个正着呢。"

楚斯:"……"

他盯着那个街区,面无表情地冲身边的萨厄丢了一句:"你闭嘴。"

萨厄·杨笑了一声。

5633,这个信号源在这个街区留下痕迹的年份,距离星球爆炸那年还真的有八十年了,甚至比楚斯的年纪还要大上20年。萨厄·杨这话说得可谓损得不行,但是那又怎么样呢,只要能找到一点痕迹,就不怕最终揪不出那个人。

楚斯操控着系统把那块圈出的街区不断放大,直到看清了那块区域右上角的一块标注小字——

西西城A区梧桐大街7号。

楚斯的眉心瞬间便是一跳:"孤儿院?"

如果是别的地址,楚斯还得再去搜索一番,但是这个地方他却绝对不会忘记。

西西城城立孤儿院,楚斯从出生后待了8年的地方。

8年,放在两百多的寿命中,其实是再短不过的一瞬了。但对于曾经在那里生活过的人来说,大概会是人生里最为漫长难熬的时光。

楚斯少年时代阴郁、排外、急躁、寡言等等一系列负面问题,全部都是在那座孤儿院里生出的芽。

那座孤儿院挂着"城立"的名,就和西西城的监管政府一样成分复杂,利益关系线交错不清。光是西西城内关于它的传言就一抓一大把,有说它其实是私人财团支持建造的,打着孤儿院的幌子,实际在干着别的灰色勾当。还有说是政府和西西城黑暗面相互妥协勾连的产物,还有说这里头掺和了军部。

总之,复杂且并不算光明的背景导致了孤儿院里头的环境也一样,复杂且并不光明。

那里就像是地狱之眼西西城的缩小版,充斥着混乱和冲突,哪怕里面的大多数人都还是孩子。

任何一个从里面出来的人,在描述它时都会堆叠上一切黑暗的形容,不会用上哪怕一个褒义词,甚至连中性词也没有,

在楚斯记忆里,也许是环境过于压抑的缘故,那里的孩子大多都有严重的头痛病,派驻的医生说,那并非是生理性的,而是心理极端情绪堆积太多所导致的,伴随着的还有焦虑、失眠、狂躁⋯⋯

他曾经住的那个房间里,有个比他大一岁的孩子,骨瘦如柴,头痛病一旦发作起来,就会蜷起身体,用脑袋一下一下地撞着床头的金属护栏。

他从有记忆起,便每天听着那样的"砰砰"声,听了整整两年半,直到对方死了。

"死"这个字眼对那里的人来说太常见了,因为每天都有孩子死去,因为打架,因为被罚,因为生病⋯⋯

也有些人尝试着要离开,却因为年龄小或是别的什么缘故,不论跑到哪里,总能被带回来。那座孤儿院就像生了无数双眼睛,对每一个孩子的动向,都了如指掌。

楚斯第一次见到养父蒋期,就是在孤儿院小白楼的西面。

那座楼的设计有些特别,和其他光滑的墙面不同,小白楼西面墙壁的中线

上，箍着一道细长的金属柱。如果偷偷翻上小白楼的天台，然后顺着金属柱滑到六楼，就能借着那里一根一脚宽的横板，小心转移到隔壁的建筑物平台上。

在七八岁的孩子眼里，这样已经是很复杂高端的逃跑方式了。

楚斯是在那年隆冬的一个深夜翻上天台的，冬天看护们入睡的时间早，睡得也沉，有空子可以钻，算是个非常合巧的时机了。

然而他从楼上滑下来，上了那根细长的横板时才发现，横板上冻了一层薄薄的冰。

尽管他每一步都小心极了，但最终还是从横板上滑落下来，多亏他反应及时，两手死死地勾住了横板，才勉强把自己给吊住。

那对于8岁的孩子来说，难熬又绝望。

手指勾在冰冷的金属横板上，冷得刺骨又滑得惊心。

他就那么在六层的高度上，在两栋建筑之间，勾了很久。回头是泥沼，松手是死亡。

蒋期就是在那时候来到那个巷子的，那时候的他刚过中年，身上穿着的还是军部的衬衣长裤，只是外面罩了一层深色的大衣。那巷子里的感应灯之前刚被一伙聚众闹事的人给毁了，只剩院墙顶端一排微黄的小灯，给蒋期整个人都镀上了一层温和的边。

楚斯当时已经有一只手滑脱了，带下的冰碴刚巧掉在了蒋期身上，这才让他注意到上面居然还悬着一个孩子。

蒋期当时似乎是吃了一惊，也可能反应没那么大，楚斯记不太清了。

只记得蒋期仰着头，拍了一下手，然后冲他摊开小臂，道："你这小鬼是怎么到那种地方的？先下来，放心，我接着，摔不死。"

楚斯在孤儿院的8年从没说过一句话，自然也不会开口回答蒋期。他甚至本着对所有陌生人的排斥心理，不那么想松手。但是湿滑的横板由不得他。

就在他咬着牙还想努力再犹豫一会儿的时候，蒋期又补了一句话："哦对了，下来的时候别蹬腿，免得踩我脸上。"

这话刚说完，楚斯手上就一滑，蹬着腿从六层的高度掉了下去。

第 25 章

墙头少年

很不幸,楚斯给养父蒋期的见面礼,就是脸上的一个鞋印。

好在他落地前,蒋期突然想起自己这次出门记得带手环了,临时打开了手环上嵌入的反重力场装置,缓冲了一秒,这才使得那一脚踩得没那么重,避免了肿着半张脸去见人的丢人下场。

这样的见面方式着实不太令人愉快,至少楚斯当年单方面觉得蒋期没还他一脚简直是奇迹。如果是在孤儿院里,踩到别人的脸一定会被狠狠报复回来,不论是不是不小心。

所以当时楚斯刚落地就一骨碌爬起来,下意识朝墙边退了两步,一脸警惕地盯着蒋期。

"现在又怕了?刚才把我的脸当着陆点的时候怎么没怕呢?"蒋期擦着脸上沾的冰碴,没好气地说了一句。

那时候的楚斯很小,像只炸着一身毛的野猫。仰着脸盯人的模样没有半点儿威胁性,反而把蒋期给逗乐了,说:"别瞪了,那么大眼睛也不怕把眼珠子漏出来。欸,你这小鬼还挺有意思的。"

后来的很多很多年,每次想起那天晚上蒋期的反应,楚斯都还觉得他挺有病的,被人蹬了脸还觉得有意思。

当时 8 岁的楚斯更是被他弄得有些蒙,他从没想过踩人一脚居然会得到这种评价,一时间有些惊疑不定又有些茫然。

等他回过神的时候,他已经被蒋期抱了起来朝巷子口拐过去。老大不小的人了,一路走一路嘴还不闲着,逗楚斯说:"你是不是该跟我说声谢谢?"

楚斯:"……"

他长那么大，从来没有人跟他说过，踩了人家的脸还要说谢谢。

蒋期又说："如果不是我在下面接着，你今天落地就得成炸瓢的西瓜。"

楚斯想了想，觉得这人在恐吓他。

他那时候从不跟人说话，对所有活物都只有三种情绪——警惕、厌恶、冷漠。

他浑身僵硬地瞪了蒋期半天，也没有要张口的打算。等转过路口发现蒋期在往孤儿院大门走时，更是挣扎得差点儿蹬了蒋期第二回。

后来蒋期为了保住自己另半张脸，临时改了路线，把楚斯带回自己在西西城落脚的酒店，又在凌晨顶着瞌睡把第二次企图上天台逃走的楚斯捉了回来，安抚了一句："这天台一百七十多层呢小崽子，真下去了，我得用铲子去铲你，挺难看的。"

再后来，那长了无数眼睛的孤儿院果然还是找上了门。蒋期大约是有点瞎，硬是从楚斯面无表情的脸上看出了眼巴巴的意思，便去办了一系列领养手续，把他从待了8年的泥沼里拉了出来。

和蒋期共同生活的那几年其实算不上有趣，因为蒋期太忙了，一旦工作起来就有些疯，没日没夜不知疲倦。

但那依然是楚斯60年的人生里最为平静安逸的日子。他学着所有能学的东西，话也渐渐多了一些，蒋期偶尔闲下来，会给他讲一些曾经的经历，有趣的或是惊险的。

那大概是楚斯仅有的一段和自身年纪相符的生活，唯一不大美妙的是他的头痛症依然存在，每次发作起来都让人恨不得把头骨砸碎一了百了。出于某种心理，楚斯每次都强行忍着，不愿意让蒋期看出一点儿问题。

他原本以为，日子会一直这么过下去，保守估计也得有个小一百年，却没想到这样的日子短得出奇，6年后就因为蒋期的死戛然而止。

他死在爆炸的瞬间，连块骨头都没留下，而楚斯还欠着他一句"谢谢"。

被送到白鹰军事疗养院的时候，楚斯几乎在一夜之间又回到了8岁以前的状态。

白鹰疗养院里的那帮孩子大多都是军部人员的遗孤，还有一些据说有特殊的背景或问题。

因为人员复杂，白鹰疗养院里头依然像一个缩小的社会，但并不是西西城城立孤儿院的那种。

这里的人依然没有谁把他们当成正常孩子，倒像是在提前培养特殊的军部后备兵。

楚斯最初是无法接受这里的管理方式的。刚进疗养院的第二天，他被带去医疗室里做了一次全身麻醉，睡了一整天，醒来后并没有发现身上有什么异常。

他在孤儿院里的那些经历使他对周围所有人都怀有极高的警惕心。于是他偷偷注意了一个礼拜，终于得知他的身体里被植入了一个生理状况监测仪，据说是为了随时上报他们的健康状况。

不管好意还是恶意，这种具有隐瞒性质的行为刚好戳中了楚斯的爆点。就连被人碰一下，他都会觉得有些厌恶，更别说在未经他同意的情况下，在他身体里埋个东西。

因为创口被修复过，看不出丝毫痕迹。楚斯花费了几天的工夫，才终于找到那个所谓的生理状况监测仪究竟埋在哪里。

他挑了一天下午，在冷兵器贮藏室里摸出了一把匕首，悄悄去了贮藏室后头的植物园，那里的围墙角落有一处监控死角。

楚斯背倚着墙壁，借着墙上大片大片铺散下来的藤本月季遮挡，他把匕首的刃尖抵在了左手手臂上。

虽然看不出痕迹，但是刃尖游走过那片皮肉时能感到一点微微的硌。

少年时候的楚斯对疼痛的忍耐力超出常人许多。他一边用余光注意着植物园里的动静，一边将匕首压进了皮肉里，鲜血渗出来的时候，他甚至连眉尖都没有蹙一下。

他的手非常稳，只要那么一拨一挑，就能把那个薄薄的金属片挑出来。

就在匕首的刃尖已经触到金属片时，他头顶上突然冒出来一个懒洋洋的声音："下午好，新来的。"

那声音出现得毫无预兆，惊得楚斯手指一抖，匕首薄刃随之一滑，在小臂上拉了更大的一条口子。

汩汩的血一下涌了出来。

楚斯满脸不耐烦地一转头，就见一个十五六岁的少年正半蹲在围墙顶上。他有一双非常漂亮的眼睛,颜色浅得几乎透明,垂着眼皮居高临下看过来的时候,会显出一股浓重的傲慢来。

总之,欠打极了。

楚斯理都没有理他,扫了一眼后便收回目光,又动了动匕首把那个金属片挑了出来。

他面无表情地把金属片捏进了手心里,又在那个少年从墙上跳下来时,握着匕首随手一甩,甩了那少年一脸血。

原本张了口正要说什么的少年顿时挑起了眉。他舔了一下嘴角沾的血珠,冲楚斯弯了眼睛,用一种看不出喜怒的表情说道:"谢谢款待,再来一点儿?"

神经病。

楚斯从眼角扫了他一眼,拎着匕首转头便走了。

没多久,他便听说了那个少年的名字……

他叫萨厄·杨。

第26章

巨幕星图

"回魂了长官。"

"啪"的一声响指在楚斯鼻尖前响起,楚斯眉心一蹙,抬手把某人的手指头排到一边,睁眼说着瞎话:"你哪只眼睛看到我走神了?"

萨厄·杨弯起了眼睛,"两只都看见了。"

总有人说判断一个人真笑还是假笑,就看他的笑意是只停留在嘴角,还是到了眼睛。这方法在萨厄·杨的身上却根本行不通,因为他笑的时候,总是弯着眼睛,眼角的笑意也很明显,却就是让人判断不出那笑里究竟含着什么。

就像当年初见时候舔着血的那个笑一样。

当初在疗养院也好,训练营也好,所有跟萨厄·杨有过接触的人都觉得他很危险。

因为所有人身上都牵着绳子,或长或短或多或少,行事思考总会受这根或是那根的影响,唯独他的身上仿佛空无一物,自我割裂在群体之外。

他做什么,不做什么,全凭他自己想或是不想,因为没有牵连,所以难以预料,也不可控制。

疗养院加上训练营耗费了十多年的时间,想把萨厄·杨拉进人群里,但是显然收效不大。

楚斯和他认识整整45年,从少年到成年再到盛年,人生成长最多的阶段都包含在里头了,萨厄·杨身上的变化也许很多,但偏偏不包括其他人期望的那一点。

"看在认识这么多年的分上,能偷偷告诉我你的魂刚才去了哪里吗?"萨厄戏谑地问了一句。

楚斯瞥了他一眼，"我只是突然想起来86206-018这个信号源很眼熟，可能曾经在孤儿院那里看见过……5633年的孤儿院会有什么人存在，窝到现在突然来冒充我？或者反一下，想要借用安全大厦某个执行长官的权限，又在80年前存在于西西城城立孤儿院的，会是什么人……"

萨厄·杨拖着调子道："想要借用你权限的？那可多极了，比如我、我、以及我。要不我慷慨一点，先让长官你查一查？"

楚斯："……我在思考正常情况下正常人的可能性，有病的暂且排除在外。"

萨厄·杨耸了耸肩："真遗憾。"

他甚至还撇了撇嘴，露出了一副可惜的表情，不过只维持了一秒就收了回去，转眼又恢复了兴味索然的懒散："好吧，我对正常情况下的正常人没什么兴趣，比如5633年就普通得无趣至极，倒是它的前一年比较特别……"

萨厄的语气非常随意，看起来像是顺口一提，但是楚斯却看了他一眼。

5633年的前一年确实很特别，那是星际大混乱的最后一年，混乱势力被迫不断收缩的末期，老巢就盘踞在西西城。

那拨混乱势力混杂了十八个不同星球的掠夺势力以及宇宙流浪者，起头的是费马α星。它有个别称，白银之城。

其实不论是这十八个不同星球的掠夺者还是宇宙流浪者，原本都是楚斯他们所在的天鹰γ星上的人。只是在新公历纪年开始后，陆陆续续转移到了其他可居住星球上。

在后来的五千多年里，那些星球的发展速度千差万别。白银之城是里头发展最好的一个，科技智能水平甚至远超天鹰γ母星，发展最差的那个则干脆被抛弃了，上头的居民大多分散转移去了其他星球，剩下的就成了宇宙流浪者。

在白银之城发展最快速最好的那些年里，星际移民陡然盛行成风，急速的扩容使得各种难以调和的矛盾凸显出来，一时间无法消化，唯一的方式就是转嫁冲突，这就攒成了那场为期百年的大混乱。

萨厄·杨这句看似不经意的话倒是提醒了楚斯，冒用他权限的人背景也许比想象的更复杂，毕竟当初的混乱势力始终没能被完全清剿干净。

但这就有一个问题……

"安全大厦一共有9大办公室，要说最核心的，怎么也该是跟军方联系最紧密的1号办公室,监管着星际间的安全局势,所涉及的权限覆盖面也是最广的。"

楚斯撑着操作台,盯着屏幕上那个固定了许久的街角俯瞰图道,"既然已经如此费劲地想披张皮了,为什么不干脆选1号办公室的执行长官?"

萨厄·杨依然懒懒地道:"没准觉得我们楚长官的皮囊格外好看呢。"

说完,他活动了一下双手的手指,再度敲起了操作台上的键,没个正形道:"来,看在你好看的分上,我勉强再累一累我的手指,帮你牵一张网。"

楚斯原本条件反射张口就要损他,但听见这句帮忙的话,又勉为其难地把原话咽了回去,点了点头道:"谢谢夸奖。"

萨厄手指不停,又哼笑了一声。

楚长官对自己的评价惯来到位,比如疑心重这一点。他从来不乐意去相信什么碰巧和运气,除非他把一切能排除的原因全部排除了。在他看来,那个所谓的86206-018之所以会挑中安全大厦,又在9大办公室里挑中他来冒充,绝对有什么更深的原因。

冒充这种事首先操作上太难,其次一不小心就容易被戳破。

如果他是那个冒充者,最该考虑的就是这两个因素,二者取其一,要么挑容易冒充的,要么挑不容易被戳破的。老实说,从正常角度来看,他这个位置两者都不沾,甚至权衡下来也绝不是最能兼顾的。

但如果是从非正常角度来看呢?如果对86206-018来说,他就是相对容易冒充且不容易被戳破或捕捉的呢?

于是有一种可能性就变得很大——

那个86206-018不论是单人还是团体,应该是认识他的,很可能是在他身边待过的人,对他比对其他执行长官要熟悉得多。

"让我来看看……"萨厄·杨手指轻轻一敲,就见整个地下二层绕墙一圈的屏幕全部变成了深邃的黑蓝色,从上到下,从左到右,瞬间连成了一个完整的巨幕。

"天哪……"一直跟两人保持距离的三位小傻子刚好站在空间的中央,屏幕刷新的一瞬,浩瀚无边的星海就像是绕着他们铺展开来,将他们兜头罩在了里头。

这和站在原始野林里直接看到的星海,又是不一样的感觉。

屏幕颜色变深，整个空间便倏然暗了下来。楚斯仰头扫了一圈，又收回目光警惕地看向萨厄，"突然转成巨幕星图做什么？"

不是他神经过敏，是萨厄·杨这人的周身神经都跟别人不太一样，好像不找刺激就不能活。

原本很小的动静，只要经过他的手，就会被放大无限倍，搞得惊天动地。

萨厄一脸"我忙得不得了，拜托蛮不讲理的长官先安静一会儿"的表情，一手继续敲着键，一手竖起食指在自己嘴角边压了一下，"嘘——"

"'嘘'了我就不说话放任你乱来了？"楚斯道。

"万一呢，总得赌一把。"萨厄收回嘴角边的手指，敲下最后几个键，笑了一下道，"万一我们聪明的楚长官突然犯回傻呢。"

萨厄这家伙转头冲楚斯行了个没型没款的军礼，"报告长官，反正你也拦不住我，就这么着吧。"说完，他敲下了最后一个按钮。

啪——

随着按钮声响起，四十多米约等于平常十多层楼高的巨幕中心突然亮起了一个荧蓝色的原点，接着出现了第二个、第三个、第四个……

水波纹一样由中心朝外迅速扩散开去。

"这是什么？"楚斯抬起头。

萨厄斜倚在操作台上，也跟着抬头看过去，他这么一动，手臂便碰到了楚斯，线条漂亮的肌肉硬邦邦的，透着温热的体温。

他嘻着笑，懒洋洋地冲楚斯一眨眼："巴尼堡有着超越一切超基站的基础，能搞定的可不只是各种讯号，既然要撒网捉人，当然撒得越大越好。我只是稍微变通了一下，把它的能力覆盖范围稍微上调了一点点。"

他用手指比了个缝隙，然后冲那铺散开去的无数光点一抬下巴，"那是龙柱，一个点代表一根龙柱，这是宇宙可达范围内所有的星球碎片位置。你曾经待过的整个世界，都在你眼里了。"

第27章
两尊大佛

你曾经待过的整个世界，都在你眼里了……

萨厄·杨说这句话的时候，少有地没有拖腔拖调，也没有透出懒散来。他说得异常平静，平静得让人无法往惯有的戏谑、嘲讽或者其他意味上理解。

上一回听见他这样说话是多少年之前了？太久了，久得有点记不清，但还是会让人有点恍神，好像时光倒流。

楚斯看着那些数不清的光点，微微眯起了眼。有那么一瞬间，他想偏头看萨厄一眼，但是最终还是没动，只是沉默了两秒后，"嗯"了一声。

这回应再平淡不过，平淡得几乎无趣。

但萨厄·杨笑了一声，再转过脸来时，就又换上了一贯的语气，"问你一个问题。"

楚斯调整了一下姿势，抱着胳膊道："说。"

萨厄·杨用下巴指了指他的胳膊："我一开口你防备心就变重了。"

楚斯坦然道："这得问你自己。"

"好吧。"萨厄·杨说完，又笑着重复了一遍，"好吧，不用这么警惕，我只是想问你有没有多余的通信器。"

楚斯一愣，"你自己的呢？"

他想起之前手抖发给萨厄·杨的那个信息，至今还没收到过回音，一点儿不像对方的作风。

萨厄·杨冷笑了一声，目光瞥向玻璃罩里将功赎罪的天眼，道："很不幸，被智障弹出太空监狱的时候丢了。"

"恭喜。"楚斯顺嘴安抚了一句，道："我为什么会带多余的通信器，不用想了,要不你去问问唐他们。"

"小傻子们。"萨厄·杨直起身冲站在不远处的三人道:"帮个忙。"

唐正盯着巨幕星图琢磨事情,一听这话,当即嘴角就是一抽,"……我从没见过让人帮忙还这么嚣张的。"

"那你现在见到了。"萨厄·杨道:"你们谁带了比较特别的通信器?"

三人垂眼看了看自己手中的通信器,忍不住问:"什么叫比较特别的?"

"就是……"萨厄想解释一下,但是又有些懒地摆了摆手,"算了,你们看上去也不像是有的样子,回头我再想办法。不过你们落脚的地方总是有的吧?"

"有。"勒庞下意识回了一句,立刻就被唐拱了一手肘。

"走吧,我太久没合眼了,借地睡一会儿。"萨厄·杨冲他们一挑下巴,"带个路。"

三个人下意识原地转了个身,就往传送坪走。等到楚斯和萨厄都跟进来了,传送坪缓缓上移的时候,他们才如梦初醒地自己掐了自己一下:吃错药了吗?把萨厄·杨带回去睡觉?!

唐看着正在把天眼核心盘从启动器上撤下来的萨厄,犹犹豫豫找了个借口:"这边不是撒了网吗?就这么放着不用守?"

萨厄·杨意味不明地瞥了他一眼,收起天眼嗤了一声:"你布置完陷阱都蹲在陷阱里等吗?"

唐:"……"

"那……设备都在这边,离远了怎么操控?"勒庞又跟着补了一句。

萨厄·杨晃了晃自己手中的天眼,没好气道:"有一种方法,叫远程操控。"

叮——

天眼关键时刻献起了殷勤:"太空监狱欢迎你,设施完备,房间整洁,配套有——"

它还没说完,萨厄·杨就冷笑了一声打断道:"然后趁我睡着再把我弹出去一次?"

叮——

天眼:"不不不不给我一个好好表现的机会。"

"别做梦了。"

天眼又半真半假地啜泣了一声。

唐:"……这半残的系统快赶上以前军部机甲的脑仁了。"

可惜,当初在百年大混乱里,军部机甲大批量毁损不说,连机甲制造基地等地方也遭到了毁灭性的打击。说是技术倒退几百年也不为过,后来的几十年军部壮大了研究技术队伍,几乎全部用来收拾这部分烂摊子,蒋期就是其中之一。

军部现存的机甲数量远远比不上鼎盛时期的机甲数量,轻小型机甲只剩原本的1%,重型高智机甲更是只剩五台,全部存放在白鹰军事基地。

"说到这个就很奇怪了,按理说当初星球出事的时候,虽然只有三分钟,普通人只来得及钻进各家配备应对紧急状况的民用冷冻胶囊,但军部不一样,多少能做点什么吧?难不成被什么问题给绊住了?"唐咕咕哝哝地说着。

楚斯朝萨厄·杨瞥了一眼,刚巧和萨厄的目光对上了。

"我好看吗,长官?"萨厄·杨嗤笑一声。

唐他们被这句冷不丁的话弄得一惊,站成了一排呆头鹅,一头雾水地看向他们两个。

楚斯:"……"

被这么一打岔,楚斯脑子里原本想琢磨的事情也琢磨不下去了,小傻子们军部机甲的话题也绕不回头了,于是五个人几乎各怀心思,沉默着被传送回了一层。

老实说,光是跟楚斯待在一个密封的空间里,就有点莫名的压迫性,毕竟楚斯这人身上经历过的事情多,说起话来也是半真半假,很少有人能琢磨透他心里究竟在想什么,高兴还是不高兴。

更别说这空间里还有个更有压迫性的萨厄·杨。

唐他们几乎是用竞走的方式出了巴尼堡的中心堡,顶着一排上坟脸如丧考妣地带萨厄·杨往基地走。

不过即便这样,他们经过东塔的时候还不忘又顺走了一批乱七八糟的废弃材料,打算回去化了扩张模块屋。

"不知道你们怎么想,反正我没法想象让萨……嗯那个谁借住在谁的房间里,太奇怪了。"勒庞在穿过原始野林的时候,趁着萨厄·杨离得不近,悄悄冲唐和刘说了一句,"你们算算,五个房间,你俩、我、乔尔、盖伊、新来的小辫子帅哥和他女儿、长官,不管怎么匀,也总得有一个跟他一间房,怎么住?"

"这还用问?"唐朝后瞥了一眼,偷偷道:"多简单哪,长官咱们也不敢瞎惹,那谁咱们也不敢瞎惹。"

他把两根拇指朝中间一并,"两尊大佛,让他们一屋待着互相镇着呗。神仙打架,有咱们什么事儿啊。"

勒庞跟他一拍即合:"也对,那个威胁咱们的自毁程序反正已经被搞死了,也不会再收到什么奇怪的短信了,咱们好不容易能睡个踏实点儿的觉,就这么办!"

刘:"……"大概没什么比这更馊的主意了。

第28章

副作用

　　五人回到基地的时候,乔尔和盖伊正在所谓的客厅里把那只很丑的锅子从两用电炉上端开,盖伊的手里还拿着个碗一样的东西,估计从煮沸的锅里舀了些东西出来,正腾腾冒着热气。

　　"哎,回来得正好,营养汤剂刚煮透,情况怎么样了?"盖伊冲最先进门的唐举了举手中的碗,"之前我们突然又收到了一次警告,但是还没反应过来呢,就自动解除了。我跟乔尔猜应该是你们在那边做了什么。"

　　唐摇了一下头,又点头道:"是啊,算是吧,不过不是我们三个解决的。"

　　他进门后就朝旁边让了让,给身后的几人让开了路。

　　"是长官帮的忙吗?那也正常。"盖伊理所当然地道。

　　唐干巴巴道:"一半是长官,还有一半……说来话长。"

　　他说着话的时候,勒庞、刘已经都站进了屋子里,然后是楚斯,然后……

　　盖伊和乔尔两人一愣,看着最后一个进屋的陌生男人,那人面容英俊、个头很高,进门的时候甚至低了一下头,露出来的手臂肌肉线条漂亮极了,显得十分精悍。

　　就是眼睛颜色太浅了,浅得有种冷淡又危险的感觉。

　　他看起来有些懒散,进屋之后也没有要开口自我介绍的打算,只随意地打量着屋内摆设。目光从乔尔和盖伊身上一滑而过时,两人都不自觉站直了身体,有些莫名紧张。

　　乔尔把锅放在了一旁的桌台上,用发烫的手指捏着耳垂,问道:"呃,这位是?"

　　唐清了清嗓子,"咳,你们也许听说过……"

楚斯已经干脆地报了名字："他叫萨厄·杨，过来借地方睡觉。"

他们："……"

乔尔捏着耳垂的手一抖，扯得耳垂泛起一股撕裂的痛感，以至于那张娃娃脸抽搐了一下，显得有些滑稽，他愣愣地问道："谁？"

他想说：不是那个萨厄·杨吧？同名同姓吧？也许中间名不同？

然而下一秒，他就注意到了那个黑金臂环。

咣当——

盖伊手上的碗不小心掉在了地上，滚烫的汤汁泼了满脚。

萨厄·杨？

萨厄·杨为什么会在这里？

见鬼了，他不是应该在太空监狱吗？！

一直没有说话的萨厄·杨终于开了口，他看着乔尔和盖伊，点评道："你们欢迎的阵仗挺特别，看得出应该是高兴坏了。"

盖伊："……"这人还要不要脸了？

唐终于干笑了一声开口道："那什么，烦了咱们很久的警告就是萨……嗯杨先生和楚长官一起解决的。"

这话说完，乔尔和盖伊表情更古怪了。

毕竟他们实在无法想象萨厄·杨居然有一天会帮他们的忙，准确地说，他们就没想过这辈子会跟萨厄·杨这样的人有交集。

萨厄·杨非常平静地看着他们，他们非常僵硬地回视过去。

两方沉默着互看了十几秒后，萨厄·杨挑起了一边眉毛。

乔尔突然开了窍一般试着开口道："……谢谢？"

萨厄·杨挑起的眉毛又放了下来。

其他几人这才反应过来，纷纷尴尬地清了清嗓子，补上了一句："谢谢。"

虽然他们从没想过自己居然有一天会对着萨厄·杨说出这个词，但是眼下他们说得还是非常心甘情愿的，毕竟这虽然是个传说级别的恶魔头子，但他确实帮了一个大忙，说是救了他们的命也不为过。

臭不要脸的杨先生向来不太管别人什么想法，只管自己心情好不好。他此时心情还不错，所以在这种不尴不尬的氛围里也依然非常自在，他含糊地哼笑了一声,顺口回道:"你们可比你们楚长官乖多了,楚长官常常在把别人气个半死或者轰了别人一炮之后说谢谢。"

楚斯瞥了他一眼,也不反驳,只淡定道:"彼此彼此。"

众人的脸更瘫了:"……"

"行了。"楚斯蹦出两个字,强行结束了这令人窒息的欢迎步骤,他冲几人摆了摆手,"该忙什么忙什么去,盖伊你还打算让你的脚在营养汤剂里腌多久?"

听了这话,盖伊才如梦初醒地叫了一嗓子,缩着脚朝房间那边蹦,"乔尔帮忙收拾一下,我去抹点儿药。"

勒庞和刘把顺手牵回来的那些废弃材料全部堆到了墙角,"睡一觉起来把这些都化了吧,再搞两间屋子出来,现在显然住不开。"

"行,先放着吧,模块打印机在我屋里,但是得冷却一阵子,用得太频繁容易烧了。"乔尔说着把桌台上一堆勉强能充当杯子和碗的容器搂过来,一边分着营养汤剂一边转头问道:"长官?你们需要来点儿吗?"

"来点儿吧。"勒庞补了一句,"这天也没个亮的时候,跑动起来不停的话还好一点,一旦坐下来窝上一会儿就开始冷了,不喝点这个根本没法睡觉。"

这种营养汤剂算是先前楚斯找到的浓缩营养片的加强版,一小块化开能煮一锅,只是比较费时间,煮透需要耐心。喝上一碗活上俩月没问题。

除了维持生命所需要的营养之外,这东西比普通食物好在能在很长的一段时间里起到御寒的效果。

缺点是也有点儿副作用。

跟浓缩营养片类似,小概率人群8小时内可能会出现胃疼、头疼以及低烧的状况,8小时后逐渐好转。

一般而言,身体素质比较弱的人容易出现这些副作用,至于楚斯他们这帮训练营里出来的,吃了之后大多数情况下都毫无反应。

楚斯从乔尔手中接过两碗汤剂,顺手递了一碗给萨厄·杨。

客厅里人不算多,楚斯就近在一张凹椅里坐下。萨厄·杨一副懒得挪步的样子,也没再新找一张椅子,而是干脆靠坐在了楚斯这张椅子的扶手上。

楚斯:"……你可真节省。"那么多空椅子不坐。

萨厄·杨难得没有把话再堵回来,只是懒懒地"嗯"了一声。

楚斯瞥了他一眼。

也许是这屋里没有中心堡那样明亮的灯，光线昏暗的缘故，也许是萨厄正垂着目光的缘故，他看上去居然真的有点儿困倦的意思。

困倦这种情况在萨厄·杨身上出现的次数实在太少了，在认识他的人眼中，他似乎从来就没有疲累的时候，永远都是那么一副懒散却骁悍的模样，一天不睡是这样，几天几夜不睡依然是这样。

好像他需要保持多久的清醒就能真的保持多久，连睡不睡觉都是看心情似的。

所以之前在中心堡里，萨厄·杨突然说需要睡一觉的时候，楚斯以为他是有别的打算，只是用睡觉做个借口。现在看来，好像不是那么回事……

楚斯心里觉得古怪，脸上却没有显露出来，只借着喝汤的间隙，又扫了萨厄·杨几眼。

不过萨厄·杨一点儿没发现似的，只三两口喝掉了那碗营养汤剂，然后皱着眉"啧"了一声，道："味道真是一言难尽。"

一旦他的脸上有了表情，那种隐隐透露出来的困倦便被掩盖了下去。

乔尔和勒庞他们都没敢来椅子里坐下，而是倚靠着桌台站成一排，用一种八碗不过岗的气势，仰头闷掉了自己的那份，边擦着嘴角边干笑道："是啊，制造公司这么多年也没想过要改善一下口味，就、就当喝药吧。"

说完，乔尔又舀了两碗汤剂往房间溜："我先留上两份给那位小辫子先生和那小丫头。"

"嗯？他们怎么了？"楚斯这才想起来进门还没见到过金和小拖把。

"我们随身带着的药大多是用来愈合大伤口的，效力有点儿强。他抹了之后没扛住后劲，撅着屁股趴床上昏睡过去了，小丫头趴在床边也跟着睡着了，估计之前没睡过几天踏实觉。"乔尔说着，便颠颠地进了屋，然后再也没出来。

唐匆匆跑进了设备室，也不知道是真要搞什么名堂，还是只是为了不在客厅待着。

来回不过十几秒的时间，客厅里没找到借口躲开的就只剩了勒庞。

勒庞动了动嘴唇无声骂了一句，打算回头找机会削那几个躲事的浑蛋，而后突然抬头冲楚斯堆了满脸傻笑，用一种看似非常不经意的口吻道："对了长官你也知道的，这里总共只有五间房，我们盘算了半天也没能完全腾出一间来，所以只能委屈您和杨先生一间了，非常抱歉，你们忍一忍。"

她一口气没喘，飞快地说完这句话后，又生怕两人反应过来，赶紧揉了揉脑袋："哎哟，困得我头都疼了，长官、杨先生我先回房间了。"

说完她几乎是一溜烟地跑回了房间。

在设备室窝了不到一分钟的唐蹑手蹑脚地从对外的小门出去，在院子里绕了一圈，又从单独的小门进了乔尔睡的那间。

咔嗒的关门声接二连三响起，那几间卧室几乎眨眼间就都关上了门。

楚斯："……"

他愣了一秒，没好气地笑了一声，依然保持着倚坐在凹椅里的姿势喝完了最后一口汤剂，这才道："托杨先生的福，我也跟你一样成了洪水猛兽了。"

萨厄·杨站起来把手里那碗不像碗、杯不像杯的容器丢回了桌案，一边活动着脖颈筋骨一边垂着眼冲楚斯道："你对这种境况应该早就习惯了不是吗？或者……需要我跟你道个歉安抚一下？"

楚斯毫不客气地把手里的空碗塞给他，"道歉就不必了。"

萨厄看了眼自己手里被塞上的空碗，又瞥了楚斯一眼，挑了挑眉，也没说什么，便把空碗同样扔回了桌台。

楚斯站起身走到卧室那边看了眼，几间相连通的卧室门都关上了，只有最靠近客厅的这间卧室还空着，显然是特地留给他们的。

毕竟材料有限，卧室的构造简单至极，只有靠墙的一张床，不算窄小，睡两个人也不会挤。这间房原本应该是唐在住，角落里堆放着背包，还有一些不知从哪里拆来的设备材料，也许是想试着拼装点什么。

那背包对楚斯或萨厄来说都很熟悉，不用打开也知道里头会是什么样，一定装了各种用于野外生存和应急必备的东西，还有执行各种任务时不可或缺的趁手工具。

曾经楚斯也有过这种习惯，在外的时候这种包永远不会拆，里头的东西用完依然会放回原位，就为了突发状况时能拎了就走。

几乎所有在训练营待过的人都会养成这个习惯，算是时刻保持警惕的一种行为反映。

除了萨厄·杨。

他心情好了有兴致了才会收拾出一个背包来，老老实实地带上各种东西以备不时之需。更多的时候，他是懒得背上这种累赘的。

就像之前在黑雪松林登陆的时候一样，萨厄·杨随身带着的东西总是屈指可数——

比如从监狱顺手牵羊出来的单人跃迁舱，至于是用完就被他扔了，还是已经毁损废弃了，楚斯就不得而知了。再比如氧气面罩、随手扔进兜里的通信器、一些便携的武器……就这些东西，他还能边走边丢。

什么时候缺少工具了，再顺手从周围扒拉一点儿可利用的东西出来改造改造。

这也算是把懒散发挥到极致了，懒得都快不要命了。

可偏偏他命硬得很，无论多么难以存活的环境，无论多么危险的境况，他最终都能好好地走出来，甚至很多时候毫发无伤，强悍得简直令人费解。

所以当年不论是在疗养院顺修白鹰军事学院野外课程，还是在训练营模拟极端任务，但凡跟萨厄·杨分到一块的人总是喜忧参半。

他们惧怕于萨厄·杨的危险性，又无限信任他的能力。

萨厄跟在楚斯身后也过来了，倚靠在门边，把卧室门给堵了个严实。

他粗粗扫了一眼布置，目光落在了床边的墙角，那里还放着个圆椅，上面用绵性材料打了圈软垫，勉强能当个单人沙发用。

"这谁的屋子？"萨厄·杨抬起食指，从未拆的背包、乱堆的设备、圆椅上一一点过，懒懒道："警惕性高、毛躁懒散、爱享受……啊，我知道了，那个踩空楼梯跪在我跟前的小傻子。"

楚斯对于他一猜就对毫不意外，毕竟也不是第一次见识。他朝旁边让开了身，冲床铺抬了抬下巴道："猜对了也没人给你奖品，床在这里，要睡觉就去睡。"

萨厄·杨挑了挑眉："怎么? 打算把床让给我? "

楚斯原本想堵他一句，然而话出口时，又冷不丁想到刚才在客厅时萨厄脸上一闪而过的困倦，鬼使神差地把话又咽了回去，只淡淡道："我在太空监狱那边睡过一会儿，现在不算太困，你……"

也许是萨厄的表情有一瞬间有些古怪,楚斯话音一顿,想想又补上了一句:"你最好抓紧点时间,等我真困了,我可不保证你还能好好地躺在床上。"

说完,他便擦着萨厄·杨的肩膀又走出了卧室,刚走两步,他又想起什么般转头敲了敲门框。

走向床边的萨厄转头看他,"又后悔了?"

楚斯道:"我还不至于这么快反悔,只是你是不是漏了点什么,特别懂礼貌的杨先生?"

萨厄·杨一愣,又长长地"哦"了一声:"谢谢?"

楚斯坦然接受:"不客气。"

萨厄的眼睛弯了起来,带着一点戏谑的笑意,在腰后摸了一把,将天眼核心盘扔向了楚斯:"把它跟这边的装置连上。"

楚斯随手在门框上又敲了一下算作回答,接了天眼头也不回地穿过客厅,进了设备室。

萨厄·杨那边的屋门始终没关,楚斯在设备室的椅子里坐下时,还能听见那边隐约的一点动静,不过没多久那动静便消失了。

基地的房屋虽然是用迷你模块打印机建出来的,算是速成的应急屋,但质量却不算差,至少隔音很好。萨厄·杨那边一旦安静下来,整个基地就都静了下来,只有墙角嵌入的造氧口还在工作着,发出低低的"嗡嗡"声。

楚斯翻看了一眼手里的核心盘,把它接在了设备室操作台的中枢端口上。

叮——

天眼:"终于想起我了。"

电子音不算大,毕竟这里不是太空监狱,没有那么多传音器。但是在这种安静的环境里,还是有些突兀。楚斯略微蹙了蹙眉,想了想还是站起身把设备室的门关上了。

"你现在还能正常接收语音指令吗?"楚斯重新在椅子里坐下,手肘撑在了扶手上支着下巴,另一只手敲了敲天眼。

说是不困,但其实他在太空监狱里也根本没睡多久,这么一番折腾下来,也生出了一丝疲劳感。

叮——

"如果不能接受语音指令,您现在是在跟鬼说话吗?"

一旦坐下来,楚斯便有些犯了懒,就连天眼说出这么欠收拾的话,他也只是挑了挑眉,没跟它计较。

这种懒散感对于楚斯来说,长久不曾有过了,因为他是个停不下来的人,不论是以前在训练营出任务也好,后来工作也好,他都喜欢把自己堪堪压在超负荷的边缘。

都说萨厄·杨是个毫无牵系的人,其实楚斯某种意义上也一样。

8岁之前,他的身上有一根绳子,支撑他好好活下去的唯一理由就是那根绳子——他要离开孤儿院,离得远远的,直到孤儿院再也捆绑不了他,再也找不到他。

然后他遇到了蒋期,离开了孤儿院,原本的那根绳子便断了。

后来蒋期逗他说:"我儿子以后成年了,工作了还这么闷闷的不爱说话可怎么办,要有时间推进器就好了,我得拉到五六十年后看看你会变成什么样,好歹从我身上学点儿好的。"于是楚斯身上又牵起了一根新的绳子,想着起码要平安活上五六十年,好让蒋期看看。

结果蒋期死了。

有很长一段时间,楚斯不相信蒋期真的死了,因为没有看到尸骨。只要没有亲眼看到尸骨,他就不信蒋期已经死了。所以那根牵着他的绳子又苟延残喘地维系了很多年。

他在疗养院的那十几年变化是最大的,刚进疗养院时,他阴郁寡言又自我封闭,等到出疗养院的时候,浑身的刺都已经敛起来了,在难啃的硬骨头之外包了一层皮囊。

一旦有了这层皮,后来的改变就容易多了。进训练营、出训练营、成为训练长官、进安全大厦……他一点点把自己包成了现在的模样,那根绳子功不可没。

只是随着后来知道的事情越来越多,蒋期的死被直接或间接证实了无数次,尤其他还眼睁睁地看着最后一点希望被炸成了灰。

他学会了睁着眼睛说瞎话去和别人玩文字游戏,却永远不可能糊弄自己。

于是那根绳子也悄悄断了。

他只能让自己忙得脚不沾地,因为一旦停下来就会发现,自己早就空无一物了。

所以眼下这种懒散却并不空落落的状态连他自己都有些惊讶和莫名。

也许是因为"追踪冒充者"成了一根牵连他的细绳，而追踪又有了头绪，他不需要大费周章只需坐着守株待兔？也许是基地里这些多年未见的面孔，让他回到了还在训练营时候的状态？也许……是对立多年的萨厄·杨暂时和他站在了同一条线？

不知道……

楚斯不太想现在琢磨，他支着下巴，打算好好享受一下这种懒散感。

叮——

"远程同步已完成。"

天眼再次出了声，楚斯勾了勾嘴角，纡尊降贵地夸了它一句："不错，语音指令还没发呢，你已经能抢先预判了。"

叮——

"毕竟我本体非常聪明。"

楚斯"嗯"了一声，"可惜你现在是残疾体。"

天眼："……"

其实这点挺奇怪的，也不知道是不是错觉，天眼好像……越来越不像个残疾体了。

同步完成的瞬间，楚斯眼前正对着的设备屏幕倏然切换，从基地周围的监控影像切换成了中心堡的那张巨幕星图。当然，是缩小版的。

代表着星球碎片位置的光点依然满布其上，安静却又盛大。

因为这些光点并不仅仅是图像上一个简简单单的点而已，它代表着一片土地，上面也许有山林有湖泊，也许有城市乡镇，也许有军队，也许有平民。

萨厄·杨说得没有错，这就是一整个世界。

所以盯着这样的星图，哪怕它的变化细微得肉眼无法分辨，也不会觉得腻烦和无趣。

如果放在以往，楚斯简直想去泡一杯咖啡过来坐着欣赏了。

不过他还没看上几分钟，设备室对着院子的小门就被推开了。

楚斯一愣，就见唐和勒庞他们正站在门外，道："长官？你怎么在这里？没去睡会儿?"

楚斯换了个姿势,手肘架在扶手上,手指交握着搁在身前,没好气地看着他们,也没回答。

答案很显然:你们这帮兔崽子把我跟萨厄·杨塞进一间房,指望我能睡觉?

唐他们迅速领悟,讪讪一笑,搓着手进了设备室。

"你们不是很久没睡个好觉了吗?折腾两个月精力还没耗完?摸进这里干什么?"楚斯问。

唐瞥了一眼屏幕,"还真同步了啊?那什么,长官,我就是突然想起来一件事,想过来试试能不能行,试完就回去睡。"

勒庞他们跟着点点头:"对对对,试试,过会儿就回去。"

楚斯有些好奇:"什么事让你们这么兴奋,一个个地都待不住?"

唐指了指屏幕道:"那位杨先生不是说,这里能远程操控巴尼堡吗?巴尼堡能作用的讯号范围远超出我们平常使用的,这就是意味着可以借由它给一些地方发个讯号,但是又不会被追到我们身上,对吧?"

楚斯点了点头,这方式倒是和那位冒充他的有点相像,但是又不全一样,毕竟直接由这里发出去的讯号没经过端头的编辑,只能是个讯号而已,顶多做一做试探,没法发布具体的指令信息。

"我们这情况您知道的,自打进了训练营,只要期限没到,就不能跟家人朋友有任何联系,和……死人也没什么区别。"勒庞把散下来的一缕刘海刮到了耳后,说道:"咱们用的通信器都是经过处理的,不能给家里发信息,偷偷摸摸的都不行。我有……20年没能回家了,就想让唐试试,给我们几个家里那边发个讯号。"

楚斯明白了他们要做什么,"发到哪里?"

"民用冷冻胶囊放出发放的时候是有登记的,这个您肯定知道的。每个地方每一户都有独一无二的编码,一旦运作起来,里头的核心部分就相当于一个变相的讯号反射器。"唐解释着。

所以如果他们把讯号发过去,只要家里的冷冻胶囊是运作着的,就会把讯号自动反射回来。

"即便这样,你们能接到的也只是一个反射的讯号而已,没有任何其他的内容。"楚斯又道。

勒庞他们摆了摆手,"没事,我们就只是看看,看到讯号就够了。"

楚斯站起身让到了一边,倚靠在操作台上,给他们几个让出了位置。

唐有些紧张地捏了捏手指,然后盯着屏幕在操作台上噼里啪啦输入了一通指令,同时嘴巴还不忘歇,"天眼?是叫天眼吧?劳驾帮个忙追踪一下这个讯号。"

他们这些人没法回家的年数一个比一个长,不是十几年就是二十几年,对自家冷冻胶囊的编码却了如指掌,显然之前也没少在暗处偷摸关注。

也许会趁着任务从家门前经过时,透过窗子朝里头看上两眼,也许会借着在横穿街头的机会,和某个家人朋友擦肩而过。

毕竟十几二十年孑然一身,不是常人能忍受的。

"还有这个。"勒庞也跟着输了两串编码。

接着是刘、乔尔、盖伊。

讯号发出去并不是立刻能收到回应的,总得有个时间差。

几个人大气不敢喘,站在屏幕前一脸紧张,最忐忑的任务也不过如此了。

唐甚至还担忧地说了一句:"我祖母年纪有点儿大,万一……"

这话还没说完,就听叮的一声响。

天眼用平静的电子音道:"98163527收到讯号反射。"

唐瞬间长出了一口气,嘿嘿笑了一声:"太好了。"

叮——

"81727846收到讯号反射。"

"61637291收到讯号反射。"

……

随着接连几个通知音响起,他们一个个都放松下来。好歹也是成年许久的人了,兴奋得跟骗到糖果的小鬼一样,挤挤攘攘地"嘿嘿"乐着。

"那……我们回去了长官。"刘最先跟楚斯打了一声招呼,揉着后脖颈往设备室外面走。

然后是勒庞、唐、乔尔……

盖伊出门的时候,突然想起什么般,笑着回头冲楚斯道:"对了长官,你也可以试试给家里发一条讯号。"

楚斯有一瞬间的恍神，手指随意地拨着一条端线。

发什么呢？发给谁呢？唯一能算他家人的那个人早就已经不在了。

他没有人可以发，也没有人会给回应。

楚斯蹙了蹙眉尖，抬眼看向他们几人时面色已经又恢复如常了，"我用不着。"

那几个人均是一愣，脚步都顿在了原地，有些尴尬地看向楚斯。

他们对楚斯的了解说少不少，说多也不多，基本都停留在从训练营那边听来的信息量。楚斯自己不是喜欢跟人谈心的人，也不会无故跟人说起私事，所以他们不知道楚斯的身世再正常不过。

几人正一脸愧疚又尴尬地不知说什么好，楚斯已经冲他们挥了挥手失笑道："走吧，赶紧睡觉去，太吵了你们。"

"抱歉长官……"盖伊说完，看了他一眼，确认他脸上没有什么不悦之色后，才和其他几人一起绕过院子往各自的房间小门走。

设备室的门一关实，那些脚步和低语声就被关在了外面，整个空间瞬间归于安静。

楚斯垂着眼，倚靠在台边沉默了很久。

叮——

"三分钟内未检测到新讯号，讯号发射口即将关闭。"

叮——

"倒数计时10秒，10——9——8——"

楚斯手指突然动了动，移到了数字按键区，一个键一个键地敲下了一串数字。

那串数字不是什么冷冻胶囊的编码，毕竟在蒋期还活着的时候，冷冻胶囊还没有设计生产出来。那是蒋期作为一个军部中将，个人专属的轻型机甲的通信码。

他从机甲战斗部转到研究部之后，机甲虽然没有被收回，但是也没再正经使用过，而是被他当作手环扣在了手腕上，他还总忘记带。

偏偏他出事的那天记得带了，于是那个手环跟他一起被炸成了灰烬。

楚斯在后来的机密文档里看到了当时的视频，真是……碎得彻彻底底。

那串通信码当年背下来也没派上几次用场，毕竟找蒋期完全可以用通信器。几十年过去了，那串数字他居然还记得。

他自己都以为已经忘记了。

叮——

"收到新讯号，准备发射。"

天眼的声音再度出现时，楚斯已经坐回到了椅子里，他盯着屏幕等了一会儿，直到五分钟后，天眼再度开了口。

叮——

"没有搜找到回音，是否继续尝试？"

楚斯抬眼道："算了，别试了，就这样吧。"

叮——

"您情绪似乎很低落，聪明的天眼系统诚挚为您服务。"

楚斯失笑："话太多是会被拆的。我有点困，闭眼歇一会儿，你监控盯着点，有情况记得拉警报，越大声越好。"

叮——

"收到指令。"

楚斯靠坐在椅子里，闭上了眼睛。

结果老天大概就爱和他过不去，他迷迷糊糊还没完全睡着的时候，一阵难熬的头疼席卷而来，一抽一抽疼得他猛地皱起了眉。如果光是头疼也就罢了，偏偏连带着胃也开始灼痛起来。

他睁开了眼，感觉双眼干涩发热。

楚斯："……"喝了这么多年营养剂没受过几回副作用，偏偏这次发作了，真会挑时候。

8个小时的副作用时间，窝在这里简直自找折磨。

楚斯想不也想，铁青着一张脸站起了身，忍着痛感朝卧室方向走。

穿过客厅走到床边时，他已经头重脚轻得很厉害了。

床上侧躺的萨厄没动，大概还没醒。楚斯顾不上太多，把他往里头推了一下，含混道："萨厄、萨厄，你让开一点。"

第29章
风筝线

萨厄被他这么推着,却依然没有动弹,也没有丝毫要醒来的意思,这其实是很奇怪的一件事,但是楚斯现在顾不上想。他所有的注意力都放在了压制疼痛这件事上,匀不出太多精力。

楚斯虽然看起来衣冠楚楚,是一副坐办公室的模样,但毕竟是从训练营里出来的人,手上的力道其实非常大。如果放在平时,别说推一个人,就是把人搬起来扔出去都没什么问题。

但这会儿受营养汤剂副作用的影响,他的手腕就跟被挑了筋似的使不上劲,连推两下居然也没能让萨厄挪开多少。

空余出来的地方倒是能躺人,但十分勉强。

楚斯蹙着眉又潦草地试了两下,终于耐心告罄,最后那一下与其说是推,不如说是顺手一巴掌拍在了萨厄的手臂上,不过估计也不会重到哪里去。

他就着那点儿地方躺下去的时候,副作用的劲又上来了一波,天旋地转,以至于头还没沾上床呢,他就已经无奈地闭上了眼,以减轻那种晕眩感。

萨厄·杨面朝墙侧躺着,楚斯原本想尽量和他错开点儿距离,背对着他侧躺下来。

但真倒在床上时,他已经弄不清自己的方向对不对了,也没多余的力气去顾虑这个。

别说翻身或者调整手脚姿势了,他现在连眼皮都懒得睁。

小时候每次头疼他都是这样,找一处能躺的地方窝下来,一声不吭地闭上眼睛。在孤儿院里大喊大叫或是直着嗓子哭都是不管用的,脑袋里那种钻心刺骨的痛楚并不会因此消退,越消耗力气越是疼得厉害。

大点儿了也依然如此,蒋期不在家的时候,他会就近找个沙发窝躺下来。蒋期如果在家,他总会揉着眼睛耷拉着眼皮装出一副困倦的模样,跟蒋期说:"我有点儿困了。"再关了门在卧室里待着。

对付这种头疼,楚斯可谓经验丰富。

别张口说话,别费力气,保持着一个姿势把呼吸尽量放轻放平缓,这要比翻来覆去地瞎折腾好得多。

只是多年总结的经验在眼下并不完全适用,因为他现在不只是头疼,还连带着胃疼和发烧,三面夹击,糟心多了。

以前他躺很久也能保持清醒和警惕,这会儿却想保持都保持不了,眨眼间就昏昏沉沉睡了过去。

这一觉睡得一点儿也不踏实,几乎刚入睡就一头栽进了荒诞的梦里——

他梦见有人拎着那种最古早的钢锥和铁锤,居高临下地站在他身边,一下一下地往他脑袋上钉。每砸一下,脑子里就是一抽。他却只是皱着眉,问那人:"砸开没?劳驾快点,你烦得很。"

那人回道:"就好了,你再低一点头。"

楚斯还当真低了一点。

这么一低,他又感觉自己额头抵上了什么东西,质地很古怪,像墙又不是墙,硬邦邦的还有些温热。

他本来就睡得不太实在,抵着那东西又躺了好一会儿,才反应过来这不是梦里的触感,他皱着眉半撩起眼皮扫了一眼……

是萨厄的背。

他心里"啧"了一声,"朝错向了。"但又实在懒得动,就这么保持着额头抵着萨厄后背的姿势,又睡了过去。

胃里还是一片灼烧的痛,头疼倒是神奇地减轻了一些。

勒庞他们倒是没有说错,一旦停下不动,身体就会渐渐感觉到冷,一点点顺着皮肤往骨头里钻。

楚斯感觉自己有点发寒。

也许正是因为这点寒气挥散不去,他才会梦见很多年前的一次意外。

那时候他刚进训练营还不足半年,很多东西还没学全,但已经是那几年里表现最出色的学员之一了。

如果不是有萨厄·杨,"之一"这两个字去掉也没问题。

在训练营的各种模拟任务里,他们两个是从来不会被分在一组的。

一来是为了各组之间实力差距不会太悬殊,二来……在所有长眼睛的人眼里,他俩都很不对付,关系非常紧张,随时可能滋出火来,真烧大了谁都扑不住。

但在极偶尔的情况下,他俩还是会被凑到一块儿。

那一次是训练营原本派出去的任务小组出了状况,急需补上一组,就把他和萨厄·杨一块儿叉了过去。

训练营的任务大多都是军部派下来的,不方便以军部身份直接露面的那种,偶尔混杂着总领政府的一些。

他们出的那次就是军部的。让他们去探查一下π星区和θ星区交界处纳斯星上新出现的一个考察舱。

纳斯星倒不难去,但那个考察舱周围的防御系统几乎做到了毫无漏洞,自主攻击系统全方位扫描着一切企图靠近的物体。

训练营派了三拨人去都没能成功,别说探查了,连在纳斯星上登陆都难以做到,有一队甚至生死未卜。

楚斯当时会接那个任务,是因为听说军部收到了不明消息,说考察仓一直在试图将目标定在白鹰军事研究院,蒋期曾经待过又被炸毁的那块地方。

而至于萨厄·杨……

楚斯觉得他会接受任务也有些不为人知的目的,而且那个任务非常危险,足够刺激,确实符合他一贯的口味。

那次他们两个不负众望,确实成功登陆了纳斯星,也确实收集到了一些关于考察舱的信息,但在离开的时候碰到了一点麻烦。

考察舱自主攻击系统开足了火力几乎炸翻了半个星球,为了干扰系统定位目标,他们各自带着一个跃迁舱走了相反方向。

楚斯这辈子的运气都一言难尽,那倒霉催的跃迁舱在关键时刻掉了一把链子,被那自主攻击系统给捕捉到了,当即就调转了80%的火力朝他轰了过去。

那大概是他入训练营后最糟糕的一次任务收尾,不得不直接放弃跃迁舱,将它作为诱饵引来火力,自己则暂避在了火力缝隙的一处山洞里。

纳斯星不是宜居星球，夜晚极其漫长，所以寒冷至极。

楚斯当时还受了伤，屈着一条腿坐在山洞里的一块岩石上，供氧面罩边缘压到了脸侧的一处伤口，抽着疼。

没有止血仪，伤口的血很快浸透了衣服，粘在皮肤上十分难受。

他当时估算着，这边出故障的时候，萨厄·杨那边应该已经跃迁成功了，正常情况下再过不久就该带着探查到的信息，回训练营交任务去了。

等那边反应过来他没顺利回去，再派人救援，他估计已经成了山洞里的一具冻尸了。

楚斯当时换了几种路线方式估算了一遍，甚至把萨厄半路换轨掉头回来这种概率极小的方式都算进去了，但要成功回到纳斯星，再成功躲开已经在发疯的攻击系统，继而成功找到这个山洞，耗费的时间非常长。

他撑不了那么久。

血液的迅速流失使得他身体迅速冷了下来，周围的环境本就不适应人类生存，比他生活的星球上最极端的环境还要恶劣。

他不记得在山洞里坐了多久，只感觉自己一阵阵地发寒，意识变得模糊，身体却开始变轻，就好像风筝被一点点放开扣着的绳，不知什么时候就要断了。

然后……他在迷迷糊糊间被人拍了拍脸。

他挣扎着勉强撩起了眼皮，又对了好半天的焦，才发现面前的是早该跃迁回星球的萨厄·杨。

怎么算也不可能在这时候出现的萨厄·杨。

他皱起了眉，以为自己已经开始回光返照或是出现幻觉了，甚至还试图抬手去碰萨厄的脸，看看是不是真的，结果却在碰到萨厄的脸颊时彻底没了力，又擦着他的皮肤滑落下来，砸在了萨厄的手臂上，含含混混地道："怎么是你……"

他想说的其实是你怎么会这时候回来？时间不对啊？但因为跟萨厄·杨不对付多年，话一出口，就又变成了这种不太友好的句式。

那时候的萨厄·杨还有着少年期特有的瘦削感，但手臂抓起来已经是硬邦邦的了。他瞥了眼楚斯的手，又把他的脸朝一边拨了拨，目光落在侧边的伤口上，哼笑了一声回道："我来看看你服软的样子，多难得啊。"

楚斯那时候也是少年心性，命都没了大半，居然还能挣扎着送了他一句"看完……就滚"。

萨厄挑着眉点了点头,当真站起身转头就走。

楚斯哼了一声,又闭上了眼。

结果等他再被弄醒的时候,他发现自己已经被萨厄背在了背上,正稳稳地往山洞口走。

"你不是……"楚斯说了三个字,就被萨厄又打断了,"又醒了?醒了就省点力气别哼哼,弄得我耳朵怪痒的。"

那时候楚斯的下巴压在他的肩上,萨厄说话的时候又微微偏了头,以至于他的鼻尖都快擦到楚斯的脸颊了。

楚斯试着朝后让了让,最终垂着头把额头抵在了他肩膀上。

不得不承认,他睁开眼看到萨厄·杨的那一瞬间,是真的松了一口气的,飘离的意识又沉回了身体,就像是快要脱手的风筝线,又被人一把牵住了。

那大概是他和萨厄关系最缓和也最微妙的时候,以至于这么多年过去,即便是在梦里,他依然清楚如昨昔。

第30章
拉警报

楚斯这一觉睡得很累,梦一个接一个,或真实或荒诞,缠在他混沌的脑子里,兢兢业业做到了无缝衔接,显得这一觉长而又长……

在他过渡到第四个或是第五个梦境时,额头抵着萨厄肩背的地方倏然一空。

温热踏实的触感一消失,头疼莫名又厉害了起来。楚斯下意识蹙起眉,还没来得及撩起眼皮,就感觉脸前有什么东西扫起了一阵风。

砰——

他感觉自己被人猛地掀开,翻成了平躺姿势,接着护着胃部的手就被一股大力钳着,以极其别扭使不上劲的姿势拗到了一边,好在还没有被卸掉关节。

一个低低的声音擦着他的脸颊落在耳边,"谁?"

"我……"被人这么来一下,楚斯终于从梦里被挖了出来。本来就浑身不舒坦,被这一折腾,胃部更是狠狠抽了一下,手指也扭了筋。他不情不愿地睁开眼,紧皱着眉心道,"萨厄·杨你睡出病了?"

这间卧室没有正常的照明灯,楚斯和萨厄手上也没戴勒庞他们那种指灯。之前卧室门没关,还有客厅的灯映照进来,这会儿门锁着,屋子里的光源,就只剩角落造氧口的两个小小指示灯了。

那灯总共也就米粒大,散出的光勉强能给人镀一层毛茸茸的光影轮廓。

楚斯头疼欲裂,聚了好一会儿焦,才看见萨厄跪压在他身上,用空余的那只手抹了把脸,才清醒似的道:"我还以为……你在发烧?"

如果说之前在客厅里,他还只是隐约显露出一点儿困倦,那么现在这略哑的声音就可谓疲惫至极了。

大概是钳着楚斯的那只手感觉到了楚斯不太正常的体温,他又用空余的手在楚斯脸上摸了一下，"还真在发烧。"

萨厄的手对于发着烧的楚斯来说有些凉，碰在脸上其实很舒服。

"摸够了没……"楚斯闭上了眼。

他可以在疼痛交织的时候假装在犯困，但在这种半梦半醒间，就有些装不动了，况且屋里就只有一个萨厄·杨。

他比这更惨的模样都被萨厄·杨看过，也戏谑过，无所谓这么一会儿了，更何况萨厄·杨的状态貌似也没好到哪里去。

"看在之前把床让给我的分上，需要我去给你找点凉的东西降降烧吗？"在这种安静的环境里，一点儿动静都听得清清楚楚，所以萨厄说话的时候也没提高声调，声音低低的，带着点儿倦意和懒散。

"不用，把手松开……"楚斯动了动手指。

萨厄钳着他的手应声松开了一些，"你一拳头砸回来怎么办。"

"我头疼，没工夫……"楚斯把手挪开了一些，也没那精力活动一下被扭的筋骨。

"发烧……头疼？"萨厄反应过来，哑着嗓子笑了一声，"我们长官喝个营养汤剂居然还会有副作用？"

"彼此彼此……"他的声音显得有些闷，也没什么力气，连平日里惯常堵人的话，也变软了许多。

萨厄道："我可不是因为副作用。"

楚斯懒得再张口跟他讨论这些问题，说话太费劲。他眼睛也没睁开，摸索着推了推萨厄跪在他身侧的膝盖，想把这沉得要命的人掀到一边去。但是手上并没有什么劲，效果和拨了两下也没什么区别。

萨厄垂眼看向膝盖边的手指，又收回目光看向楚斯的脸，以及额前被压得有些微乱的头发。

他似乎是琢磨着回顾了一下刚才突然恢复意识后的一系列动作，又逆推了一番，"所以刚才抵着我后背的……是你的额头吗长官？"

楚斯不太想理他，装聋没听见。

萨厄挑了挑眉。

又过了片刻，楚斯的呼吸就已经平缓下来，显然是又睡着了。只是即便睡着，眉心也依然微皱着,显得很不舒服。

这次不知为什么,他没再做那些杂乱无章的梦,也许是身上还压着个重得要死的人,让他和现实没离那么远。

又睡了一会儿后,他隐约感觉压着的分量没了,发烫的额头倒是又压上了什么东西。只是触感和肩背不同,要凉一些……

副作用说是要持续8个小时,实际上4个小时之后就会开始慢慢好转。

那些反应消减了一些后,对楚斯来说就不算什么难受的问题了。

他觉得自己这一觉后半截甚至能算得上安稳舒适,如果没被打扰的话,可以睡上很久。可惜这种难得的安稳感并没有持续多久,就被一阵尖叫声给惊醒了。

副作用的效力过去了大半,楚斯这次几乎是立刻就睁开了眼。

在他对焦的极短瞬间里,他看到有一个影子从眼前一晃而过,像是萨厄·杨缩回去的手。不过还没等他反应过来,萨厄·杨已经越过他直接跳下了床,拉开卧室门便朝外走。

楚斯愣了不到一秒,就紧跟着翻身下了床。

那尖叫声可谓又惨又厉,直穿耳膜,不仅惊醒了他们两个,连带着把其他屋里的人也都惊到了,顶着睡乱的头发连滚带爬直扑声源。在这种隔音良好的地方,能做到这点着实不容易。

"我给你大卸八块的时候也没见你叫这么惨。"

楚斯跟进设备室时,就听见萨厄冷笑着这么说了一句。

他眸光一转,落在了中枢端口的天眼核心盘上。果不其然,那凄厉至极的尖叫就是设备室的音频输出口发出来的,能在无人时候操作这个的,也只有天眼这结巴了。

"你疯了吗?"楚斯捏了捏眉心,问道。

咣当——

设备室通向院子的小门也被撞了开来,唐他们奔进来的时候快得像虚影,直到拽住操作台的边角才猛地刹住车,"什么情况叫得跟被杀了一样?!谁叫的?"

楚斯冲天眼抬了抬下巴:"这呢。"

人都来了,尖叫声终于停了下来。

叮——

天眼冷静地道："我没疯,只是按指令行事。"

说完,它播放了一段录音："话太多是会被拆的。我有点困,闭眼歇一会儿,你监控盯着点,有情况记得拉警报,越大声越好。"

众人默默转脸看向楚斯。

楚斯:"……没错这话我说的,我让你拉警报而已让你尖叫了吗?"

叮——

"不接受任何无理指责。紧急情况通报,有不明群体接近这里,预计数量过百,预计相撞时间3小……不,1分钟后。"

第31章

流浪者

1分钟后？！

这个时间段让设备室里的所有人都是一怔。

"什么玩意儿就1分钟后？1分钟够干什么？"唐下意识掏了掏自己的耳朵，目瞪口呆，差点儿以为自己听错了，好歹也是个智能监控系统，就是这么智能的？

正愣着，设备室的小门又被人推了开来，金抱着小拖把撞了进来，"怎么回事怎么回事！刚才谁在尖叫？"

他姿势还有些别扭，估计屁股上扎的那些刺的毒还没有消干净，但好歹已经能跑了。

楚斯却冲金抬了一下手，示意等会儿再说。他一口气拉开操作台侧边所有抽屉，又扫开桌台上的零碎物件，"远程无线——"

操控装置四个字还没说出来，唐已经领悟了他的意思，一蹦而起，从窗台角落抄起两个硬币大小的黑色物体就塞进他手里。

"20秒时间把东西收上，院里集合。"楚斯说着话的时候，他们几人已经尾巴着火般飞窜出去。

他又冲金道："你直接去院里。"

说完开了门便直奔客厅，把当初登陆这块星球碎片时他和金的东西一把捡在手里出了门。

萨厄孑然一人来，除了随身带着的一把反物质微缩弹，看上去像是什么都没带。他不像其他人那样惶急奔走，而是站在操作台前，抬手飞快地敲了一段程序进去。

而后拔了中枢上连着的天眼上下抛了一下，颇有种笑抚狗头的意思，"多厉害啊,你下次干脆等撞上的时候再尖叫。"

说完他把天眼往腰后一别,就这么两手空空地出了门。

院子里所有人都到齐了,20秒的时间对他们那几个训练有素的人来说其实绰绰有余,因为他们所有随身携带的东西都在背上的包里,一背就走。

金带着伤再抱个孩子有些够呛,楚斯刚想说什么,小拖把已经虎着一张脸从金怀里窜下了地,单看身手确实比她爸爸矫健了不知多少倍,充分显示出她没人管也能活的能耐。

"这丫头……"勒庞他们都有些吃惊。

楚斯想想,把金的黑包连同火箭炮一并扔给了萨厄·杨,而后抬手一招,"三点钟方向,先进林子。"

众人纷纷罩上了供氧面罩,抬脚就走。

基地模块屋虽然已经布置了监控预警等机制,设备全东西也多,但毕竟比单个人的目标要大很多,还不能挪窝。全窝在里头等着,要端都是一锅端,一个也跑不掉。

楚斯挑的那处林子,是离太空监狱停歇方向最近的路线。主要那一百来个不明物体也不知究竟是什么东西,单个体积多大质量多少,是天体群还是太空垃圾堆还是人,他们还没来得及知道,自然也没法立刻判断"相撞"能撞出个什么效果。

如果不至于毁天灭地,还能再挣扎挣扎,那么想办法回到太空监狱紧急撤离这里也不是不可能。

几人直奔那片林子。

唐给楚斯的远程操控装置一个是结果反馈端,一个是指令输入端。前者长得像个表盘,侧边有一排按钮,后者长得像个耳塞。

楚斯在奔跑中塞好耳塞,又把表盘夹在袖口,按了一下侧边的按钮,一个全息屏幕就自动出现在了表盘上方,方方正正地显示着星图上百来个紧急迫近的不明物体。

哦,已经不能叫不明物体了。

在被发现后的这半分钟里,监控已经分析出了对方的来历。

全息屏幕上端跳闪起一排红色警示字,楚斯的耳塞里传来电子提示音:"警告，发现太空流浪者，数量为137，预计撞入方向如图。"

楚斯一扫那图上的五星标记出来的位置心里就是咯噔一下，他连忙刹住步子，冲奔跑中的其他人道："停下！改换方向！"

"为什么啊长官！"唐冲得太快差点儿没刹住，顺手抱住一根树干糊了一手刺才把自己拽住，转头冲楚斯跑过来。

"他们过来的方向就是太空监狱那边。"楚斯一指全息屏幕。

耳塞里声音还在继续："倒数计时，5——4——3——2——1——"

轰隆隆——

龙柱外层用于模拟原星球的隐物质层被外物强行入侵时，就会发出这种类似于雷鸣般的动静。

他们面朝着的那片星海里，有灿黄的星点穿过了龙柱保护层，密密麻麻，以极快的速度直射下来，像是迎面落下的一场盛大火雨。

那种呼啸而入的气势，有着强烈的压迫感，总会让人觉得它们下一秒就要砸到自己，忍不住会后退两步。

但视觉效果和实际的距离有着相当大的误差，那些火球最终还是呼啸着落在了林子远处的一角。第一个砸落时，整个地面都跟着抖动了一下，接着是第二个、第三个……

大地颤动不息，龙柱受干扰而引起的暂时性紊乱加剧了这种震动，也让人跟着心跳加速起来。

"这动静，我都要以为自己在害怕了……"唐仰脸看着簌簌落下的火雨，摸了摸自己的心脏，喃喃道。

"别以为了，走了！"楚斯喝了一句，转头就开始往反方向撤离。

太空流浪者这个称呼看起来虽然有些孤苦的意味，但实际上不然。这批流浪者最早都是同一个星球上的，只是那个星球出了问题无法继续居住，便被彻底抛弃了。星球上的人有一部分分散着移民到了别的宜居星球，但还有很大一部分被拒绝移民，不得不长久地飘荡在太空中，成为最初的流浪者。

流浪者一共分两种。

一种为了保证自己的生存凑成了大型的入侵团队，时常打劫他们路过的宜居星球，算是掠夺，也是报复。这种流浪者过得不差，资源丰富，后来越发展越接近星际海盗。

还有一种则受雇于各个星球的机构，帮忙收集一点星际间零碎消息，以换取生存用品和资源，有点接近星际佣兵。

总之，不管是哪种，突然在这里着陆都是有目的的，常年在太空里飘着不落地的人，脾性大多会变得喜怒无常、易焦易躁，不讲理且不好惹。

在场的这些人里，掰指头算算，除了金和她女儿小拖把有可能没这样看见过太空流浪者，其他人做任务时多少都碰见过，甚至有过交火。

客观说来，137个太空流浪者并不算多么大的阵仗。但是相较于他们这更加少得可怜的8个半人来说，就是大军压境了，直接发生正面冲突绝对不是一个好的选择。

楚斯飞速算了一下那些流浪者落地之后所需要的缓冲时间，想规划一下路线。基地是肯定不能去了，他借着远程操控装置，让基地里除了监控之外所有装置都保持在静默状态。

最安全的方式是在林子里躲着，一路绕开那些流浪者，回到太空监狱那边。不管怎么说，太空监狱好歹是隐形的。

除此以外，还有一种比较嚣张的方式……

楚斯正要出口的时候，一个高个儿身影从他身边擦了过去，到了前面。

都不用开口说话，光看那个头和体格，就知道是萨厄·杨。

这浑蛋玩意儿突然转身冲身后的众人竖起食指，举过头顶嘘了一声，道："去巴尼堡。"

其他几人下意识就跟着他跑动起来。

疾奔了一气儿之后，唐突然反应过来刚才发话的是谁，步子又变得有点儿犹豫。他的声音在面罩下显得略有些闷，喘着气道："巴尼堡离这里可不近，跑过去怎么着也得半个小时了。就那帮……那帮不要脸又不讲道理的疯子常用的飞行器，睡上20分钟再动身都能追到我们，我可不想跟狗似的被人撵着跑！"

"不能就近隐蔽吗？"勒庞也试着问道。

"你隐蔽一个我看看？"萨厄·杨的声音还是懒懒的，甚至听不出是在奔跑，"这些林子你指望能怎么隐蔽？这跟把脑袋埋土地自我隐蔽的鸵鸟有区别？"

"绕行啊!"勒庞说完,又有点儿怕萨厄,缩了缩脖子,奔跑的路线扭曲了一个弧,拐到唐旁边去了。

萨厄·杨大概是懒得理,只是嗤笑了一声。

舍近取远去巴尼堡,对其他人来说这一路都得提心吊胆,不得安心。但对萨厄·杨来说,这正好够刺激。

楚斯太了解他了,那种所谓比较安全的绕行方式对于萨厄来说太过磨叽,也太过麻烦。况且巴尼堡是块金子地,不论是哪种流浪者,只要登陆到这块星球碎片上,就不会放过巴尼堡。

他们如果绕行回太空监狱,就相当于把巴尼堡直接拱手送人,别想再要回来了。

跑动中,楚斯已经不知不觉追上了萨厄·杨的步子。

他瞥了一眼萨厄·杨的背影,又用余光扫了一圈其他几个,如果唐他们废话太多,以萨厄的个性,很可能会直接甩脱所有人,自己干自己的去。

眼下这情况,八个半人已经处于下风了,再少一个萨厄·杨,战斗力折损太多,不会太乐观。

于是楚斯开口道:"这样吧,我偶尔也民主一下,除了萨厄·杨之外,只要再有一个人赞同去巴尼堡,那就去。"

其他人大概头一回见识这么不要脸的民主,直接惊呆了:"……"

民主的楚长官说完这通瞎话,还没来得及再开口说可以表决,前面嗤笑完就再没开口的萨厄突然慢了半步,直接一把抓住了他的手腕,朝上举了一下晃了晃,懒懒道:"喏——这还有一个,快走!"

楚斯:"……"

然而他们刚跑到靠近巴尼堡的那个山坡,身后流浪者们的飞行器已经在嗡嗡的轰鸣中碾了过来。

第32章
隐蔽区

巴尼堡里头地形复杂，遮掩物众多。那些流浪者能开着飞行器一路扫荡着过来，却不能在巴尼堡里继续这么玩儿，想要捞点能用的物资或者设备材料，或是想利用巴尼堡做点什么，总得先从飞行器上下来。

一旦下了飞行器，那就好办了。

楚斯的打算是在靠近巴尼堡的时候先分散避让，躲过这帮流浪者，然后跟在他们后面进堡，借着地形兜几圈，把那一百三十七个流浪者兜得分散开，再一小块一小块逐个击破。

这样虽然会费点时间，但在他们几个武器有限的前提下，确实是最合适的进攻方式了。

嗡——

流浪者们的飞行器也再度靠近了许多，因为声音大而嚣张的缘故，听起来似乎就碾在他们的脚后跟上。

他们掀起的风声呼啸不息，将身后那些颓萎许久的枯树压弯了腰。

整个原始野林被压得荡起了层层波浪。

"哎，我脚跟都沾不着地，快要被掀飞起来了——"唐骂骂咧咧的声音从一边传来，被风声和嗡鸣声割得支离破碎。

"快——"勒庞喊道，"我记得前面那个坡跳下去，底下有块缝隙，之前乔尔滚进去过——"

狂风虽然吹得人生厌，但不得不说从某种程度上给了他们一拨巨大的推力。

飞行器越来越近，伴随而来的，还有各种杂乱的电子音——

"扫描网未发现可收集物。"

"火力系统正在调整。"

……

无数红色的光线从他们身后扫过,距离最近的那个边缘差点扫到乔尔的小腿。

好在盖伊及时发现,一把将乔尔扯了过去。结果两人相撞,踉跄之下没能把握住平衡,前脚绊后脚摔倒在地。

两人连滚带爬又朝前挪了一段,却快不过红光。

就在红光就要扫到他们身上时,一个半人高的瘦小身影横插过来,过来对着他们俩就是猛地一推——

"哎哎哎哎——"前方刚好是往下的坡,乔尔连声叫着就么跟盖伊一起滚了下去。

滚下去的瞬间,他在匆乱中挣扎着看了一眼,才发现推他的那个应该是从不吭声的小拖把。

一个鸡崽子似的小鬼,能把两个大男人一起推下去?!

乔尔维持着目瞪口呆的表情滚没了影。

小拖把推完两个人,正预备拔腿跑离红光扫描范围,一条手臂突然伸过来拦腰一夹。

她一仰脸,就看见了楚斯瘦削的下颔骨。

"跳!"唐吼了一声。

勒庞一脚蹬在金的屁股上,给他又助了一把力。所有人擦着红光的边缘,径直从坡边跳了下去。

几个人七零八落地从坡上摔滚下去,落地时,楚斯用肩臂撑了一下地面,又用另一只手摸索了一下,准备就势翻滚进那处缝隙。

不过,他刚一动就感觉自己的手臂被人钳住拖向了某个方向。

直到他已经在缝隙里趴好,他才反应过来,刚才拽他的应该是先滚下来的乔尔和盖伊。

这处缝隙是这块坡下土层的一处断裂区,因为有大片的岩石托住上层泥土,这才留住这么一块可以暂时隐匿的区域。

这块空间的面积倒是不小，但高度实在有限。就这么五体投地地趴着，哪怕只要稍微动一下肩膀，突出的肩背骨头就能抵到上面的岩石。

也就只能勉强趴上这么几个人了，多匀一块地方都难。

"那谁，你的鞋底踩着我的脸，朝旁边挪一下，谢谢。"唐戳了戳勒庞的鞋。

勒庞试着动了一下，结果却只是在唐的脸上又碾了两遍，"只有这么大空间可以活动……"

唐被碾得一脸生无可恋，"算了，你还是别动了。"

"盖伊你的腹肌快把我的手指压麻了。"乔尔小声道。

盖伊深吸一口气，试图把腹肌再收一些起来，憋着气挤出一句："你试试把手抽出去。"

乔尔动了动手指，刚好顶到了盖伊的肋骨，盖伊又瞬间漏了气。

其实这种时候最想说话的应该是楚斯，因为他被拽进去的时候完全不由自己控制，最终跟萨厄·杨挤到了一起。

这大概真是字面意义上的狭路相逢了……头对头。

"你为什么不能跟其他人保持一个方向……"楚斯只能将脸艰难地转了个方向，朝向缝隙里头，对着不知谁的黑包，把后脑勺留给萨厄。

"如果保持一个方向的话，现在对着你那张漂亮的脸的，就是我的脚脖子了，长官。"萨厄·杨的声音几乎贴着楚斯的后脑勺，有几丝气息甚至落在了后脖颈上。

楚斯动动肩膀。

"那你为什么不能把头转个方向？"他声音压得极低，说完又皱了皱眉。

"恕我不能执行你的无理要求。"萨厄·杨每说一句话，都能让人楚斯耳后立起一片鸡皮疙瘩，"如果可以的话我早就转了，毕竟你的头发扫得我鼻子发痒，很想打喷嚏。"

楚斯："忍着，你敢对着我打一个喷嚏试试。"

萨厄·杨叹了口气，"你这么一说，我反而更痒了。"

楚斯："……"

大批的飞行器从他们头顶之上轰鸣而过，往巴尼堡的方向进军。

"好像安静下来了。"唐侧耳听了一会儿，道："应该都过去了吧，咱们是不是能爬出缝隙了?"

勒庞:"嘘——再等一会儿吧,保险一点。"

"嗯,再等等。"楚斯用其他人都能听得见的声音说道。

楚斯试图看一眼全息屏幕,好知道这些飞行器具体分布呈什么趋势,有多少已经过去了,还有多少落在后头。

但全息屏幕夹在他右边的袖口上,靠着萨厄。他如果想看就得想办法转过头。

楚斯艰难地动了一下,慢慢转过脸去……

多棒啊,跟萨厄·杨脸对脸。

他刚看了一眼,就又毫不犹豫地选择转回来,对着黑包。

"我的脸这么不堪入目吗?"萨厄·杨哼笑了一声。

楚斯:"……别出气。"

萨厄·杨:"你又开始不讲道理了,长官。"

楚斯没理,片刻之后,他动了动右手手指,在有限范围内晃了好几下。

萨厄·杨:"一般而言,看到在我眼前晃来晃去的东西我会觉得有些烦人,但是我现在没法用手扫开,那就只能用嘴了。"

"……"楚斯确认他注意到了,便放下手指,"把我袖口上的全息屏幕打开。"

"用牙?"萨厄懒懒地问道。

楚斯:"……随便你! 快点!"

当然最后萨厄·杨更没有真的用牙,那么有损形象不够美观的事情楚斯估计他也做不出来。

他能感觉到萨厄挪了挪手,压在了他的手腕上,屈着手指拨了一下袖口夹着的圆盘侧边按钮。

也许是为了之后方便关掉,萨厄的手没再费劲地改换地方。

"大部队已经到了巴尼堡。"萨厄看了会儿,道:"飞行器已经停驻,还有十几个拖拖拉拉地落在后面,从咱们先前歇脚的那块地过来了。"

果然,头顶的嗡鸣声停了十来分钟后,又响起了一波。

如果刚才他们贸然出去,现在估计就该被两面夹击了。

众人继续趴着,这一次飞行器数量少,嗡鸣声并不大,他们便也没再出声说话。

趴在最靠近缝隙边沿的是金。

他从缝隙里可以看到流浪者扫过去的红光,刚好沿着山坡形成一个夹角,错过了他们藏匿的这块区域。

"怎么样?"勒庞试着用手指戳了戳金的手臂,"我抬不了头,看不到外面。"

萨厄·杨还盯着全息屏幕,屏幕上显示最后两个飞行器正从他们头顶上行过。

嗡鸣声朝巴尼堡的方向过去,离缝隙似乎越来越远。

金正想说"差不多走远了",就发现落在最后的那两个飞行器突然停了下来,红光以他们为中心,在四周一层一层地扫着。

每扫一次,边缘都堪堪从缝隙口边划过。

"往里去点,往里去点。"金慌慌张张朝缝隙里缩了缩,他那处倒是动起来方便,但里面的人就倒了血霉了——

一个个被挤得龇牙咧嘴,勒庞挤到了乔尔,乔尔又连带着萨厄的上半身……

楚斯:"……"

这日子基本是没法过了。

末尾的那两个飞行器似乎是发现了一些异样,停了大约有五分钟的工夫,把金吓得够呛,生怕红光再往缝隙里来一寸,就能扫到他。

飞行器又往后退了一些,金连气都不敢喘,拼命往里头又挤了一些,把靠外的一条手臂直接折到了身后,顶着岩石擦出了一条血印子。

又过了十来秒,那两个飞行器这才放弃继续搜找,慢吞吞地跟着大部队离开了这处。

片刻之后,萨厄·杨盯着全息屏幕说:"全部进入巴尼堡区域,他们差不多该下飞行器了。"

楚斯道:"行了行了,先出去。"

众人没有一个愿意在这逼仄的地方多待一秒,听了这话自然立刻动了起来。

站到了缝隙外头的时候,众人借着视角方便,远远看到了巴尼堡那处闪成一片的飞行器灯光。

"怎么着长官？现在过去吗？"唐原地蹦了两下，甩了甩手脚。

"再稍等一会儿，等他们分散进入巴尼堡各个区域之后，我们再潜行进去。"楚斯活动了一下筋骨，看着袖口的全息屏幕说道，"过会儿——"

他话还没有说完，萨厄·杨突然横插了一只手过来，在全息屏幕上点两下。

还没等楚斯反应过来，他又伸手朝楚斯的耳朵摸过来。

手指触碰到耳窝的感觉让楚斯眉心一跳，偏开了头。但是萨厄已经把他耳朵里的耳塞摘走了，塞进自己的耳朵里。

"你又要搞什么？！"楚斯问。

萨厄一手按着耳塞，转头冲楚斯倏然一笑："报告，我想玩个大的。"

第33章

跳星海

卡洛斯·布莱克是α和β星区有名的流浪者首领，如果是在一百年前，他的名气甚至不限于这两个星区，还能更煊赫一些。他和各个星球的政府军队都打过交道，交过火，也交过易，有时候是合作者，有时候是敌对者。

他游走于各个星球之间，不和谁过近也不和谁过远，始终保持着一名合格的流浪者首领应有的信仰——自由至上、永无束缚，以及……没有什么是武力所不能解决的。

他曾经有一艘极致奢华的太空舰，通过一场生死交易，从天鹰γ星的白鹰军部手里得来的。那一度成了他最喜欢的东西——里头的设施完善得像个城市，系统智能级别堪比天鹰γ星著名的系外流放飞船——太空监狱。

他甚至给那艘太空舰取了个名字——天堂鸟，象征着自由和永恒。

但那艘太空舰最终毁在了星际百年大混乱里，毁在白银之城的炮火里，连同舰上没来得及撤离的近万个飞行器一起……

"嘭"的一声，化成了一簇星海间的光。

所以从此以后，他行事多了一条法则——绝对绝对不和白银之城有任何合作。

这就使得日子变得难过起来，毕竟白银之城某种程度上来说，确实是个极为阔绰的合作者，又极端爱搅和，如果没有割断和它之间的合作线，卡洛斯·布莱克和他的子民们永远都不用愁接不到活。

但卡洛斯依然坚持。

于是这几十年，他们时不时就会有物资奇缺的时候，不得不沿路找些地方捞点儿能用的东西。

卡洛斯是3个月前路过α星区边缘时，收到天鹰γ星爆炸的消息的。

身为流浪者，常年浪迹太空，流窜于各个星区，居无定所，总得有点儿优势，最基本的一点就是消息来得快。

因为百年大混乱的缘故，各个星球间往来陷入了冷战期，一方面在想尽办法获取他星的动态，一方面又在极力保障本星的动态不会为他星所知。这种信息保密和窃取之间的拉锯战持续了几十年，反而便宜了看起来不成威胁的流浪者们。

有一阵子，光是靠倒卖信息，流浪者们就捞了老大一笔。

不过令卡洛斯惊奇的是，天鹰γ星的爆炸和平常所说的爆炸并不相同，没有塌缩毁灭，而是被强行分割成了无数小碎块，散落在了茫茫太空里。

如果不是他带着小队，碰巧遇见过两块碎片的话，他大概怎么也不会相信居然还有这种炸法。

这绝对不是星球自然出现的，一定是受到了某种人为力量的干扰。

不过更令他惊奇的是，他遇见碎片的时候，飞行器舱内的星图上并没有任何提示。哪怕那碎片就在他面前，肉眼可见，星图上的那处也依然空无一物。

简直是活见了鬼。

不过当卡洛斯带着大批飞行器降落在碎片上时，心情又轻快了起来，因为碎片上有房屋，有商店，有各种物资供他捞一把。他还在各种屋内屋外见到了水晶棺材似的玩意儿，据他曾经所获得的信息来看，这东西叫作冷冻胶囊，是星际大混乱之后的产物，天鹰γ星居民用于躲避战乱的保命舱。

他手下有人试图动过两个冷冻胶囊，但不知道是不是藏着什么机关，总之废了两个多小时也没能从外部打开，便只能放弃。

不管怎么说，他们那一趟收获颇丰。

甜头尝了一次，就会想尝第二次。

卡洛斯·布莱克带着他的百人小队刚离开那个碎片，就开始想着下一个碎片了。

只是不论他改换多少种信号查找方式，那些碎片都像是裹了保护膜隐身套一样，搜找不到位置。

但是好在他运气惊人，不到半个月的工夫，他就又遇上了眼前这个碎片。

之前那个碎片应该是城市的边缘部分，眼前这个就属于深山老林的荒地了。

刚降落时，他还有一点遗憾，但很快他就发现了荒地中心的堡垒建筑群，那堡垒他眼熟，曾经他和天鹰γ星有交易往来时见过这个地方。

"这里是他们曾经最大的超基站，叫巴尼堡。日常物资是别指望了，但这里有更好的东西，没准儿能借着这里发现其他碎片的位置呢！老小子们，亢奋起来！"卡洛斯·布莱克咬着烟拍了拍手掌。

飞行器相互连通的内部频道里，响起了乱七八糟的欢呼和鬼叫："我敢打赌肯定能找到其他的位置，他们总不能连自己人都屏蔽掉，那可怎么活！"

"走走走！我简直迫不及待了！"

"干他一票大的！"

"喂？喂？头儿！记得都带上武器，刚才我们从侧边扫过来的时候，扫到了几间屋子，这里地说不定有人，而且没躺在那些冷冻棺材里，是醒着的！"

"听见没有？！都拎上武器！"卡洛斯·布莱克又冲着频道喊了一声，顺手拎上脚边的单人肩扛粒子炮筒，打开了飞行器的舱门。

即便听说这里可能有醒着的人，他的心情也依然好得出奇。

他们最不怕的就是交火，流浪者们能在太空飘荡这么多年，不是光靠一张嘴。

"如果老无所依，我还有满舱炮火和跳动的心……"卡洛斯站在舱门边准备往下跳的时候，弹了弹烟灰，甚至还哼起了他们这群流浪者中流传的歌。

通信器里传来其他人的声音："头儿，都准备好了。"

"老规矩，酒鬼你带四十个分两路沿着堡垒边缘兜一圈，刀疤你带二十个守飞行器，其他人跟我走！"卡洛斯把烟重新咬进嘴里，眯着眼扛起离子炮筒，"准备——"

就在他预备要动的瞬间，他突然听见了一点儿细微的动静。

卡洛斯一抬手："等等！"

他侧着耳朵偏着头分辨了一下，那声音活似有十来只蚊子远远地绕着他飞。他听了两秒，皱起眉又扫了一圈，正想开口，就听通信器里酒鬼粗哑的声音传来："头儿！这堡垒不对劲！我看见离我最近的一个墙角和屋顶都有东西在动！"

酒鬼和刀疤给他当了百年的副手，都是刀山火海过来的人，经验丰富。敢打，也谨慎。

"我也看见了！"刀疤道，"那是……那是电炮管吧？！"

巴尼堡巨大而复杂的堡垒各处一共有四千六百多个监控端，每一个监控端下头都带着一个袖珍炮口，炮口四周还有金属线延伸出来，活似建筑顶端尖细的避雷针。

这种炮管在发起攻击时，还会带出电流，活似人造闪电一样伸出根须，攻击范围可达到近百米。

此时，在卡洛斯的流浪者队伍看得见和看不见的角落里，四千六百多个电炮管同时接收到了远程操控指令，眨眼间扭转了方向，黑漆漆的炮口如同密密麻麻的蜂窝。

卡洛斯·布莱克似乎明白了对方的意图，他连烟都来不及吐掉，便吼了一声："回舱！"

然而已经晚了……

远处的山坡上，萨厄·杨伸出手指在楚斯的全息屏幕上轻轻一点。

轰——

四千六百多个电炮管瞬间开火，盛大的火光全部对着中心，撞成了一朵灿烂得足以照亮整片星区的礼花。炮管边缘金属线滋出的电流像是从四面八方倏然伸出的枝桠，交错相连在了一起，形成了一张巨大的网，将整个流浪者小队连同飞行器全部罩了进去。

那场景太过灿烂也太过震撼了，简直有种瑰丽又宏大的美感。

山坡上的几人看得目瞪口呆，张大了嘴冲着那片盛景发出了无声的感叹。

萨厄·杨冲巴尼堡那边偏了偏头，问他："好看吗，长官？"

楚斯干巴巴道："好看得不得了。"

"敷衍。"萨厄·杨嗤笑一声。

楚斯："……"

他忍不住朝萨厄·杨腰后扫了几眼。

萨厄让开了一下，似笑非笑道："干什么，当众耍流氓？没看出来长官还有这种爱好。"

楚斯蹙了眉："天眼被你拔了带出来了，你是怎么远程操控的？"

在基地里远程操控得通过天眼，天眼拔了之后，按理说他只能在全息屏幕上看看事先调好的星图，监控一下流浪者的位置。想要操控巴尼堡的具体设施是没法做到的,更别说要搞出这么大的阵仗了。

萨厄·杨耸了耸肩,臭不要脸地自夸道:"在你们毫无形象地拎包流窜时,我镇定地在设备室里又输入了一段程序,连接了巴尼堡的所有监控设备。"

楚斯:"……"

他面色复杂地看了萨厄·杨半天,毫不客气地一伸手,"还回来。"

萨厄斜眼睨向他摊着的掌心:"什么?"

楚斯没好气道:"耳塞,镇定的杨先生要赖账吗?"

萨厄挑了眉,把耳塞摘下来,正要直接往楚斯耳朵那边伸,被楚斯半途抬手截住了。

萨厄也没坚持,把耳塞丢进了楚斯手里,看着他自己塞进了耳窝里,而后也不管其他人,自顾自抬脚就朝坡下走,散步似的朝巴尼堡铺天盖地的电网走去。

楚斯看了会儿他的背影,抬手冲其他人招了招:"别傻了,走。"

卡洛斯·布莱克觉得自己这辈子头一回碰上这么屈辱的一幕,他刚走回飞行器,正拉着把手准备关闭舱门,那兜天罩地的巨网就落了下来,闪着蓝白色耀眼的光,几乎晃得他双目出现了短暂性地失明。

他还没能适应光线,就感觉麻刺刺的电流从他手指极速窜至全身,周身神经仿佛在被人用鞭子抽打,噼里啪啦响进了脑里——

他,卡洛斯·布莱克,α和β星区赫赫有名的流浪者首领,连带着137名手下,连舱门都没能出,就被电流钉在原地抽成了一群羊癫风,白眼珠子都要翻得掉出来了。

就在他感觉自己不如吊死的时候,他隐约听见了一个懒洋洋的声音,问候道:"哟,这不是曾经的流浪者之王吗?出场姿势挺别出心裁。"

"……"不管那是谁,卡洛斯都想抱着对方一起拔了氧气跳星海,同归于尽!

第34章

老相识

巴尼堡监控仪上所带电炮管的应该是有所调控的,又或者发出这道指令的人本身并没有想要了大家的命,所以当那兜天罩地的蓝白色耀眼电网被撤掉时,卡洛斯·布莱克以及其一干子民,全都瘫软在了飞行器舱门口,或是干脆滚到了地上,一副快要死了但远远不至于真死的模样。

"一世英名!"

"一世英名啊……"

啧,卡洛斯·布莱克觉得还不如死了呢。

他想睁开眼皮看看那个嘲讽他的人究竟是谁,但是实在没有那个意识支撑了。只能维持着那副被叉上烧烤架的姿势,毫无形象地挺着尸。

萨厄·杨站在这一大片停驻的飞行器中间,两手插着兜,非常惬意地欣赏他搞出来的一地惨相,一副只管杀不管埋的混账样儿。

唐离他最近,扫视了一圈之后,"啧啧"两声掩住了脸,好像不忍心看似的。他问道:"接下来呢?怎么处理这些……嗯,'烤串'们?"

萨厄·杨懒懒地偏头看他:"问我?"

唐:"……"

他想说"不然呢?你搞出来的这么大阵仗,就为了听个响儿吗?后续怎么办都没个想法?"但是看到萨厄·杨那副下一秒就能嗤笑出来的模样,就默默闭了嘴,转头找楚斯去了。

"长官——"

楚斯对着眼前的惨景倒是没什么感叹,他正半蹲在一个瘫软的流浪者面前,伸手扒开了对方眯着的眼皮看了看,又拍了拍对方的脸,那人维持着一副茫然的神色张着嘴任他拍。

"看来一时半会儿缓不过来。"楚斯站起了身,冲聚过来的勒庞他们抬了抬下巴,"行吧,这么多飞行器值不少呢,别浪费,把核心芯片都摘了吧。"

核心芯片相当于整个飞行器的系统大脑,比不过完整的天眼那么智能,但也极为重要,一旦摘了,这些流浪者就算醒了也跑不掉。

乔尔和盖伊他们没多问,应了一声就分散着往各个飞行器跑,还顺手划了个区:"你摘这块,我去那边。那个小辫……金?屁股还好吗?可以的话把这边几个的核心芯片摘……"

盖伊说了一半,又老妈子似的问金:"你找得到核心芯片在哪儿的吧?就是驾驶舱里控制台下面那个——"

一整天都在被问候屁股的金点了点头:"这我还是知道的,毕竟我是飞行器维护技师,不知道我就该失业了。"

乔尔和盖伊连同勒庞都诧异了一下:"看不出来你还会这个!"

金:"……我长了张一无是处的脸吗?"

众人:"嘿嘿。"

金:"……"不是,嘿嘿是怎么个意思?!

这帮训练营出身的人各个都具备把天聊死的本事,金一手捂着心口,一路吐着血准备去拔人家的芯片。

小拖把最初企图赖在楚斯身边,未果,被金以"不要给长官添乱"为由骗走了。

唐跑过来的时候,刚巧看见了小拖把一步三回头的模样,忍不住扑哧一声笑了,冲楚斯道:"长官我发现那小崽子格外喜欢你,那乌溜溜的眼睛但凡逮着空就盯着你,一转不转。"

小拖把跟着金上了一架飞行器,跑进了舱门里。

楚斯朝那边瞥了一眼,"没准在哪见过,那丫头每次盯着我,我都觉得有点儿熟悉,说不上来。"

他说着,收回目光看向唐,"啧"了一声:"其他人都去摘芯片了,你想偷懒?"

唐连忙摇头:"不不不,当然不是,我刚从……那谁那边过来。欸?长官——"

他飞快地朝萨厄·杨的方向看了一眼,凑到楚斯耳边,小心道:"我感觉有点儿奇怪,那位杨先生的脾气实在看不透,有时候——"

楚斯平静地打断道:"有时候你觉得他很危险,他却好像是在帮你,有时候你觉得他会帮忙,他却又袖手旁观,对吗?"

唐眨了眨眼,点头道:"对……所以他现在是在帮我们吗?我怎么觉得那么不真实呢?"

楚斯抬眼看向萨厄·杨,飞行器的灯光映在他棕色的眸子里,晃出了一片亮色。他似乎有些出神,但是很快又眯了眼收回目光道:"算是吧,不过别抱太多期待,如果能让你猜到他在想什么,那就不是萨厄·杨了……做好心理准备,他随时可能离开,也随时可能翻脸成对立者。"

唐前面还在点头,听到最后一句忍不住笑了一下,"长官你这句是在提醒我吗?我有什么好做心理准备的,我们本来就没期待他一直跟我们同战线,要不怎么觉得不真实呢。"

楚斯"嗯"了一声,转头看了眼身边的飞行器。

在场的一百多个飞行器样式并不统一,毕竟也不是什么官方组织,不至于还派发飞行工具。军用混杂着民用,有的简陋一些,有的豪华一些,新旧不一。

他身边这个跨台高,连个舷梯都没有,上去一趟还得用翻的,非常不美观。

这么不美观的事情,楚长官向来能推给别人就推给别人。他不轻不重地踢了唐一脚,冲飞行器一抬下巴:"去,把芯片摘了,顺便看看有没有医用针剂。"

"啊?"唐一弯膝盖,捂着屁股往飞行器跨台上爬,边爬边问道:"要针剂干什么?要不要顺便搜刮点儿吃的?"

"给这帮瘫着的续口命,好问点事。至于其他的,你看着办吧。"楚斯说完摆了摆手,便抬脚走了。

唐翻上跨台,摸进舱门的时候,又瞄了一眼,发现楚斯正朝着萨厄·杨的方向走过去。

他"啧"了一声。不知道为什么,自从他们和萨厄·杨莫名其妙成了同伙,他每回看到自己又怕又敬的楚长官跟萨厄·杨站在一起,哪怕只是站着互损,都忍不住想替敌对者们点上一排蜡烛:你们吃好喝好,好好上路。

楚长官心安理得把事情分配给了其他人,自己则走到了萨厄·杨这边——这几艘停驻的飞行器一看就是领头的。

倒不是说飞行器有多豪华多高级,而是从上到下都透着股"我在太空浪了一百多年谁都拦不住"的味道,嚣张混杂着沧桑。

楚斯顺手拍了拍沾了泥灰的衬衫袖口,将它翻折到了手肘处,一边踩着舷梯台阶往上走,一边问舱门边的萨厄·杨:"一来就直奔这艘飞行器,你认识他?"

躺在那里的流浪者面色惨白,表情有些扭曲,头发和胡须炸着,白眼翻上了天,实在看不出原本长的是什么德行。

萨厄·杨正半跪在他身边,拎着个电子针筒,扎在那流浪者的心口。

楚斯还在舷梯下面时,萨厄·杨就已经眯着眼看了过来,只是脸上的表情因为背光的缘故有些看不大清,跟平日里那副轻佻或懒散的模样都不太一样。可当楚斯倚到舱门边的时候,萨厄就又恢复成了平日的模样,挑着眉不大正经道:"你猜?"

"我猜没准儿你跟这队流浪者早就勾结好了,里应外合来打劫,这会儿正忙着杀人灭口。"楚斯随口说着瞎话,盯着电子针筒上的剂量显示条一点点减少。

萨厄笑了一声:"长官说得对,原本他还留着一口气,我这一针下去,他就该凉了。"

他说着,拔出针筒看了眼显示便顺手扔开了。

电子针筒掉在舱内的地面上,发出铛啷啷的滚动声。那声音还没消失,躺在地上的流浪者突然猛地抽了一下,深吸一口气:"嗬——"

"看,回光返照。"萨厄·杨一努嘴。

流浪者大概是听见了,咳了一阵后,喘着粗气恶狠狠道:"回光你……个孙子,居然暗算我!"

他骂人的时候,声音虚弱,气势却不小,眼睛还没睁开呢,手指就已经挥舞上了。

萨厄·杨垂眼看了看在自己鼻尖前挥过的手指,朝后让了让,二话不说捏住那手指一拉。

就听咔——的一声,流浪者的手指当即就不能动了,"哎哟!究竟是哪个不要命的鳖——"

他龇牙咧嘴地擎着手,边骂边睁开了眼,双眸对焦后,直愣愣地看到了萨厄·杨的脸。

流浪者当即咕咚一声,把后面的话全咽了回去,而后立刻翻着白眼抽搐着半边脸重新躺倒下去,脖子一歪,装起了死。

这个过程一气呵成,都快变成条件反射了。

楚斯一看这模样,哼了一声:"果然是认识的。"

萨厄·杨指了指躺着的流浪者,冲他道:"卡洛斯·布莱克,我觉得你也应该认识。"

楚斯一愣,蹙起了眉:"卡洛斯·布莱克?那个百来年前号称流浪者之王的人?"他又看了一眼卡洛斯的脸,然后一脸平静地问萨厄·杨:"你是不是觉得我特别好骗?"

萨厄·杨眯着眼看他,"嗯"了一声,懒懒道:"怎么会,我们楚长官这么聪明。"

楚斯抱着胳膊倚在舱门边,嗤了一声:"你说这是卡洛斯·布莱克,哄鬼鬼都不信。"

装死的卡洛斯·本尊·布莱克成功被气死过去。

他被萨厄·杨打了一剂针剂,缓和了电击造成的各处伤害,但是仍然周身发麻,基本除了脖子哪哪都动不了。被萨厄·杨和楚斯轮番气死一个来回后,他终于忍受不了地睁开眼,哑着嗓子冲道:"我怎么总在最不合时宜的时候碰见你这座瘟神!"

"你运气好啊。"萨厄·杨道。

楚斯动了动长腿,放下胳膊也干脆半蹲在了卡洛斯·布莱克的身边,他跟挑猪肉一样拨着卡洛斯的下巴左右看了一圈,道:"你真是——"

"不,我不是,你认错了。"卡洛斯·布莱克立刻否认。

楚斯挑了挑眉,又道:"你来这里的目的?接了其他星球的任务?还是来趁火打劫?"

卡洛斯·布莱克说起这事儿就是一口陈年老血卡进了嗓子眼,他也不想随便便就跟人交代全部,显得太没尊严,于是他讨价还价道:"躺在这里挺尸我血流不畅,想不起来。"

萨厄·杨和楚斯几乎是同时"哦"了一声,站起身拍了拍衣角的尘土,转身沿着舷梯就往下走。

卡洛斯哑着嗓子喊道:"你们走什么!我呢?!不能就这么让我敞着仰面朝天

吧?!好歹给我扔进舱啊——"

萨厄·杨头也不回地举手摆了摆,"没事,晾上十七八个小时就差不多了,我们先去睡一觉,回头再来问你。"

卡洛斯:"……看在我曾经打捞过你的分上!"

打捞?楚斯下意识回头瞥了萨厄一眼,却见他一脸坦然地冲卡洛斯道:"哦,谢谢。"

卡洛斯:"……"畜生!

楚斯走到舷梯最后一阶的时候,卡洛斯认命的声音从上面传来:"没接任务,就是3个月前听说了你们那星球炸了的事,刚巧又让我碰见了一块碎片,顺手捞了一把,就这样。"

楚斯脚下当即就是一顿,他蹙着眉转身问道:"你说多久之前?"

第35章

时间差

"3个月……怎么了?"卡洛斯·布莱克努力抬了抬脖子,想看看楚斯问这话的表情,毕竟表情捕捉和解读是谈判时最有用的参考。

然而他只看到了萨厄·杨的后脑勺,于是气得又倒了回去。

楚斯沉默了一秒:"你没数错日子?具体是怎么得到消息的?"

卡洛斯·布莱克虽然不明白这句话为什么会引起楚斯这么奇怪的反应,但还是立刻敏感地抓住了时机,再一次做起了垂死挣扎:"我拒绝瘫在这里说,起码得换到室内,得坐着!否则不要想从我嘴里撬出一个字!"

他的倔强让楚斯沉吟了片刻,然后欣然点头,"行,室内,坐着聊,阁下稍等。"

楚长官在面对非熟人时,说话是非常有礼的。但是他的有礼非常特别,大概是当年"踩脸之后要说谢谢"的经历给他的人生造成了不可逆的影响,以至于他极为有礼貌的时候,往往都是要干混账缺德事的时候。

这毛病安全大厦和他共事的人非常清楚,训练营被他调教过的人非常清楚,萨厄·杨也非常清楚,唯独卡洛斯毫无防备。

"哎……总算有个尊老爱幼讲道理的人了。"卡洛斯一边斜睨着萨厄·杨的背影,一边感叹了一句,"早这么办没准咱们还能精诚合作一把。"

10分钟后,在楚长官的一道指令之下,以卡洛斯·布莱克为首的流浪者们被训练营五人小队悉数叉进了翻斗里,活像被一网捞尽的死鱼。

那翻斗还是卡洛斯的飞行器上自带的,目测岁数比楚斯和萨厄·杨两个人加起来还要大,从飞行器屁股后面颤颤巍巍伸出来时,甚至能听到吱嘎响声。

那是卡洛斯偶尔在太空打捞"垃圾"时用的东西,这会儿却装着一百三十七名流浪者,而他,曾经尊贵的流浪者之王,被压在最底下。

多么浑蛋的战俘待遇。

这一百三十七名战俘最终被安顿在了勒庞他们来去自如的巴尼堡东塔,顶上的一层会议室里,将他们运上来的飞行器则暂时停落在落地窗外延伸出去的平台上。

飞行器的器具室里所装载的捆索和电子镣铐几乎全部用在了他们身上——左手铐右脚,右手铐左脚,沿着墙席地盘坐了一圈。

而楚斯则倚靠在巨大的长圆形会议桌边,两手撑着边沿,姿态优雅、居高临下地看着卡洛斯·布莱克。

室内,坐着聊,没毛病。

"如你所愿。"楚斯手指敲击了两下桌面,冲卡洛斯道:"阁下还有多少要求?尽管提。"

卡洛斯·布莱克嘴唇无声地蠕动了两下,大概是骂了一句"禽兽"又或者别的什么,而后绿着一张脸清了清嗓子道:"没了。"

萨厄·杨百无聊赖地坐在桌边,手肘拱了拱楚斯,"10分钟的工夫,长官,仅仅10分钟的工夫,你就沦落成跟我一样的禽兽了,可喜可贺。"

楚斯瞥了他一眼,又收回目光看着卡洛斯道:"真没要求了?"

卡洛斯哼了一声,"废话。"

楚斯点了点头,"那就说说吧,你什么时候,从哪里得来的消息。说一条我解开一个人的镣铐。"

卡洛斯原本还一脸嘲讽地想说些什么,听了他这条件,倒是勉强收了嘲讽,道:"你觉得有刚才的事情做铺垫,我还会信你的鬼话?"

楚斯耸了耸肩膀:"随意。"

卡洛斯一口老血。

他还真的拿楚斯一点儿办法也没有,就算说话不算话,他也就只能多吐两管血,还真就是爱信不信。

卡洛斯想了想,还是张了口:"碰上你们两座瘟神算我倒霉,我认了。说说就说说吧……"

"我是3个月前路过α星区边缘,和另一队流浪者做交易的时候,从他们那边得来的消息。说之前他们从你们那个天鹰γ星星域二道线绕行过去的时候,不小心越过了星域线,却没有收到越线警告,当时有点纳闷,但因为他们赶时间去卡迈星和白银之城,就没有细想。3天之后,他们从白银之城所在的星区赶到α星区跟我们做交易时,再次从你们星球边绕行,还故意越过了星域线,依然没有收到应有的警告,于是他们就耍了一把贱,干脆直闯星域内线,等到足够靠近星球表面的时候,他们才发现,你们那个天鹰γ星居然只是一个残留的虚影,真正的星球已经不存在了。"

"接着——"卡洛斯·布莱克姿势别扭地指了指自己,"他们就顺便把消息卖给了我。我估摸了一下时间,你们那个星球爆炸也就是三个半月前的事情吧,因为据我所知,就在四个月前,那个流浪者队伍还在你们星球着陆过,据说是卖了个消息给你们军部?至少他们着陆的时候你们那星球还没炸呢!"

"军部?"照理说,有流浪者队伍进入星域跟政府或者军方做私密交易,军部应该是跟安全大厦打过招呼的,不过楚斯所在的第5办公室并不直接把控这方面,把控这些的是1号办公室,所以楚斯不知情也属正常。

"我听说的消息是这样,至于究竟是不是军部那我就不清楚了,我只能保证我的消息有80%的准确度,不能保证100%。"卡洛斯·布莱克道。

楚斯盯着卡洛斯的眼睛看了好一会儿,又干脆弯腰把在卡洛斯身上一顿翻找。

"干什么你?"卡洛斯朝后让了让,"找什么呢?飞行器都让你们给扣了,还想翻什么?!"

楚斯道:"怀表、手表,或是其他什么带着时间的。"

他说着这话的时候,语气透露着明显的不耐烦,听得卡洛斯有点虚,连忙道:"表!表!表!不就是表么!在我裤子口袋里。"

楚斯蹙着眉,二话不说把他掀倒,伸手在他左边裤子口袋里随便摸了一下,空的。

正打算换到右边口袋时,萨厄·杨突然从桌上下来了,弯腰"啪"地拍开楚斯的手,把卡洛斯右边口袋里的东西直接掏了出来,回手扔在了桌上。

咣当——

金属质的东西在桌面上滚了一圈,终于躺平。

楚斯愣了一下，朝萨厄·杨瞥了一眼，就见他说翻脸就翻脸，莫名显得有些不耐烦，大概是楚斯和卡洛斯之间的对话和他关联不大，并不怎么能引起他的兴趣，听久了有些烦。

不过这种上一秒还笑着，下一秒就皱眉的模样楚斯见得多了，并没太过在意。

他站直身体，抓过桌上的东西拨开了盖子。

这东西样式十分复古，很像是古早时候的怀表——半个巴掌大的圆盘，带翻盖带链子。

只是翻盖打开之后，里头的显示并非指针，而是屏幕。圆形的屏幕里是个简化版的星图，十八个代表着宜居星球的圆点嵌在屏幕不同位置上。屏幕左上角有一个方形显示框，标注着现在的时间，只不过计算方式和楚斯常用的不太一样。

楚斯在代表天鹰γ星的圆点上点了一下，左上角的显示框里，时间瞬间换算成了楚斯最为熟悉的格式：

新公历5714年。

3月17日 22:09:23。

他盯着代表年份的数字沉默着看了好一会儿，确认没有看错任何一个，这才把抬起了眼。

翻盖咔嗒一声在他手里合上，他捏着表盘在手里转了两圈，又想了一会儿，便把它重新丢给了卡洛斯。

卡洛斯还有些惊讶：“你居然没有直接占为己有？”

"我要它有什么用？"楚斯蹙着的眉头没有松开，注意力显然也不在卡洛斯身上，只这么随口回了一句。

时间有问题。

楚斯心里想着，他来回踱了几步，又大步流星走到了会议室的门口，越过环形栏杆，扫了眼东塔底楼正忙忙碌碌把飞行器集中处理的几人。走路姿势别扭的金在里面格外显眼。

楚斯目光在他身上停了几秒，最终落在了唐身上，道：“唐，上来一下。”

唐一愣，仰头喊道：“哦！就来！”

没过一会儿，唐风风火火地上来了，在会议室门前刹住了步子，扒着门朝里看了一眼,低声问楚斯:"长官有什么事?他们不老实不配合?"

楚斯摇了摇头,道:"你通信器呢?我只是突然想起来,我好像一直都忘了问你们时间。"

唐一头雾水地摸出通信器,给楚斯看了一眼,上面显示着:

新公历5714年。

3月6日 14:21:38。

和卡洛斯怀表的显示并不完全相同,但是相差并不多,完全在正常的时间流速差异范围内。

其实不看唐的通信器,楚斯也能猜到这个结果,他只是……反复确认一下,强迫症似的。

唐和卡洛斯的时间差了10天,从黑洞旁边晃过一圈的萨厄·杨,跟他们相差也不过几十天,还有太空监狱……

所有人的时间差都在正常的范围里,十分接近,唯独除了他自己。

5714年,5763年,尽管楚斯不太想承认,但目前看来,前者是对的,后者显然出了谬误。

当初睁眼的时候,告诉他已经过了50年的是金。

理所当然,楚斯最先想到的,就是金出于某种目的篡改了手环上的时间显示,让他误以为已经过去了50年。但是很快,这个念头又被否认了,因为楚斯从冷冻胶囊里爬出来后就收到了萨厄·杨的信息,他自己的通信器上也明明白白地显示着收到信息的时间,第二条清晰地显示着5763年。

有那么一瞬间,楚斯心里突然泛上了一股茫然感。

毕竟时间观被打散了重组、重组了再打散并不是什么愉快的体验,他感觉自己的头痛症差点儿又要犯了——

其他所有人的时间在大体上都是统一的,依照他们的时间观,现在是5714年,距离星球爆炸过去了不到4个月。

而他的时间则出现了巨大的混乱,直接快进了50年。

哪里被动了手脚?谁干的?目的又是什么?

"怎么了长官?"唐眨了眨眼,"您脸色变得有点儿差。"

"没什么。"楚斯再开口时,脸色已经恢复如常,他冲唐摆了摆手,"没什么,你忙去吧。"

唐"哦"了一声,刚转身要走,楚斯又拍了拍他低声补了一句,"帮我……盯着金。"

"嗯?"唐愣了一下,便飞快领悟,比了个"OK"的手势,便匆匆下了楼,他走了两步想想又转头道:"您一直也没放心过他吧?要不怎么事事都把他放在边缘之外呢。"

楚斯挑着眉关上了会议室的门,刚转身就差点儿撞到人。

翻脸比翻书还快的萨厄·杨先生正站在他面前。

楚斯没好气道:"劳驾走路多一点动静,你站这里干什么?"

萨厄·杨凑近了一些,那双近乎透明的眸子微微眯着,紧紧盯着楚斯的眼睛看了两秒,沉沉道:"有人惹我们长官不高兴了,让我来猜猜是怎么回事?"

楚斯脊背下意识绷紧了一些,又倏然放松下来,"还用猜?你不就是来偷听的?"

他说完沉默了两秒,又补道:"也或许你根本不需要偷听,你早就看出来了,但是出于某种原因,你根本没有说的打算,是吗?"

第36章
理由

这话说出来连楚斯自己都觉得有些不合适，因为这问句里夹着一股质问意味。

质问谁呢？萨厄·杨吗？就算他很早就觉察出了问题，他又有什么义务要说出来呢？他甚至都不需要有原因，一句不想说或者与他无关，就能把这话扔回来。

他甚至能想象得到萨厄·杨听到这种话时会有的反应，会如何在嘴角扯出笑意，会用怎样拖腔拖调又漫不经心的语气……

不论怎么样都太嘲讽了，只会把人心情弄得更糟。

于是楚斯垂下了目光，没等萨厄·杨开口，就用手背拍了拍他的手臂，道："劳驾让开点，别这么挡着。下回可千万别挑我心情不太舒坦的时候往面前送，毕竟我是个不讲道理的人。"

说这话的时候，楚斯语气平静极了，甚至还带上了惯有的说瞎话腔调，算是把刚才的问话给揭过去了。

也许是话头埋得太快，也许是别的什么缘故，直到楚斯绕过萨厄·杨，离开门边走到卡洛斯以及那帮流浪者面前时，萨厄都没有出言嘲上两句。

这就算是很给面子了，楚斯心说。

他没回头去看萨厄的表情，而是随意挑了几个看起来憨厚些的流浪者，解了他们的镣铐。

不过不知道是不是错觉，他总觉得萨厄正看着他，目光应该是落在他的背后，让他非常不自在。有那么一瞬间，他想回头确认一下，不过鉴于之前说的话已经很不符合他的风格了，他不想再做点不合风格的举动来。

滴滴的电子解锁音响起时，卡洛斯·布莱克包括那些流浪者们都有些反应不过来。

"你还真解?"卡洛斯·布莱克诧异地说道。

楚斯面色如常,看起来丝毫没受刚才那些杂事的影响,他晃了晃手里解下来的那一把镣铐,金属碰撞在一起叮当作响,衬得他的声音语气平静而优雅:"我说过,你交代一句我解开一个,大多数时候我还是非常守信用的。"

卡洛斯非常怀疑地看着他。

楚斯和他对视了两秒,手里的镣铐一动,道:"阁下好像很不满意的样子,既然如此,那还是把他们重新铐上吧。"

卡洛斯连声道:"不!什么我就不满意了?!你怎么看见我不满意了!喂!你——"

他反悔的时候,楚斯已经重新铐上了一个人。急得卡洛斯嗓子都快劈了,喊了几声:"满意满意满意我从来没这么满意过,别铐了!"

楚斯这才直起身停了手。

卡洛斯一言难尽地看了他半天,叹了口气道:"我听那瘟神'长官长长官短'地喊你,你军部的?看起来像军将的样子。"

他们时不时会跟军部做些信息上的交易,算得上比较熟,问这话大概是想拉点儿人情。

楚斯挑眉:"狭义上不算,我在安全大厦。"

卡洛斯上下打量了他一番,一脸纠结的表情:"贵星球安全大厦不都是一帮说话做事恨不得斟酌一天的老家伙吗?还有你这款式的呢?"

楚斯:"我也头一回看见阁下这种款式的流浪者之王。"

"⋯⋯"卡洛斯"啧"了一声,"我就不爱跟你们这种张口嘲讽闭口堵人的年轻人聊天,早一百年你在我面前说这话试试?我这也就是年纪大了不跟你们一般见识。"

卡洛斯·布莱克的鼎盛时期是百年之前,那时候他的年纪也就跟眼前的楚斯和萨厄·杨差不多,正值黄金时期,但是现在,他已经将近170岁了。

即便是在普遍两百出头的寿命长度里,也已经走到暮年了。

他虽然张口闭口总爱把"年纪大了"挂在嘴边,卖一卖老资格,但心里并不认为自己在老去,他身材依然高大,肌肉依然厚实,挥得动拳头扛得动火炮,深棕色的头发和络腮胡一如十年前、二十年前乃至五六十年前一样浓密。

离老还早得很。

卡洛斯抬出"年纪大了"这种话的时候,往往是想跟对方谈判要点东西的时候。

楚斯也看出来了,他听着卡洛斯半真不假地叹了口气,抬了抬下巴道:"别喘了,不如直说?"

卡洛斯笑起来,"欸,爽快!我就喜欢你这种年轻人,不绕弯子。是这样……你们现在的状况其实比我们这群俘虏好不到哪里去,这话也许不好听,但这就是事实,星球崩成了碎片,你们只占了其中小小的一角,还是个荒地方。缺少生活物资、缺少人手、缺少一个安定的环境。我猜——"

他眯起眼睛的时候,眉毛上挑得更厉害,像鹰隼,倒是比之前有了点儿流浪者首领的样子。他顿了顿,又接着道:"你们现在一定很想知道一些消息,比如政府还好吗,军部有应对策吗,有多少人已经醒来了,你们还要漂泊多久才是个头,其他星球的人听到风声了吗,有没有采取什么行动?"

卡洛斯越说声音越轻,却有一种别样的压迫性。

他说每一句话都踩准了点,这确实就是楚斯他们现在想知道的问题。而且除此以外,楚斯还多一个问题:他的时间究竟是怎么回事?

这些问题每一个都足以把人搅得头大,每一个都关系到他们能否早日摆脱现在这种漂泊的境地。

楚斯拨弄了一下手里的镣铐,思索了片刻,撩起眼皮看他:"你有消息,想做交易?"

卡洛斯·布莱克也不绕弯子:"我给你消息,你把我们所有人的镣铐都解了,并且归还飞行器。"

"你给我消息,我给你们解镣铐,或者归还飞行器。"楚斯说着,在"或者"这个词上还加了重音。

卡洛斯:"……你年纪轻轻的心怎么能这么黑?"

楚斯坦然道:"我只是希望阁下能知道,你现在是被抓的,没有狮子大开口的权利。"

楚斯原以为卡洛斯还会再挣扎一下,谁知道他只是想了片刻,就点头道:"行吧,我也懒得扯皮,二选一是不是?那我选解镣铐。总得先从俘虏的位置上离开,咱们才能谈别的。"

楚斯点了点头,道:"可以。那么,我先听听你的消息吧。"

……

10分钟后,终于说完所有的卡洛斯·布莱克冲楚斯道:"就这么多了,还有些具体的东西我当时都录了下来,在我的飞行器里,反正已经落到你手里了,你可以自行查看。"

楚斯欣然点头,直起了身。

卡洛斯·布莱克的飞行器就停在后面的平台上,楚斯打算转身的时候顺带看一眼萨厄·杨半天不吭声究竟在干什么,然而一扭头却发现原本萨厄所站的位置空空如也,已经一个人都没有了。

楚斯一愣。

卡洛斯·布莱克似乎通过他的后脑勺看出了他的疑问,插话道:"在我说白银之城应该已经开始有行动时,那座瘟神就出去了。"

走了?

楚斯拉开会议室的门,走到栏杆边朝下望了一眼,没找到萨厄的身影,只看到搬着什么东西出去的勒庞他们。

"嘿,我该说的都说完了,是不是得给我们把镣铐都解了?"卡洛斯嚷嚷道。

"可以。"楚斯说着这话,却并没有在流浪者们期待的眼神下走近他们,而是迈上了平台钻进了卡洛斯的飞行器里。

这是仅有的几台没有被摘除芯片的飞行器之一,可以正常使用。

飞行器其实相当于这些流浪者们的居所,里面空间不小,一个正常的公寓该有的它都有,另外它还有正常公寓所没有的武器弹药库、医疗舱和驾驶室等。

楚斯扫了一眼里头的总体布置,又在武器弹药库里挑拣了一番,找到了智能走地微缩弹。

说是智能走地微缩弹,其实更像是智能机器人身上背了个微缩弹,是偷袭的好工具。

楚斯拎了一个,把镣铐的电子钥和解锁指令输入进去,然后将那机器人扔进了会议室里,自己则坐到了驾驶室里,一拨启动杆,打算扬长而去。

会议室里,一众流浪者正盘算着该如何在楚斯来解锁的时候奋起反击,结果还没盘算出头绪,就眼睁睁看着走地微缩弹咕噜噜滚过来。

卡洛斯·布莱克:"浑——蛋!"

楚斯坐在座椅里,戴上耳麦,关了飞行器的舱门,沉默地驾驶着飞行器从高层平台上飞下去,选择了自动寻找落点后,他摸出通信器接通了唐的频道。

"怎么了长官?我们把飞行器全都收进了地下仓库,芯片用加密盒锁了,过会儿拿给您。"唐似乎很兴奋,"我们搬了他们的武器弹药,咱们这边就不愁什么了,他们也没法发起反攻。还有长官,有好多新鲜的食物!哎哟,收的时候我口水都要淌下来了!天晓得营养剂有多难喝!"

楚斯牵了牵嘴角:"行吧,你们把东西都搬去哪儿了,我现在过去,东塔上的那帮流浪者们被我解锁了,你跑一趟,把底下的出口大门给锁了,把他们的活动范围暂时先限制在东塔里面,具体的回头我再找他们谈……我们可能得来点儿大动静。"

唐一愣:"什么大动静?老实说,我现在一听见类似的话,就忍不住想到那位……杨先生。"

听到他提起萨厄·杨,楚斯敲在扶手上的手指停了一下,片刻之后又继续敲了起来:"他刚才突然离开了会议室,说不好是做什么去了,没准想起什么事来直接走了也说不定。"

"走了?什么走了?"唐道。

楚斯想起了卡洛斯的话,萨厄·杨把各星球尤其是白银之城的动向听完后离开,也许从中获得了他想要的一些信息,继续去干他该干的事情了。

飞行器缓缓降落在地,停在靠近中心堡的一堵墙壁后面,停稳当后,楚斯按了一下按钮,打开了飞行器的舱门,人却并没有立刻离开驾驶室。

他冲唐道:"碰巧咱们又收获了一批非常实用的飞行器,随便挑上一个没摘芯片的就能走,毕竟他本来也没有留在这里的理由。"

他说着这话的时候,突然感觉背后一痒,接着椅子靠背被什么东西往下压了一下。

楚斯蹙着眉猛地转头,据说"已经走了"的杨先生正躬身趴在他的椅背上,冲着他抬手招了招道:"你刚才在说谁没有留在这里的理由?"

这个姿势离得有些近,楚斯心里猛地一跳,条件反射般偏开头重新坐正身体,留给了萨厄·杨一个后脑勺。

他蹙了蹙眉,正要开口说话,萨厄·杨就一挑手指勾着他的下巴让他重新回过头来,"别转开脸,你刚才说的……不会是我吧?谁说我没有留下的理由?"

第37章
旧瓜葛

驾驶室的椅背略有些高,萨厄说着话时眼皮微垂,眼尾收起的线略有些下撇,将他侵略性的气质敛去了大半,那是非常具有迷惑性的目光,即便是楚斯也有过一瞬间的怔愣,忘了挣脱萨厄·杨勾在他下巴上的手指。

这样的说话方式有些暧昧不清,会让人产生一种关系亲近的错觉。

事实上很多时候,萨厄·杨对他的说话方式、行为举动都会让人产生这种错觉……

最初其实并非这样。

在白鹰疗养院的那些年,萨厄·杨基本没有好好对楚斯说过话,当然,楚斯也没给过几次好脸色。每一次碰面都可以称为冤家路窄,每一次说话都沾着浓郁的火药味儿。

尤其是后期,楚斯的性格被他自己磨平撸整,几乎能和任何人平和交谈,独独除了萨厄·杨,他似乎总有办法在瞬间把楚斯掩藏在皮下的刺毛硬骨给挑起来,压都压不住。

仔细想来他们之间的对话其实都非常简短,算上修习军事学院课程中不得不产生的对话,再翻上一倍,都不如楚斯和任一个普通同学的交流多。

那些普通同学的姓名和模样,楚斯早就记不清了,交流最少、关系最差的萨厄·杨反而成了那12年里留给他印象最深的人。

他们关系相对缓和下来是进了训练营小半年之后,也许是陡然更换的环境让他们各自成熟了不少,终于脱离了反骨最重的那段时期,也许是别的什么……

如果一定要找一个转折点的话,大约是两个人第一次出营去给一个被搞砸的任务当救火援军,两个从没同组过的人头一回被硬凑在一起,居然配合得非常默契,比任何人都要默契。

楚斯头一回行事那么省心——不用担心队友拖住后腿,因为萨厄·杨远远强于任何一个搭档;也不用束手束脚,因为萨厄·杨每一次行动都疯得极具煽动性,连带着楚斯骨子里的一些东西也跟着蠢蠢欲动。

一场生死任务下来,楚斯的感觉非常复杂。

他在这方面永远有些后知后觉,等他勉强承认自己并不讨厌和萨厄·杨搭档,甚至觉得刺激中带着点儿痛快的时候,萨厄·杨和他的说话方式已经转变成了后来的样子,压迫感和亲近感糅杂在一起,而他甚至想不起来这种转变究竟是从哪天开始的,因为他在不知不觉中已经习惯了。

那段相对缓和的相处关系延续了一段时间,但始终带着点心不甘情不愿的味道。

纳斯星的那次任务是他们第二次搭档,在楚斯觉得毫无希望的时候,萨厄·杨出人意料地返回来背着他出了山洞,用自己的跃迁舱带着他安全回到了训练营。

严格意义上说,萨厄·杨救了他一命……

他趴在萨厄·杨背上意识昏沉的时候,其实有些抗拒,那种抗拒来自本能,是幼年时期经历打磨出来的一种条件反射。他理性上挣扎了一会儿,最终心里还是倏然一软,就像8岁那年在巷子里被蒋期接住的瞬间一样。

只是8岁那次他心理上能找得到软化的原因——幼年孩子根骨里的依赖心理还没有消退干净,或是蒋期的年纪刚巧在父辈,让他对亲情生出了一丝期待。

这次他却说不清了。

更说不清的是,当时山洞里萨厄·杨背着他的那种微妙氛围并没有很快消散,反而在后来的几次任务中变得越来越浓。

有些东西发酵起来无声无息,又快得惊人。

以至于在两个月之后的一次任务里,萨厄·杨把他抵在树干,鼻尖触碰着鼻尖,嘴唇只相差几毫米的时候,他居然并没有想要给对方一拳。

当时追在身后的是白银军部的火力探查,试探弹炸开的地方离他们不足百米,极具腐蚀性和刺激性的液体飞溅,把林子里的草木烧得一片斑驳。

弥漫开来的雾气酸涩难耐,冲天的警报响声混杂着军部通信器里各种声音交错成了催命般的背景音,这种生死关头总是萨厄·杨觉得刺激的时候,而他一旦觉得刺激,总会变得特别地疯,疯得敌对方措手不及、完全招架不住。

但是楚斯没想过那次他会突然换一种疯法。

原本只是借着树干挡一下喷薄而来的腐蚀液,萨厄·杨却突然低头凑了过来。

他那时候的眼睛也是半眯着,透着股又疯又嚣张的劲,以至于让人无法判断他是一时兴奋冲头还是别的什么。

那是他们两人距离最近的时刻,近到呼吸都交错在一起。但那相差的几毫米最终还是没有减小为零,因为负责接应他们的飞行器空降到了他们身边。

之后是混乱又疯狂的交火,飞行器里接应小队一边拼力离开,一边还扯着嗓子骂着,治伤的、消毒的、检查生理状况的乱成一团,以至于不论是楚斯还是萨厄·杨都没有多余的时间去提林子里的那一瞬。

再然后,是更为复杂的白鹰军部内乱,军部研究院和指挥部出现了两派纷争,乱七八糟的事情牵扯到了训练营、疗养院甚至更广的范围,连已经故去的人都没能逃过牵扯,包括蒋期。

楚斯的精力就此被分得一干二净。

等到一切终于平息下来的时候,已经是那年的年底了,原本的微妙气氛早已在各种混乱中被掩埋抹平,最后也没有再提的必要了。

楚斯和萨厄·杨再次见面的时候,是萨厄因为特殊原因提前出营的那天。

到那天为止,他们相识整整13年,大半的时间里,他们之间的对话总是饱含挑衅和嘲讽,剩余的那部分则糅杂了戏谑,唯有最后在初见的那个植物园交错而过,隔着几步的距离说"再见"的时候,是最心平气和的。

那其实是楚斯少有的精神放松的时候,因为那阵子他找到了也许能证明蒋期没死的线索,也因为他终于把对萨厄·杨的防备、敌对以及一丝浅淡的别扭给清除了。

这么多年来,除了作为家人的蒋期,这是唯一一个让他试着放下疑心和警惕的人。

对于那时候的楚斯来说,他无法给萨厄·杨一个清晰的定义,因为唯一可以参考的人是蒋期,而蒋期是家人,萨厄·杨不是,两者之间区别太大了。

也不是朋友，朋友之间不会像他们一样剑拔弩张十多年，甚至连交心话都没说过。

不过不管怎么样，他们的关系在往默契和信任的方向走，就已经很好了。

这样的想法持续到了楚斯出营后的第三年，那年蒋期忌日前半个月，楚斯接到了一个他筹划很久想参与进去的任务，涉及白鹰军事研究院最神秘的一个研究基地，位于十字红枫区，夹在军部总指挥基地和总领政府之间。

军部最核心最秘密的研究全部都在红枫基地里，蒋期以前每年都会有三个月的时间待在里面。

他在里面做哪方面的研究，涉及什么样的事务，连楚斯都毫不知情。

但在那一年几个相串联的任务里，楚斯发现红枫研究基地里有一个研究项目，关乎重启一部分研究人员的生理寿命，名单里居然有被炸得骨头都不剩的蒋期。

那份名单和那个语焉不详的研究项目让楚斯多年坚持终于有了一个落点——蒋期很可能没死，或者有办法重活过来。

尽管听起来荒谬得像骗人的故事，但那确实是楚斯等了整整18年的希望。

然而最终，他眼睁睁地看着那个希望随着整个红枫基地一起崩塌，在一瞬间灰飞烟灭，连一点渣滓都没有剩下来。

那个摧毁整个红枫基地的人，就是突然反水的萨厄·杨。

后来有好几年，楚斯的任务内容都和萨厄·杨的追缉有关，在不断增多的资料和记录之下，他终于说服自己认识到了一件事：萨厄·杨周身毫无牵系，今天也许是最强力的队友，明天就可能翻脸对立，他不会也不可能受其他任何因素的影响和干扰，危险、自我、不受束缚。

兜了漫长的一个圈，最后发现最接近真实的，还是最初的那个认知，真是讽刺极了。

毁掉他所有希望的人曾经救过他，他试着信任的人站到了他的对立面。

这种复杂的滋味磨了楚斯很多年，直到萨厄·杨终于进了太空监狱，才慢慢淡退，又在数年监管与被监管的来往中，转变成了现在这种不冷不热又不清不楚的境况。

......

楚斯盯着萨厄那双数十年未曾变过的浅色眸子看了一会儿，将萨厄勾着他下巴的手扫到一边，道："你有理由就有理由吧，随意。"

说完他便重新转回脸去，调出卡洛斯·布莱克记录的影像来看。

影像并不全，一段段也并不连贯，但大多能跟之前听到的信息对上。

正如卡洛斯所说的，白银之城已经有了动作，机甲军带着探测仪正在朝α星区进发，其他星球也没闲着，有两个曾经和天鹰γ星关系较近的星球已经绕进了星区边缘线，不知是来帮忙的还是有别的目的。

然而军部和总领政府的碎片在哪里，现今又是什么情况，依然无法得知，毕竟卡洛斯·布莱克至今就碰到过两次碎片。

最后那段影像就是他在上一个碎片登陆时所记录下来的。

镜头很乱，也并不稳当，看得人有些头晕，还没看出什么名堂。

楚斯依然能感觉椅背上压着的力道并没有离开，萨厄还趴在那里，也许正跟他一起看着这些影像，也许在琢磨些别的。

就在楚斯的注意力略有些分散的时候，影像的镜头突然一晃，一个极为眼熟的建筑一闪而过。

楚斯愣了片刻，立刻倒退回去，暂停在那个建筑出现的那个画面。

那是……

正当他把画面一点点拉近放大的时候，背后的萨厄·杨突然开了口，"有很长一段时间，我都在想一件事情。"

楚斯手指一顿，但并没有回头："你居然会长时间琢磨一件事，难以想象。"他的目光依然落在影像上，语气听起来很随意，好像只是在忙碌的间隙顺口回了一句。

萨厄·杨又动了一下，似乎用手支住了头，他笑了一声，沉沉的声音顺着椅背传过来，"我也很惊讶。"

很奇怪，笑里居然有些自嘲的意思。

楚斯终于转过头看向他。

萨厄眯了眯眼，眸子里映着的灯光掩在睫毛的阴影下，被切割成了无数细碎的光点："我做了一件一直想做的事情，没有后悔，也没有遗憾，为什么仍然有些不痛快？我想了很多年。"

楚斯蹙起了眉,看了他很久,"想明白了?"

萨厄"嗯"了一声,低低沉沉的:"因为有一个人不高兴了。"

他眨了眨眼,眼里的光点细碎得像那幅纳进世界的星图,"我不痛快居然不是因为我自己,真是……太奇怪了不是吗?"

第38章

公寓

有那么十几秒甚至几十秒的时间,楚斯没有说话,萨厄也没再开口。

他们之间从未有过这样面对面却又不出声的时候,所以这段沉默显得很长很长。

说毫无触动一定是假的,有那么一瞬间,过往的几十年都在那一秒里翻腾了起来,像是什么东西砸落在尘封旧地上时,陡然扬起的灰。

萨厄·杨居然会有被别人影响的一天,这确实令人意外。事实上,"他会主动说自己的想法"这件事本身就够令人意外的了。

不过即便如此,这也依然是典型的"萨厄式"表述——我……我……我……我……,每句话里永远有那么多个"我"。

如果是在30年前听到这话,被萨厄·杨用这样的目光看着,楚斯也许就会顺应那一瞬间的触动,软化一些。

但是很可惜,这不是30年前。花了这么多年反复打磨出来的防备心,总归会比少年时候硬得多。

楚斯垂下目光,片刻后再抬起来时眸子里一片平静:"所以这就是你留下来的理由,因为你有点不痛快。"

萨厄·杨道:"因为你不高兴。"

楚斯没再跟他在这句话上纠缠不清,他顿了一会儿道:"我不高兴很久了,萨厄·杨,14岁后我几乎就没高兴过,你所做的那些事只是在上面添了一把火而已……"

他想说有些事情只要根源没解决,就不可能有太多的改变,为这个强留下来并没有必要。但是话在嘴边转了好几圈,最终不知出于什么原因始终没说出来。

也许是觉得萨厄·杨今天有些不痛快，明天可能就突然痛快了，一旦痛快了，离开是迟早的事，不需要别人多此一举提醒他。

也许也不只是因为这个……

萨厄·杨看了楚斯一会儿，突然出声道："我说我有留下的理由时，你高兴了一下。"

楚斯："你哪只眼睛看出来的？"

萨厄·杨曲着两根手指指了指自己，"两只都看见了。"

楚斯面无表情地看着他，丢了句"没有"，便干脆转回了身。他直接放大影像片段，再度确认了一番那模糊的建筑确实是他认为的那个，便摸出通信器接通了唐的频道。

看起来非常忙碌，忙碌得完全没空理人似的。

唐那边很快接通，"长官。"

"你现在在哪？"楚斯问道。

"在东塔门口，刚封上出口，正在被那帮流浪者们轮流问候各种亲戚，挺惨的……"唐拖着调子抱怨着。

楚斯："辛苦了。"

唐："只要身体不辛苦，就没关系。"

楚斯："……"

"对了长官，你之前说可能会有点大的动作。"唐好奇道，"什么大动作？"

楚斯道："哦，正要说这个。我在卡洛斯·布莱克给我的影像记录里看到了——"

他话说到一半，感觉自己脑后的头发被人绕着手指拨了两下，除了趴在后面的萨厄·杨还会有谁？！

楚斯蹙眉偏头道："手拿开。"

唐："啊？什么手？"

楚斯道："不是跟你说。"

唐："哦。"

萨厄·杨在后面懒懒地补了一句，"长官，你连说话语调都变活泼了，显然就是高兴了一点。"

楚斯:"你闭嘴。"

唐:"嗯?"

楚斯简直要气笑了,他揉了揉眉心,冲唐道:"算了,你把勒庞他们都集中在中心堡里,我过会儿接通集体频道跟你们说,现在根本没法好好说话。"

"没问题。"唐先应答了前面的要求,又茫然道:"为什么没法好好说话?"

因为有个闲不住手的人一直在犯病。

楚斯直接切断了通信,转头冲萨厄·杨道:"下去,我要关舱门了。"

萨厄·杨支着下巴:"关吧,我不下。"

楚斯:"……"

他懒得跟这玩意儿扯皮,一把拍了控制钮,舱门嗡嗡地关上了。他操纵着飞行器重新离开地面,调转了一个方向,朝着和中心堡相反的方向飞去。

"你往哪飞呢,长官?"萨厄·杨看着他驾驶仪的屏幕。

"你的老窝。"楚斯硬邦邦道。

"太空监狱?"萨厄·杨欣然接受了"老窝"这种说法,他点了点头,终于直起身活动了一下脖颈的筋骨。

他走起路来依然悄无声息,但楚斯就是能感觉到,他正在朝飞行器里头走去。驾驶舱里充斥着的"萨厄·杨的气息"终于渐渐消减了一些。

楚斯动了一下才发现自己之前一直绷着肩膀。

他腾出一只手揉了一下骨头,这才重新调出那个影像定格的画面,目光落在那幢轮廓模糊的建筑上时,有一瞬的出神。

那曾经是他非常熟悉的地方,毕竟8到14岁的那几年他都住在那里……那是蒋期曾经的公寓。

但是它怎么可能会出现在这段影像里呢?

那幢公寓明明已经不存在了,就在楚斯进入疗养院之后的不久,那一整片公寓楼都被纳入了新的城市规划名单中,被拆掉了。楚斯后来还去看过那里新建的建筑,和原本相差甚远,绝对不是画面上显示的这样。

楚斯刚看到画面的时候,差点儿以为自己出现了幻觉,反复确认了几遍后,疑惑便越来越深。

不知道是不是他的错觉,他感觉原本杂乱无章看起来毫不相干的事情正在一点点地牵起线来,尽管现在依然理不出一个清晰的脉络,但有些东西正在一点点地显露出来。

强烈的直觉驱使着他去那块碎片上看看,去那个不可能出现但又确实出现了的公寓里看看。

第39章
永无乡

有飞行器代步确实要方便得多,没一会儿,楚斯就越过了整片原始野林,来到了他们最初登陆的地方。

两块星球碎片相衔接的地方倒是没什么变化,那条差点儿将他抖下去的石桥还在,太空监狱开了隐形罩,整个儿隐匿在黑蓝色的星空里,光凭肉眼根本分辨不出。

幸好隐形了,不然那帮流浪者们头一个要拆开搬空的地方就是这里。

楚斯在上方绕了一圈,根据记忆确定太空监狱和陆地接驳的位置。

其实这种时候只要把萨厄·杨叫出来,让他连上天眼,把飞行器纳入太空监狱隐形罩范围里,他就能正常看到太空监狱的门在哪里。

但鉴于他刚刚才表达过"你留下我一点儿也不高兴"的心情,这会儿有点张不开嘴叫人。

办起正事来只要方便不要脸的楚长官破天荒地有点犹豫,正当他有些烦躁地拍了一把下降杆,准备先挑个大概位置落地时,他嘴角突然被冰凉的东西碰了一下。

楚斯一惊,让开脸偏头看过去,就见萨厄·杨又无声无息地站到了他后侧,手里居然捏了一颗草莓——新鲜的,还沾着一点儿水珠的草莓。

刚才碰到他嘴角的,就是这玩意儿。

楚斯:"你脚底板长肉垫了吗?"

萨厄·杨懒懒道:"报告,好像没有。"他说着,又把草莓往楚斯面前递了递。

楚斯警惕地盯着那颗草莓。

"别瞪了，没有恶作剧也没乱加料。"萨厄·杨随意地回手一指，"在冰箱里找到的，码了满满一玻璃盆，我就顺手洗了两颗。"

他说着，目光扫过楚斯的脸，笑了一声补充道："我觉得长官脸色有点儿绿，所以来喂颗红的调节一下。"

说实话，哪怕定力再好的人，被营养汤剂那种东西折磨久了，再看到这么新鲜水灵的食物都会有点儿难以抗拒。

萨厄·杨见楚斯还不张口，便挑了挑眉道："要不我咬一口证明——"

楚斯坦然地一伸手，毫不客气地把那颗草莓捏过来丢进嘴里。

"——一下。"萨厄·杨弯了弯眼，说完最后两个字。

楚斯已经坐正了身体，右侧腮帮一动一动的。

他一手压着下降杆，另一手食指在方位仪上摸着，微调着具体落点。

萨厄·杨突然撑着座椅扶手弯下腰来说了句话："长官，我发现一个问题，不知道你有没有注意到。训练营那几个小傻子潜行起来动静不比我大，你隔着老远就能觉察到，却被我惊过好几次，这是为什么呢？"

这流氓玩意儿的语气非常不讨喜，明晃晃地亮着一个意思：我知道为什么你也知道为什么，我非常体贴照顾着你的面子不直接戳破，但是架不住我憋得不行嘴巴又欠非要婉约地提醒你一下，说完我就走。

楚斯"啪"地拍了一个按钮，整个飞行器下降趋势猛地一变，咣当一下落了地，那力道，能把地面砸出一个坑。

整个驾驶舱跟着抖了抖，楚斯头也不回直接朝旁边伸出手，"天眼。"

萨厄·杨"啧"了一声，伸手在后腰上摸了一把，卸下天眼核心盘，不轻不重地拍进楚斯的掌心，非常明显地表达着他的不满。

楚斯手指一顿，瞥了他一眼，转头把天眼连接到了驾驶台，飞快地开启了隐形罩共用，太空监狱的轮廓便瞬间显现了出来。

他断开天眼的链接，又打开了飞行器的舱门，拿着核心盘便下意识往舱门走。

下了三级舷梯，楚斯回头看了一眼，发现萨厄·杨居然没跟上来，想到先前那不满意的一声"啧"……他突然觉得有点儿新奇。

具体有点儿说不上来，一定要描述的话，大概是自从萨厄·杨吃错了药说"我有点不太痛快,因为有个人不高兴"之后,他的行为和心理似乎突然就变得没那么难猜了。

就好像冷不丁加载了一个注释系统,萨厄·杨每做一个动作每说一句话,旁边都会浮出来一个解释——

长官你又岔开话题,我不太高兴。

长官你居然自己走了我跟上去岂不是很没面子,所以我干脆不走了。

长官……

当然,萨厄·杨根本不可能这样说话,楚斯也没法肯定这些理解究竟准不准确。

他又朝下走了两级台阶,转头看了眼,依然不见萨厄·杨的人影。

在舷梯上停了两秒后,楚斯咳了一声,转头回到了舱门边,朝里头看了一眼。

就见萨厄·杨放着好好的驾驶椅不坐,偏要懒懒散散地倚靠在驾驶台边,垂着眼皮没什么表情地看着驾驶台上的屏幕,看起来有些冷,也有些百无聊赖。

楚斯:"……"

好像还真是那么回事儿。

他在门边站定,正想说什么,萨厄·杨已经撩起眼皮朝这边看了过来。

这人很少会把眼睛完全睁开,看人的时候目光很少会平视,总是顺着他那半眯的眼皮投下来,带着点儿下撇的角度。再结合他那阴晴不定的性格,总会让人觉得他不耐烦了,或是又有了什么危险疯狂的念头。

如果放在以前,即便是楚斯也会肩背一绷,脑中先盘算好各种可能的情况和对策,以防止萨厄·杨突然疯起来。

但是这会儿,他却感觉萨厄·杨只是在单纯地表达不满。而这当中仅仅间隔了不到半个小时而已。

多么奇怪的变化。

楚斯正想着该用什么样的瞎话来解释自己下去了又上来这种行为,就见萨厄·杨翘起嘴角,拖着调子道:"一会儿没跟着,我的长官就舍不得我了?"

楚斯扭头就走。

他大步流星地走到太空监狱门前,接受扫描的时候瞥了一眼。

那家伙正两手插兜,懒洋洋地下着舷梯。

太空监狱里头大半地方还维持着楚斯离开前的样子，唯独燃料仓的隔门先前一直是关着的，现在却变成了敞着的。楚斯走过去大致扫了一眼，外仓被拿了点儿东西，内舱还封得死死的，应该不影响推进和航行。

他从那边出来，往监控室走时，刚巧撞上了从门外进来的萨厄·杨，于是没好气地回手指了指燃料仓："你怎么不干脆把整个燃料仓捆身上带走呢？"

萨厄·杨耸了耸肩，"你对我的体力有什么误解？"

楚斯："……"

如果说燃料仓只是遭受了一点儿毛毛雨，监控中心大概就是台风过境了。

楚斯一进门就顿住了脚步，站在门口沉默了好一会，不知道是该同情一下天眼，还是直接给它上坟算了。

他勉强在不成形的操作台上找到了原本放置天眼中枢的地方，把核心盘接了进去。

叮——

天眼："回到这里，我的内心十分崩溃。"

萨厄·杨跟进来，斜斜地倚在台边，曲着食指在核心盘上叩了叩："让你长点儿记性。"

叮——

天眼："刻骨铭心，我再也不敢了……"

萨厄·杨有一会儿没说话，而后突然转头冲楚斯道："这东西是不是升级了？"

楚斯挑了挑眉："我也有这种感觉，但目前没找到原理来证明。"

萨厄·杨又叩了叩核心盘："你怎么回事？"

叮——

天眼："对不起，该指令信息太过模糊，我无法回答。"

萨厄·杨："你是不是偷偷干了点儿什么，提高了智能级别？"

叮——

天眼："没有，一直都这么聪明。"

楚斯讥讽地笑了一声："……你是不是以为我们是智障？"

天眼不叮了。

楚斯："……"这玩意儿大概要翻天了。

不过这时候他也懒得跟一个智能系统计较,毕竟还得靠它办点事情。

他接通了唐那边的集体频道,试了试音,便道："你们在中心堡下面了?把那边的星图调整一下,帮我定位一个频道号。"

就像之前他们定位巴尼堡的时候所用的方式一样,整个天鹰γ星上各个地方的频道号可以在这种时候用于搜找位置,但仅限于天鹰γ星内部,在龙柱的影响下。

对外是完全隐形的,所以卡洛斯·布莱克他们才无法搜找。

但并不是所有频道号都能被这样随意利用,一般而言,民用的可以,对外公用的也可以,诸如巴尼堡这种已废弃的也可以,只是麻烦很多。军部、总领政府、安全大厦等各个频道号涉及高权限高机密,是无法被这样使用的。

即便知道频道号,也无法这样简单定位。

否则,楚斯醒来的头一件事就是定位这三个地方现今的位置了。

"准备好了,什么频道号长官?"唐问道。

楚斯想了想,报出了蒋期那个公寓的频道号:"你找一下, 817-8651379。"

萨厄·杨"哦"了一声,歪着头道:"我知道你想干什么了,长官。"

楚斯瞥了他一眼,继续对唐道:"搜找到了吗?"

与此同时,大屏幕远程同步了中心堡的星图,随着唐的操作,一帧帧切换着画面。

"巴尼堡不想丢,另一个也想要。"萨厄·杨道,"你有点贪心啊。"

楚斯看向他:"有意见?"

萨厄·杨举了举双手,"全票通过。"说完他冲楚斯比了个"请"的姿势,又用两根手指在自己嘴唇前比了个叉。

楚斯:"……"神经病。

不过萨厄·杨确实说得没错,巴尼堡这地方扔了太可惜,所以"驾驶飞行器登录另一个碎片看看"这个想法就被扼杀在了摇篮里,他又想牢牢把巴尼堡把控在手里,又想去看看那个公寓,于是就只剩下一个方法——

把巴尼堡所在的整个片土地当成一艘天然的飞船,当成太空监狱的一部分,然后借用太空监狱的推进力和航行系统,拖着整个星球碎片去和他要找的那块汇合。

"长官，定位好了。"唐的声音从频道里传来，监控中心的屏幕和中心堡完全同步，目标最终圈定在一个点上。

楚斯走到屏幕面前，两手撑着操作台看了一会儿，又输入了几个指控指令，转头冲天眼道："过程中需要跃迁两次，跃迁防护罩的范围开大一点。"

叮——

天眼："大到什么程度？"

楚斯："把你拖着的所有全都包进去。"

天眼："……"

两秒之后，明蓝色的光圈从太空监狱延伸出去，像是瞬间荡开的涟漪，迅速覆盖了原始野林、巴尼堡以及更远处的山丘。

叮——

天眼："防护罩已全面开启，5秒之后开始跃迁，请抓牢站稳、闭上眼睛。倒数计时——5——4——3——2——1——"

巨大的阴影在银色圆盘的拖拽之下，带着两根相互牵制的龙柱、灯火点点的堡垒以及一大片荒芜的土地，在浩渺的星海里穿梭而过。

接连两次跃迁让所有人都有些不太舒服，但好在有强力的防护罩，这种不舒服并没有持续多久，也没有太多后续影响。

屏幕上代表着目标碎片的光点越来越大，渐渐显出形状、纹路以及一些模糊不清的影像。

萨厄·杨突然走过来，抬手飞快地敲了一大串指令，快得楚斯都有些看不过来。

片刻之后，他啪地按下一个按键，整个星球碎片上突然亮了一层。

楚斯凑近才发现，并非影像亮了，而是上面突然布了一层细密的光，尘埃一样星星点点又无处不在。

"这是什么？"

萨厄·杨答道："简单而言，就是这块碎片上一切正在运转的机械物都被标识了出来。"

楚斯一愣："机械？"

在这种情况下,还能有什么机械物依然运转着?

通信频道那头的几人也听见了萨厄·杨的话,纷纷一愣,最后还是勒庞先反应过来,叫道:"是冷冻胶囊啊!"

楚斯看着屏幕,头一回直观地意识到,他们即将登陆的碎片跟之前的都不一样,不是黑雪松林那样的静养之地,也不是巴尼堡所在的荒野之所,是一片城市。

那里曾经人声鼎沸,车水马龙。

他的过去,蒋期的过去,无数人的过去在那块土地上组成了一个人间。

他曾经一度觉得那个人间藏污纳垢,并不太美好,但当它突然沉寂下来,没有声音,没有灯火,变得触不可及,就像虚无之岛永无之乡的时候,他又突然怀念起来……

叮——

天眼:"即将完成接驳,流浪汉啊,城市欢迎你们。"

第二卷
神鬼

第40章

必需品

曾经有过这样一种说法,如果所有人全都消失,留下完好无损的房屋、街道、公路和草坪……最多5年,即便是西西城那样的地方也会变得面目全非,完全看不出本样。

当然,后来有了龙柱系统,这个时间最少能乘以十,至少楚斯的那幢别墅就在混乱的时间里挺了50年。

如果这块星球碎片上的时间流速正常,没有出现混乱的话,那么几个月的时间远远不足以让城市变为废地。

不过自打楚斯在影像里看到消失的公寓又重新出现后,他就不太敢确定这块碎片的时间流速究竟是什么样的了。

当太空监狱和陆地接驳,拖拽着它们边缘相接合二为一时,龙柱系统从面面相对变成了三足鼎立,这一次自我调节的时间更长一点,震颤和失重持续了将近一个多小时,这才缓缓减弱,最终沉静下来回归正常的运行。

"我差点儿以为要等到下个世纪呢……"通信频道还没断开,唐在那边干呕了好几声,"长官……呕……"

楚斯没好气道:"你要不先切断了吧,吐完了再跟我说话。"

唐努力挽回着面子:"不不不,不只我一个人吐,除了勒庞和……嗯那个小丫头,其他人都在呕,小辫子先生都快跪在地上了,只不过他们心机太重,把通信器全扔我手里,自己躲一边呕去了,没让您听见。"

楚斯道:"你还挺光荣?"

唐大概也觉得一帮大老爷儿们比刚过腰的小姑娘还脆弱,有点儿丢"长辈"的尊严,含含糊糊地应了两声。

最后还是勒庞过来抢了话:"行了长官,需要咱们跟您一起出动吗?"

楚斯道:"那倒不用,你们守着巴尼堡就行,我跟萨厄……杨去那片城市里转一圈,保持通信,有需要会叫你们。"

勒庞"嗯"了一声:"放心长官,这群一米八几、一百五六十斤的娇弱的二傻子们就交给我吧。"

唐虚弱地抗议:"别加那么多形容词好吗?英勇的勒庞小姐,太讽刺了。"

勒庞笑嘻嘻地说:"谁说不是呢。"

楚斯"嗯"了一声:"那就看着点儿他们,咱们人本来就少,再因为晕航折了几个就不太美妙了。"

和训练营小队大致沟通好,又顺带温和地嘲讽……不,安抚了一下他们,楚斯便暂时切断了通信。

这边刚切断,围观许久的萨厄·杨抱着胳膊开了口:"我眼睁睁看着某个长官自己晕得脸色发青,还强行撑出一副没事人的样子去损下属。"

楚斯揉了揉眉心,把通信器收好,又把天眼核心盘和中枢的链接断开,头也不抬地回道:"倒上床就睡得人事不省、怎么推都像个尸体的人,没资格对此发表评论。"

萨厄·杨挑起眉:"什么时候?"

"还能有什么时候?"楚斯奇怪地看他,"你经常在别人眼皮子底下倒上床吗?"

他说着,已经收拾好了一切,让太空监狱重新进入隐形静默状态,径直往外面走。

萨厄·杨懒洋洋地跟在他后面,落着一步距离,不多不少,"当然不是。我只是想不起来那次有人推我,只记得有人抵着我的背睡了前半截,又抓着我的手腕不撒手睡了后半截。"

楚斯刚出太空监狱大门就刹住步子,转头就道:"你说的哪门子胡——"

最后一个"话"字还没来得及出口,就被萨厄·杨撞没了。

他胸口的肌肉精悍又结实,撞到楚斯手臂上硬邦邦的,好在还有点儿条件反射,不然撞到的就不只是前胸后背这些地方,而是脸了。

尽管这样,强烈的独属于"萨厄·杨"的气息还是扑了过来,带着天生的侵略性，瞬间将人包裹在其中。

楚斯偏了偏头，侧身让开两步，还没从那种气息中完全脱离出来，就听那混账恶人先告状，"长官，你怎么毫无预兆说刹车就刹车？"

"……你自己反应不及时倒还有理了？"楚斯简直要气笑了。

萨厄·杨眯着眼看他，又是那种典型的看不出喜怒的表情，有点儿懒，又有点儿挑衅。他的目光对上了楚斯的，一转不转地盯了片刻后，突然哼笑了一声，抬起一条腿随意地晃了晃："腿长，没办法。"

楚斯："……"

直到上了卡洛斯·布莱克的那架飞行器，他都不想再跟萨厄·杨说话。

楚斯自己都觉得这种心理非常不符合他一贯的行事作风，不论是工作上还是私底下，他都算不上一个脾气温和的人，但是他很少会把心里的想法显露在脸上，大多数时候，都是他轻描淡写几句话把别人气得吹胡子瞪眼说不出话来。

即便有时候他觉得无话可说，或者懒得再说，也是半真不假地威胁一句当个玩笑把话题揭过去，唯独到了萨厄·杨这里，回回都想扭头就走。

真是越活越回去，居然开始沉不住气了。

楚斯噼里啪啦地扳开所有操纵杆，坐到了驾驶位上，尽管心里刚刚自嘲了一通，行动上依然完全无视了驾驶舱里的另一个活人。

飞行器嗡嗡运转起来，很快便越过了边界线，进入了那块城市所在的碎片。

整个城市都是暗的，楚斯得打开飞行器外壳上的探照光才能看清那些建筑具体的模样，以避免把某些大楼撞毁。

萨厄·杨一直倚在侧面的舷窗边，垂着眼看着脚下一片静默的城市。

飞行器的速度被楚斯调整在了陆地航行的二级档位，速度和地面上的跑车差不多。

有那么20多分钟的时间，他们谁也没说话，楚斯偶尔拨弄一下控制杆，或是微调一下方向，萨厄·杨就那么一直看着窗外。

在这样的沉默里，楚斯居然没有觉得丝毫尴尬，在驾驶座里窝得越久，越发溢生出一种懒散来，不知道是因为突然回到了唯一安逸生活过的城市，还是因为受了萨厄·杨的传染。

在飞行器路过城市中心广场上空，探照光从广场标志性雕塑上扫过时，萨厄·杨才开了口:"如果不是看到了那组时光雕塑,我都没有意识到这是在翡翠港。"

曾经的翡翠港人口稠密,灯火日夜不息,它紧邻内海,离白鹰军事总指挥基地很近,还可以望见海上戒备森严的红枫基地,算是安全和喧闹最为平衡的城市之一。

不过眼下的它,跟这两样都不沾边。

根据屏幕上的碎片图像显示,白鹰军事总指挥基地和红枫基地都不在里面。

楚斯"嗯"了一声,转头看了萨厄·杨一眼,就见他说完那一句话后,就又安静下来,依然垂着眼皮看着脚下扫过的幢幢大楼和街道。

有时候冷不丁看见他这种模样,会产生一种他在回忆往事的错觉。

但是"回忆往事"这种行为,放在萨厄·杨身上总有些说不出来的违和感,因为他看起来就像是没有过去也不想未来的人,一切并非正在他眼前发生的事情,似乎都引起不了他的注意。

当年在军事疗养院里,许多人的背景几乎都是透明的,谁谁谁是军部谁谁谁的遗孤,谁谁谁父母在百年大混乱里双双亡故……

但是也有一些人的身世背景不太为人所知,比如楚斯,比如萨厄·杨。

严格来说,他们两个在这方面是同一种人,不喜欢跟人谈论自己的私事,也不喜欢和别人分享自己的想法,说不上来是因为戒备心强还是单纯觉得没有谈的兴致。

楚斯大概更偏向于前者,所以并非完全撬不开缝。在面对他相对放心一些的人时,他不介意解释两句,但也只是极偶尔,并且非常简略,就像被训练营那帮家伙们提醒可以给家人发讯号时,随口回的那句"没有需要联系的家人"。

仅此而已。

但萨厄·杨看起来似乎更偏向于后者,能引起他兴趣的人太少,能让他有交谈欲望的人更是屈指可数,更别说涉及私事或是内心想法的交谈了。

所以当年疗养院那么多人里,萨厄·杨的来历大概是最神秘的。

没有人知道他出生在哪里,由什么人抚养,又是因为什么进入了疗养院……

大家对他的了解就是一张白纸。

据说曾经有人试图问过他，毕竟总有些人迷恋这种长相出众又带着危险气质的人，还不少，不论是在疗养院还是在训练营都有过，楚斯就见过不下十个不怕死的，最终结果用脚趾想想也能知道，就不必说了。

当年的楚斯一度属于冷眼旁观的人，而眼下，在看见萨厄·杨靠在窗边静静地看着脚下不复往昔的翡翠港时，楚斯突然想问问他：你曾经生活在哪个城市？

"你"字刚出口，萨厄·杨循声撩起眼皮看过来时，楚斯到嘴边的话又骤然拐了个弯，道："没什么，我是说你可以别发呆了，收拾一下，要着陆了。"

萨厄·杨眯起了眼睛，那双近乎透明的眸子落在人身上时，总让人有种一丝不挂连心里的想法都被看得清清楚楚的感觉。

平日里楚斯对他这种目光近乎是免疫的，瞎话说多了这点儿承受力还是有的，但是这次他目光却忍不住让了一下。

萨厄·杨突然笑了一声，"我要收拾一下必需品吗，长官？"

楚斯没好气道："不然呢？反正你现在也是闲着不是吗？"

"好吧——"他随口应了一句，而后直起身体就朝驾驶座这边走过来。

楚斯抬手朝飞行器深处指了指，"转错方向了。"

萨厄·杨耸了耸肩，"武器有一点就够用了，其他的我也用不上，这里唯一需要收拾了带下去的也只有长官你了。"

楚斯："……"

这人顺嘴的流氓耍起来一套接一套，楚斯张了张口，正想回一句，就听轰隆一声巨响，整个飞行器像是突然撞上了什么东西又被牵扯住一样，所有运行程序都陷入了莫名的混乱中，活似被凭空喂了一口毒，猛烈翻滚抖动起来，却始终没法再靠近公寓区一步。

第41章

偷听者

之前作过死的天眼这回倒是长了点脑子,在飞行器不稳定的同时智能启动了舱内反重力系统,锁死了所有柜门和隔间门,这才使得楚斯和萨厄·杨免受皮肉之苦,没有"啪叽"贴撞在舱门或者舷窗上,保留了一点儿形象。

勉强算是将功赎罪。

"天眼,清查一下系统,这是中毒了吗?"楚斯浮在舱内,顺手抓住了舱顶的一根横杆把控位置。

叮——

天眼:"清查完毕,内部系统自身故障因素0.82%,外部能量场干扰因素97.11%,其他未知因素2.07%,检测到外部能量场有不明原因的剧烈波动,轴线出现断裂层——"

楚斯:"言简意赅,现在不是往外扔数据的时候!"

叮——

天眼:"好吧,换成人话就是飞行器突然碰到了时空非常态扭曲导致的能量场紊乱,闯不过去。"

萨厄·杨借着好几处可以抓手的地方,将自己移到驾驶台边,手指钳着边沿调出清查数据看看,同时冲天眼道:"那撤后两步重新撞两回试试。"

叮——

天眼:"恕我直言,您跟飞行器有私人仇怨?"

萨厄·杨"啧"了一声。

天眼立刻开着飞行器撞了出去。

又尝试了两回,依然没有撞出什么结果来,天眼半真不假地嘤咛一声,正要哭,就听萨厄·杨又开口道:"再清查一回。"

天眼连叮都不叮了,感觉有些心不甘情不愿,但是清查结果却飞速出来了。

这次没人打断,它林林总总报了一长串数据,楚斯乍听了一耳朵,就听出来了区别。这次的外部能量场干扰降低了,不过降低得不多。

萨厄·杨单手稳住身体,腾出一只手飞速地敲着按键,片刻之后,他转头冲楚斯道:"再等两个小时吧,两个小时后再来撞一撞。"

天眼又嘤咛了一声,被这两个没良心的人直接忽略了。

飞行器重新后撤了数十米,翻滚和抖动终于缓缓停歇下来,舱内的反重力场也关上了。楚斯这才松开抓着横杆的手,轻巧地落回地面。

不过冷不丁的失重和冷不丁的恢复终归让人生理上难以适应,楚斯在地上又站了一会儿,感觉双腿没那么别扭,这才冲萨厄·杨道:"把舱门打开,我下去看一眼。"

他说着又进了飞行器里面,从卡洛斯·布莱克的武器设备库里找到了一点能随身携带的东西。他翻到了两枚指灯,往自己手指上套了一个,另一个收了起来,又找了个臂套卡在左手手臂上,往里面插了一排晶体管状的炸弹。

其实在这种碎片上,只要没有碰上刚巧着陆的流浪者或是他星势力,基本上不会有什么危险。但架不住万一要开个道炸个门什么的,所以他还是带上了一些武器。

简略收拾了一番,楚斯便下了舱梯,走到下面他才想起来问萨厄·杨:"天眼带上了吗?"

萨厄·杨拍了拍后腰。

楚斯把手里收着的另一个指灯丢给他。

萨厄·杨一抬手接住,而后捏着那个指圈翻看了一会儿,这才不紧不慢地把它往手指上套,嘴角还噙着一丝意味不明的笑,玩味道:"你戴的是哪个手指,长官?"

"……你管得是不是有点宽?"楚斯硬邦邦地回了一句。

他人已经走出去好一段距离了,才背着手非常敷衍地冲萨厄·杨晃了晃。

灯光映照着他的背影,在孤拔挺直中莫名显出一种清瘦感来,又透过他的指缝映照着他的手掌,清晰地照出他戴在中指的指环。

» 218 «

萨厄·杨"啧"了一声,"你可真会挑衅。"

"多新鲜啊。"楚斯冷静的声音传过来,带着一点儿戏谑,"张嘴就能跟人结仇的萨厄·杨先生居然说别人挑衅。"

两人一前一后拉了大约有七八米的距离,萨厄·杨始终没追上来,就那么不紧不慢地缀在后头,仿佛是来散步的。

他们的指灯并不算明亮,但在一片漆黑的城市里依然算得上显眼,映照出附近荒芜的街道、商户和公园,看起来陌生极了,和楚斯印象里的全然不同。

他对这条街道的记忆还停留在14岁之前,40多年过去,这里早就天翻地覆了,除了街道的走势没变,什么都不一样了,还有街道尽头那片消失了又出现的公寓区。

楚斯远远看到公寓区大门时,下意识顿住了脚步,他估算了一下距离,伸手探了探。

滋啦——

一股撕裂般的刺痛猛地锥在他手指上,仿佛过电一般,顺着他的指尖延伸出去。

他条件反射地缩了手,又捻了捻那根手指,不出所料摸到了一片湿滑——殷红的血珠瞬间溢散出来。

楚斯抬眼一扫,如果不是飞行器被挡住,手指又被撕扯出了血,单靠肉眼根本看不出这里还存在着一张屏障。

他正看着,又一只手越过他朝那处那不见的屏障伸过去。

楚斯一把抓住那个手腕,转头冲萨厄·杨道:"手不想要了?"

萨厄·杨挑了挑下巴:"就是这里?"

"天眼说是时空非常态扭曲导致的能量场紊乱……"楚斯眯着眼,目光越过那道虚空的屏障,落在那片公寓区上,"我差不多知道是什么导致的了。"

他指了指那片公寓区,道:"那些公寓楼最后存在于这里是5683年,之后就被拆毁重新规划。但是你看,它们又突然出现了。"

也就是说,公寓区这一片突然回到了30年前。

如果是整个星球碎片一起回到了30年前,那么上面就不该有龙柱系统,也不该有卡洛斯·布莱克口中所说的冷冻胶囊,因为30年前还不存在这两样东西。

眼下这种龙柱、冷冻胶囊和30年前的建筑相混合的境况，说明这块星球碎片上的时间并不统一。

两个时空不幸出现在了一个载体上，相互拧巴着，这才导致了能量场紊乱，在两个时空之间出现了屏障和断层。

他们双脚所站着的地方离那边的公寓区大门目测不足二十米，却寸步难行，得等这场紊乱最终磨合稳定下来，才能跨过去。

"你相信这是巧合之下的结果吗？"萨厄·杨随口问了一句。

楚斯瞥了他一眼："这话去哄鬼鬼都不信。"

那么多高权限频道号都没事，偏偏他的遭人冒充？那么多人的时间流速都正常得很，偏偏他所在的碎片出现混乱快进了五十年？时空混乱的结果千千万万，偏偏重新出现的是他曾经住过的地方，哪来那么多巧合？

楚斯只相信一种可能，那就是这片公寓的重新出现，是人为强行干扰的结果，是有人希望它重新出现。

所有的事情杂糅在一起，隐隐往某个方向引导而去。

楚斯蹙了蹙眉，张口道："你……"

咔嚓——

静默中突然响起了一点窸窣轻响，像是鞋底摩擦枯败枝叶的声音。

楚斯猛地转头看向不远处的一片绿化带，枯败的草木垂头耷脑，纠缠成团团黑影，挡住了视线。

有人？

两人二话不说，抬脚便朝那片绿化带走去。

窸窣的声音再度响了起来，听上去像是有人慌慌张张要跑开。

"别躲了，你跑不掉的。"萨厄·杨声音里带着戏谑，一听就不像是好人能说出的话。

两人身高腿长，几步就绕到了绿化带旁边，手里的指灯扫了一圈，还没来得及看清哪儿有人影，就听见了一丝压抑的啜泣，听起来委屈又害怕。

萨厄·杨一愣："吓哭了？"

楚斯："……"

老实说,他们这么多年里打交道的人一个比一个脸老皮厚,一个比一个有危险性,很久没碰上过这种一句话就能吓哭的物种了。

对方一哭,这两位混账玩意儿就更想看看对方是谁了,于是两束指灯光同时汇聚在了一个地方。

那是绿化带街边的一处墙角,裹了一层灰的垃圾处理箱后面,有个脑袋顶在那里微微晃动着,啜泣声随着晃动的动作一抽一抽。

楚斯冲萨厄·杨使了个眼色,让他站在原地别动,自己则关掉指灯悄无声息地绕了过去。

就见那垃圾处理箱后面蹲着一个黑影,蜷起来只有小小的一团,应该是个孩子,目测不超过5岁,哭起来就毫无警觉性,直到楚斯走到他面前,弯腰拍了一下他的脑袋顶,他才可怜巴巴地仰起脸来。

楚长官这么多年没跟哪个小崽子正经对话过,更何况还是这么软的崽子,他垂着目光看向那崽子,道:"你一个人?"

这话也不知道戳了那崽子哪个点,扁了嘴就开始"呜呜"哭,哭得肝肠寸断,仰着脸还重心不稳,哭着哭着就要往后面倒。

楚斯:"……"

他伸手拉了一把那崽子的手臂,把他稳住,一脸复杂地冲萨厄·杨招了招手。

主动对着萨厄·杨招手,这大概是楚斯这辈子头一回。萨厄也觉得有些新奇,一边懒洋洋地走过来,一边挑着眉道:"你吃错药了?"

楚斯捏了捏眉心,冲哭得伤心欲绝的小崽子一抬下巴,道:"把他弄安静下来,我哄不来这种开闸泄洪的小鬼。"

萨厄·杨步子一顿:"……你让谁哄?"

他这么说着,目光又朝那小崽子身上扫过去。原本只是随意打量一番,他却好像看见了什么令人诧异的东西般,突然眯起了眼睛。

第42章
鬼崽子

"怎么？"楚斯感觉到了他神情的转变，问了一句，"这小鬼有什么不对？"

他的目光也跟着落在了那小崽子身上，小家伙发色很深，应该有很长时间没修剪过了，鬓角已经没过了耳朵，发梢也盖住了一截脖颈，因为哭得太厉害，眉眼鼻子全皱着，手又半掩着脸，所以看不出来原本长相。

指灯的光似乎照得那崽子很不舒服，他一边仰着脸哭，一边又朝没光的地方缩了两下，因为小小一团的缘故，这种动作做起来有些怪招人疼的。

用训练营那帮人的话来说，楚长官这辈子的良心只体现在对付小鬼的时候，尤其是看起来被养得特别惨的小鬼。

小拖把是，这个崽子也是。

于是他干脆抬手挡在萨厄·杨的指灯前，免得白光明晃晃地照在那小崽子脸上。

萨厄却并没有在意到他这个动作，只略微瞥了一下目光，便抬手朝那个崽子的脖颈伸过去，像是要撩开那一绺头发，"这小鬼脖子上——"

也许是他气场太具有压迫性，手指还没碰上一根头发，小崽子就朝楚斯这边躲了过来。

萨厄·杨不冷不热地笑了一声，居高临下地瞥着他。

楚斯看了眼自己腿边杵着的小家伙，挑了挑眉，干脆半蹲下来拍了拍他的背。

这么一拍，那小崽子似乎真的起了点儿依赖心，把他当成了好人，揉着眼睛一脑袋磕在了他手臂上。没一会儿楚斯就感觉自己手臂上湿漉漉。

楚斯"啧"了一声，这崽子可真能哭。

萨厄·杨脸上看不出喜怒,他不像楚斯对这种孩子有种天然的心软,但真让他跟这么个豆丁计较,他也没那个兴致。

趁着那崽子哭得正投入,依赖心又强,楚斯试着去拨了一下他颈侧的发梢。

谁知他手指刚触到那片皮肤,趴在他手臂上的崽子突然剧烈挣扎起来,一把推开楚斯,连退几步让回到了墙角,站在了阴影里。

他一只手依然揉着眼睛,只是在动作的间隙里悄悄瞄了楚斯一眼,尽管那一眼半遮半掩,又收得飞快,但所含的戒备还是被楚斯捕捉得清清楚楚。

一个不到5岁的崽子……

楚斯突然就被这小动作弄得有些哭笑不得,他偏头冲萨厄·杨低声道:"算了,这小鬼哭得我头疼,要跑先让他跑,等他跑开一点再跟过去看看究竟是哪里来的。"

他声音小得近乎耳语,几乎被那小崽子呜呜咽咽的哭声所掩盖,但近在咫尺的萨厄·杨还是能听清楚的,他耸了耸肩,对此倒是无甚所谓,算是默认了楚斯的提议。

果不其然,这话刚说完没几秒,那小崽子眯着湿漉漉的眼睛,转身便朝巷道里去了。

楚斯和萨厄·杨没有立刻追上去,而是干脆抱了胳膊一人倚着一侧墙壁,放任那小崽子"噔噔"跑。

巷道里很黑,那崽子转过身来的时候周身背着光,跑了一段距离后,原本掩着眼睛的手终于放了下来,前一秒还哭得肝肠寸断皱成一团的脸,这会儿已经骤然恢复成了面无表情。

这翻脸比翻书还快的一幕,自然没有被巷子口的楚斯和萨厄·杨欣赏到。

他们等了一会儿,那小小的影子已经"噔噔"跑到了巷子那头,朝左拐了弯消失在墙后。

"巷子后面是另一条商店街,那小鬼跑的那个方向——"

楚斯一边听着脚步算着距离,一边顺手抹了一把袖子上沾的眼泪,结果在触到臂带的时候话音一顿。

他眉心一蹙,垂眼看过去。那根臂带上原本插了一圈类晶体管状的炸弹,每一个插口都填了一支,一点儿没剩插满了。

这会儿却突然空了一个插口。

空着的插口下面，衬衫袖子的湿痕明晃晃地晾在那里。

楚斯："……"

他面色复杂地抬起头，萨厄·杨的目光投了过来，扫过他的臂带后突然笑了起来，戏谑道："我们长官一世英名，栽在了一个不到5岁的崽子手里。"

他拍了拍楚斯的肩，抬手一指巷子那头："走，帮你报仇。"

楚斯："……"

一支货真价实的炸弹落到了一个心脑发育还不太健全的崽子手里，鬼知道会惹出什么麻烦。两人把之前的计划彻底丢到了一边，拔腿就追。

这一条巷道对两个大高个儿来说眨眼就能到头，他们跑到拐角处左转时，刚好看见那小崽子跑到了对面街道，顺着一个地下通道"噌噌"下去了。

看起来动作还挺溜顺，丝毫看不出慌慌张张的哭包模样。

楚斯的指灯已经重新打开了，扫过那一片时，甚至还看到那小崽子在跑入地下前回头瞥了他们一眼。

也许是灯光照得人脸色过白五官失真的缘故，那小崽子的表情显得比常人都要冷漠。

楚斯抬脚就追，三两步越过街道，直奔地下通道。

"那边。"两人快步下了台阶，楚斯朝右侧通道一指。

距离已经从百来米拉近到了不足十米，他们大步流星转进右侧通道，就看见那小崽子就近爬进了一扇侧门。

这个地下通道倒是存在了很久，楚斯当年跟着蒋期住在这里时就有了。内里翻新过好几回，设施不断升级，只有这个开在通道半路的侧门一直留着。

顺着这道侧门钻进去，就是翡翠港的地下避难所。

避难所是在星际百年大混乱之后在各个城市修筑起来的，每处避难所里都分有不同的功能区，面积相当于整个城市一级中心区域大小，上下六层。

每个避难顶层分东西南北四扇门，但是通往这四扇门的通道却有数百条，连通着学校、医院等公共场所和各个街区。

当初星球爆炸的撤离时间太短，否则撤离进这些避难所倒是个不错的选择。

楚斯和萨厄·杨推开那扇侧门钻了进去,却在进入通道的时候发现了一丝不对劲——

整条通道窄而深,他们能听见那小崽子跑动的脚步声,带着层层回音,响彻在整条通道里,但是指灯所能照到的地方,却看不到那小崽子的人影。

一个不足5岁的孩子能跑多快?

楚斯和萨厄·杨皱着眉顺着通道一路找过去,没有岔道,没别的出口,整个通道像一条下水管道一般在地下曲折延伸,偏偏就是没有那小鬼的影子。

他们连拐了七个弯,这条通道终于看到了头。

那小鬼带着重重回音的脚步声也跟着戛然而止,楚斯指灯一扫,就见通道的尽头正对着地下避难所紧闭的大门,门前有一片空地,地上蜷着一大片挤挤攘攘的人影。

没错,一大片……人。

楚斯脚下一刹,接着又突然加快了步子。

那些人似乎才发现通道里有人过来,活似一堆珊瑚般左推右搡着。

"来人了!"

"又有人醒了!"

"是居民吗?不会是上次那拨吧?"

……

他们有一部分爬站了起来,还有一部分依然坐着,纷纷抬手一边掩着光一边冲这边道:"你们是谁?"

在混乱之中,楚斯听到了几声清晰的枪械上膛的声音。

"别冲动。"楚斯冲他们亮了亮空空的双手,道,"我们跟着一个小崽……孩子来的,你们有看到一个这么高的孩子吗?朝这么跑来的。"

他没敢对着这些人提炸弹的事,怕引起恐慌。

按理说这孩子跑进来,哪怕再拐去别的通道,这里也是必经之处。

结果那些人却面面相觑,茫然道:"没有啊,只有你们两个啊。"

楚斯:"怎么可能?"

第43章 意料外

尽管这种事看起来非常荒谬，但是面前这些人也确实没有撒谎的迹象，而且最明显一点是——脚步声确实消失了。

一下子断了痕迹，再想要追上就困难了。

楚斯蹙着眉，依然不放心地扫了一圈，却始终没看到那崽子的影子。

这群人林林总总共三十多个，男女老少都有。有大约七八个人始终躺靠在墙角，身上披着各种外套，其中还有两件警服。露出来的脸上生气全无，双目紧闭嘴唇干裂，不是病了就是受了伤。

楚斯目光从那两件警服上扫过，又瞥向几个端着枪械的男女，但那型号一看就是民用的。倒是右手侧有两个靠着墙说话的人身上穿着黑色的警用背心，长裤利落地塞在了警靴里。

他们在看到楚斯和萨厄·杨过来时站直了身体，朝这边走了过来。

"什么情况？"楚斯冲躺靠着的那几人抬了抬下巴，问这两位警官。

警察这块虽然是由总领政府的内政部直接监管，但是他们和安全大厦有太多公务上的交集，在一些比较特殊的公务中，偶尔也会受安全大厦的指挥。

也许是职业习惯，楚斯在问话的时候下意识带了公务中的语气，听得其中一个卷发警官一愣，几乎条件反射地就要并拢后脚跟挺直腰板了。

他咳了一下掩饰那种尴尬，解释道："我们原本聚集在地上，毕竟这种时候单枪匹马地求生不太合适。但是前阵子来了一伙流浪者，为了避免起冲突，我们临时转移到了避难所这边，然后碰到了一点儿……麻烦，他们几个受了伤。"

"什么麻烦？"楚斯目光警觉地落在两边不同的通道口，"这里还藏着别人？"

卷毛警官皱着眉道："不是，非常奇怪的麻烦……就在地下通道中段那里，明明面前空空如也什么东西也没有，就是过不去，走在前面的几位兄弟也不知道碰上了什么东西，都受了不同程度的伤，伤口也很奇怪，就像皮肤自己崩裂开来一样。"

楚斯在他眼前晃了一下自己的手指，之前受伤的地方血迹已经被抹干净了，伤口便露了出来，一道道细密地排列在指尖，像是从皮肉内里裂开的口："像这样的？"

卷毛一愣："对对，没错，就是这样！你们难道也……"

他又嘶了一声疑惑道："可是通道口那边不是已经恢复正常了吗？我们等了一阵子，再尝试的时候就能顺畅进来了。"

"不在这里，另一处地方。"楚斯简单答道。

这位卷毛警官所说的看不见的屏障，应该和公寓区那边一样，属于时空非常态扭曲导致的能量场紊乱。

如果是这样的话……难不成那个突然消失的孩子是时空扭曲之后的结果？

不同时空带相互磨合挤压，最终形成了某种和平共处的状态，于是断裂处的混乱能量场趋于稳定，人能自如通过，也会在某种情况下碰到过去或者未来存在于这里的人。

如果是这样，倒是能解释那崽子跑着跑着突然消失的情况。

"你的那支小玩意，不知道会炸在哪个年代了。"萨厄·杨干脆肩膀一歪，倚在了墙上，显然他和楚斯想到了一样的可能。

楚斯捏了捏眉心："你一定要给我添个堵吗？"

他越想越觉得糟心："毛都没长齐的一个小鬼，玩什么不好玩炸弹？谁教的？"

但凡正常点的环境都养不出这么要命的崽子，大概是一口毒一口药喂大的。

萨厄·杨一脸不以为意的模样。

楚斯想了想，突然反应过来这种事在一生专注反社会的杨先生眼里，大概还挺正常的。

"长官，你看我的表情让我觉得自己非常……无可救药。"萨厄·杨噙着笑。

楚斯平静道："我这么看你几十年了，你反应是不是太慢了点？"

萨厄·杨玩味地看了他一会儿，"老实说，反应慢的人好像并不是我。毕竟你到现在还没反应过来自己和我其实差不多。"

楚斯"哼"了一声，没再搭腔。

不过心里却下意识琢磨了一下，如果换作8岁以前的他自己，见到一个摸炸弹的崽子，大概也觉得挺正常的。

"……"楚长官脸色突然就变得复杂起来。

他"啧"了一声，转头又恢复了肃然的模样，冲那个卷毛警官道："你们在这里待多久了？这些人的伤口有没有进行过处理？"

"本来想打开避难所的门，但是不知道哪里出了故障，我们两个人的警官权限没有办法将大门启动，不应该这样的……"

卷毛一脸愁容，"伤员做过应急处理，本来想把他们弄进附近的医院，但是前几天外头总有不明光束扫过，我们担心有麻烦，就暂时先留在了这里。"

"不明光束？"楚斯皱起了眉。

"看来还有人想跟长官你抢时间呢。"萨厄·杨道。

确实，如果对方真的来者不善，这个碎片上能引起对方兴趣的，很有可能就是那片公寓区，他曾经住过的那间公寓。

或者说，蒋期曾经的那间公寓。

好好的探查突然就变成了双方争分夺秒的抢滩战。

对方之所以迟迟没有落地，也许就是因为混乱的能量场还没有趋于稳定，他们暂时也无法靠近。

双方一旦撞上，冲突就不可避免了。

楚斯越过人群走到避难所大门前，简略看了一番，便接通了唐他们那边的集体通信频道。

"长官有什么情况吗？"唐问道。

"你们在屏幕上能定到我和萨厄·杨的位置吗？"楚斯开口。

"可以。"

"勒庞和刘来一趟，带上趁手的工具，城市地下避难所出了故障，大门无法打开，应该是有一部分系统遭受到了损坏。"楚斯道。

勒庞很快明白了楚斯的意思："我们这就来！"

刘："好。"

"唐注意探查一下这块碎片附近是否有飞行物，结果实时反馈到我这里。"

楚斯道。

"没问题!"唐应道。

"其他人盯着点那帮流浪者,但别起冲突。"

"收到。"

尽管指令发出去了,但是楚斯觉得情况并不那么令人乐观,如果对方真的有备而来,他们这里能用的人手实在太少……

20多分钟后,勒庞和刘开着两架飞行器轰然落地,一人背着一个硕大的黑包钻进了通道里。

"长官!我们来了!"勒庞和刘对着楚斯用手指碰了下眉峰。

"居然有这么多人醒了!"勒庞一边扫视着地上或坐或站的人,一边把肩上的黑包甩下来拎在手里,"刘,去看看那边的控制器,我检查一下这边这个。"

这姑娘做起事来风风火火,冲所有人点个头便算是打过了招呼,然后转头便朝门侧的通道走去,一路走一路用手敲击着,然后在某一处停下来,麻利地卸掉了整块钢板,埋头检测起来。

刘则朝相反的方向走去,卸掉了另一块。

刺啦啦的电流闪现了好几次,片刻之后,勒庞道:"行吧,避难所的构造都差不多,基本知道了。"

刘同时也走了过来,两人凑头嘀咕了两句,冲众人拍了拍手:"来来来,所有能动的帮忙,我们过会儿直接去中枢控制区,故障解决之后这两边的控制器会同时亮灯,长官和呃,杨先生到时候让这两边强行通流,其他所有人使劲推这扇大门,有多大劲用多大劲。"

说完两人出了通道直奔中枢控制区。

10分钟后,两边控制器指示灯突然闪烁了一下,楚斯和萨厄·杨捻着两根接线在里头捣弄一番。

电流瞬间噼啪炸响两声,惊得所有人一愣。

"快!快!推门!"卷毛警官扬手招呼着。

众人抵着门几乎是使了吃奶的力气,一张张脸生生憋成了猪腰子,"嘀——"突然一声蜂鸣响彻整个地下,接着是呜啦啦的哨音,一声长两声短。

通道里突然亮起了白色小灯,两三米一盏,像无数条长龙一般,以避难所大门为中心瞬间延展出去。

昏暗的空间瞬间明亮起来,像是在绝境当中重新看见希望。

避难所沉重的大门发出一声金属摩擦的锵响,然后缓缓洞开,开始接纳等待了太久的人。

众人发出一声欢呼!卷毛警官絮絮叨叨组织着兴奋的人们把伤员往避难所里转移。

跟在卷毛身边的另一位小个子警官一直没怎么开口,这时却不忘转过来试探着冲楚斯道:"长官,我一直觉得你有些眼熟,恕我冒昧,您是不是……是不是安全大厦5号办公室的那位总执行官?"

楚斯:"你见过我?"

"真的是您?!那就太好了!有上头的长官那就有希望多了。"小个子警官冲他啪地行了个礼,同时转向萨厄·杨也行了一个,"先进避难所吧,两位长官,我过去搭把手。"

"我会留两位朋友帮你们安顿下来,我们还得去处理另一件事。"楚斯冲洞开的避难所大门抬了抬下巴,示意他也赶紧进去。

他在通信器里对勒庞和刘交代了几句,便冲萨厄·杨使个眼色,"时间差不多了,去公寓区?"

萨厄·杨挑了挑眉,带着点似笑非笑的意思,打头走了出去。

通道里有些安静,楚斯跟在他后面走了好一会儿,突然开口道:"我很意外。"

"什么?"萨厄没回头。

他的语气跟往日并没有不同,懒洋洋的带着一股随意感,但在这种长而安静的通道里,莫名给人一种错觉——

好像他是在聊天,跟亲近的人不加防备不带试探和嘲讽地闲聊。

闲聊这种事,对楚斯来说都很少有,对萨厄·杨来说大概是前所未有。

也许是这一瞬间的气氛太好,楚斯道:"我没想过还会有这样的一天。"

"嗯?"萨厄·杨脚步没停,声音沉沉的还带了一点回音。他低笑了一声,"你究竟想说什么?"

第44章

旧公寓

一直以来，萨厄·杨选择做或不做一件事情大多和他自己相关，不管是直接还是间接。他总是时时刻刻毫无差别地释放着那股带有侵略性和压迫性的气质，以至于存在感总是强得惊人。哪怕只是帮一个小小的忙，他也能搞出惊天动地的阵仗来，且从不会给人事先商量的机会。

他从来都是计划之外的人，站在旁观者的席位上，根据心情决定是不是要插手。所以他即便帮了把手，也绝对不会被称为合作者，没有这么随心所欲的合作者。

当然，更不可能被称为帮手，毕竟帮手总带着一点附属性的意味。

任何熟知萨厄·杨的人，大概都无法想象他作为"帮手"会是什么样，包括楚斯。

其实就在刚才，勒庞热情冲头风风火火分配任务的时候，楚斯心里还闪过一瞬间的担心，他甚至想好了萨厄·杨不好好配合临时作妖的时候，该怎么办才能顺利收场。

这个计划里甚至没有"如果"这个假设词。

所以，当萨厄·杨真的安安分分以一个"帮手"的身份和他一起把事情做完，楚斯的心情顿时就复杂起来。

占据最多的就是意外。

意外萨厄·杨居然有兴致给人当帮手，意外他们居然还会有联手救人的一天，不是因为任务也不含什么目的，救的还是和他们毫不相干的人。

意外萨厄·杨居然会有看起来毫无攻击性和危险性的时候……比如现在。

而意外之余，还有一丝莫名的歉疚感。毕竟在避难所大门洞开之前，他都还在盯着萨厄·杨的一举一动,带着戒备和警惕。

楚斯当时盯得非常坦然,和萨厄·杨的视线撞到过好多回,所以眼下即便不明说,萨厄也该知道楚斯所意外的究竟是些什么。

他必定是知道的,而且知道得非常清楚,但他仍然要问这么一句,玩味的意味可想而知。

"明知故问很有趣?"楚斯跟在他身后,这么回了一句。

通道里,小白灯照出他们两人的影子,很淡,楚斯每一脚都刚好踩在萨厄·杨虚化的影子里。

"挺有意思,当然我真的不知道长官你想说些什么,能具体聊聊吗?"说到这里,他终于回头瞥了楚斯一眼,似笑非笑的,然后目光又朝地下一扫,"啧"了一声,"不想说也不用这么瞄准着我的脸踩,你报复心有点重。"

楚斯原本没注意到脚下,被他这么一说才发现自己正站在他的影子上。他沉默了两秒,终于忍不住刻薄道:"敢问阁下您今年几岁?"

"都是进过监狱的人了,成年没成年长官你应该很清楚。"萨厄·杨随口回道。

他说着将头转了回去,依旧留给楚斯一个后脑勺。

"你今天大概是吃错药了。"楚斯摇了摇头,脚步却依旧踩在萨厄·杨的影子上,比之前踩得还要准一些。

他们又走了一会儿,走完了一整条通道,沿着台阶往地上去。

萨厄·杨先走到了顶,站在那里半侧着身垂眼看着依然在台阶上的楚斯。

楚斯在最后三级台阶前停下了脚步,突然抬头看向他:"我想说……如果当初在疗养院你就是这副吃错药的状态,我们没准还能成为朋友。"

萨厄·杨似乎觉得这话很有意思,笑了一下,弯着眼睛道:"你错了长官,如果真是这样,你大概连我的名字都不会记得。"

楚斯有点想反驳回去,然而他在心里琢磨了一下后遗憾地发现,萨厄·说的更可能成为事实。

于是他只能耸了耸肩,抬脚走完了最后几级台阶。

他们并肩站在那里的时候,萨厄·杨又懒懒地开了口,像是在说什么玩笑话:"别想了长官,你我永远成不了那种朋友。"

楚斯凉丝丝地说:"那真是太好了。"

"怎么样?口是心非的楚长官,是不是觉得有点遗憾?"萨厄·杨眨了眨眼。

楚斯顶着"你要不要醒醒"的表情拍了拍他的肩,而后绕过他朝前走去。

走回公寓区门前时,楚斯的通信器振了一下。

他摸出来看了一眼,是唐的信息。

信息里说换了无数种方式,终于让他在这块星球碎片周围找到了一群"漂浮物",相对整个碎片呈静止状态,将它包围在其中,因为目前处于休眠状态,很难被发现。

"不过它们并没有处于静默或隐形之中,用心点就能找到,说明对方并不忌惮被发现。"唐分析了一番,将总体的分布图和状态数据显示投射到了楚斯夹在袖口的终端全息屏幕上。

"会是谁?白银之城?老实说,我只想到这一种可能,这确实是他们的风格,这里有什么他们想要的东西吗?"唐说。

"我们正在找——"楚斯站在原本无形的屏障面前,刚要伸手去探一探,萨厄·杨已经干脆地抬脚走了进去。

"你!"楚斯拽了他一把。

除了被拽住的手,萨厄·杨整个人都已经穿过了屏障本该在的地方。

"你看,屏障果然消失了。"他说。

楚斯面无表情:"如果它没有消失,你那张脸现在就已经没法看了,你试这种东西都用脸吗?"

他说到最后一句的时候,还是忍不住蹙了一下眉。

"老实说长官,有点奇怪——"萨厄的目光从楚斯抓着他的手指上扫过,又落在他的眉眼上,"你这样子让我想做一些无聊又无意义的动作,比如……"

他说着,被拽的手顺势一翻,指尖在楚斯手掌心挠了一下。

楚斯手指一动,倏然松开收了回来。

唐在通信器那头喂了两声:"长官?"

"没事,我是说我正在找有可能会引起他们兴趣的东西。"楚斯说着也穿过了屏障,脚步不停地朝记忆中的那幢公寓走去。

他走了一段路又停下步子,一边和通信器里的唐交代着事情,一边转头看向萨厄·杨。

见后者跟了上来，他才又继续朝前走着，道："对了，想办法安抚一下那帮流浪者们，尤其是卡洛斯·布莱克，不得已的时候，也许得哄着他做一个交易。"

唐："……"

"办不到？"

唐："那当然不是，放心吧长官，交给我了。"

蒋期的房子位处于大片公寓楼中间，路有些绕。

数十年不曾走过这条路，楚斯原本以为自己已经忘了路怎么走了，却在不知不觉间就已经站在了那栋公寓楼下。

萨厄·杨的脚步在身边停下，他抬头看了一眼七十多层高的公寓楼，问道："你要找的地方就是这里？几层？"

"六十二层。"楚斯道。

萨厄·杨："许个愿吧长官，希望能源池没废，电梯还派得上用场。"

楚斯已经进了楼，在电梯按键上按了好几下，却毫无动静。

"托你这乌鸦嘴的福。"楚斯转头冲进门的萨厄·杨道，"我们得爬楼了，如果能源池真的废了，进门还得再想办法。"

"不知道长官坐了这么多年办公室，体力退化到了什么程度。"萨厄·杨道。

楚斯理都不想理他，抬脚就往楼上走。

他们爬楼从来不规规矩矩一步一台阶，而是仗着腿长体力好一步跨三阶，六十二层不算矮，却没有花费他们多少时间。

不过上楼和走平路毕竟不一样，他们又走得这么快，站在六十二层的时候，楚斯的呼吸还是急促了一些。

萨厄·杨的体能惯来强得不像个正常人，这并非是完全出于训练的结果，至少在疗养院时就已经强悍得令人咋舌了。这大概和他那神秘不明的来历有关，但在这种时候还是会让人心里有些微妙的不平衡。

他站在走廊里四下扫了一眼，这里一层只有一间公寓，倒是避免了认错的可能。

"平地上看不出来，长官体力果然退步不小。"他似笑非笑地看了楚斯一眼。

"你闭嘴。"楚斯压住了呼吸,很快也平复了下来。

他抬手摸了摸门边的指纹锁,果然一片黑,没有丝毫动静。

"看来又得换个动静大点的开门方式了。"萨厄·杨说着便把手往兜里伸。

"不行。"楚斯皱眉道,"这里别用炸的。"

"嗯?"萨厄·杨一顿,挑起了眉,"长官居然有手软的时候,这倒是很有意思。"

"这里不一样。"

"哪里不一样?"萨厄·杨问,"我原本没兴趣知道这是谁住的地方,现在倒是突然又有些兴趣了。"

楚斯静了片刻,淡淡道:"我小时候和养父住的地方。"

萨厄·杨微微一愣,不知是诧异于这个答案,还是没想到楚斯居然会这样说出来,毕竟他曾经从来不会跟人提起他的过去。

"那换个文雅点的方式好了。"萨厄·杨干脆地一拳砸在指纹锁上,打碎了表面,正打算在里头动点手脚接个外接能源。

原本紧闭的门突然响了一声,似乎有人从里面开了锁。

"谁?"一个声音从门内隐约传了出来。

第45章

研究稿

那一个字简单又模糊,还隔着一道门,甚至有些辨不清音色,但还是让楚斯顷刻间绷直了脊背,脸色一下就变了。

他一动不动地站着,有那么一瞬,他甚至连其他的声音都听不见了,周身的神经仿佛活了一般脱出肉体,直接穿过门探进了屋里,以至于细微到可以忽略的一点动静都能让他的身体变得更加僵硬。

屋里的脚步声突然显了出来,似乎有人正趿拉着拖鞋从门边走开。

响了一声的门锁再无动静,也许是因为门里的人没听到应声便改了主意。

有时候对于一个人熟悉到了某种程度,能从简单的几声脚步就判断出是他或不是。

那脚步声即将远离的一刻,楚斯下意识张了张口,答了句:"我。"

声音因为茫然和僵硬显得又闷又哑,滚在喉咙底,低得连他自己都有些听不大清。

只是刚一出口,他就自嘲地笑了一下,"我"这种简单至极的回答,只适用于最亲近的人,对方一听就知道是谁才行,否则只会徒增尴尬。

可现在的他是谁呢,对于门里的人来说不过是陌生的声音陌生的面孔,一个毫不相识的陌生人而已,哪来的资格这样回答。

看起来一定傻透了……楚斯心里自嘲了一番。

不过傻归傻, 他却并不担心自己会被拒之门外,毕竟门里那位算得上是相当好脾气的人,当年有邻居指纹锁故障一时回不了家,他也放人家进门了,似乎还待了很久。尽管他至今没想通蒋期作为一个战乱中混过的人,为什么会这样没有防备心。

脚步声顿了一下,转而又突然愈发清晰,听起来像是重新走回到门边了。

"你在紧张。"萨厄·杨突然凑在楚斯耳边低声说了一句,像是在说什么悄悄话。

"没有。"楚斯回答。

然而直到这句话说出口,他才发现自己其实一直屏着呼吸,垂在身侧的手也在不知不觉中捏成了拳。

萨厄·杨说得没错,他确实在紧张,而他自己甚至都没有发觉。

门锁再次从里面发出一声轻响,这回没再戛然而止。

金属门轴微微转动,大门就这样被人打开了。门里的男人穿着最简单的衬衫长裤,领口随意敞着,一只袖子翻折到了手肘,另一只刚翻到一半。

他的身上混合着军人的利落、研究人员的书卷气以及一股轻微又放松的倦意。

蒋期……

尽管刚才心里已经有了猜测,又做了好一会儿的心理准备,楚斯还是在看见他的时候怔在了门口,露出了一种近乎茫然的表情。

他突然不知道自己究竟身在哪一年了。

熟悉的衣着,熟悉的面容,一切都全无变化,就好像蒋期只是出了一个漫长的差,办完了事情随意收拾收拾,就这样简简单单地回家了。

"你是……"门里,蒋期的目光投了过来,穿过不知多少年的时光,落在楚斯身上。

在听见蒋期开口的一瞬,楚斯脸侧的骨骼动了一下,看起来似乎下意识咬了一下牙。

他蹙了蹙眉心,低头用手指捏了捏鼻梁,等眼睛周围的热意消退下去,才重新抬起头。

蒋期微微一愣,问道:"怎么了这是?"

这样的语气太过熟悉,熟悉得楚斯又怔了一瞬,才在喉咙底咳了一声,清了一下嗓子开口道:"我们是住在楼上的,指纹锁出了故障暂时进不了门,能……"

在这种时候,楚斯已经没有多余的注意力去想新的借口了,脑中唯一浮现出来的居然只有当年那两位邻居的话。

他说完便有些后悔,也不知道同样的理由在蒋期听来会不会觉得有点可疑。

蒋期没有立刻应声，只是又将他上上下下打量了一番，最终目光落回到他的眉眼上，似乎是在确认他们善意与否。

他又朝门边的萨厄·杨身上掠了一眼，最终还是侧身让开了一条路，笑了笑道："地下能源池出了故障，物业已经在修理了，先进来吧。"

屋里亮着两盏光线柔和的应急灯，一盏放在沙发拐角处，一盏在玄关。

重新站在这间公寓里的时候，楚斯的感觉非常复杂，那是一种下意识的放松和理性上的拘谨相交织的矛盾感。

萨厄·杨跟着进门后，对这里表现出了极大的兴趣，他打量了一眼屋内的大致格局和布置，而后拍了拍楚斯的肩，凑过来低声问道："长官。"

"嗯？"楚斯的目光一直跟在蒋期的背后，甚至没反应过来萨厄·杨究竟在说什么。

又过了两秒，他才后知后觉地瞥了萨厄·杨一眼："……"

"这里只住了两个人？"萨厄·杨继续问着话。

楚斯也只能没好气地应了一声："嗯。"

蒋期一边把另一个袖子翻折好，一边问："喝点什么？"

"水就可以，谢谢。"楚斯尽量让自己和萨厄·杨看起来像是正常的邻居。

"过来坐吧。"蒋期接了两杯水走过来放在玻璃几台上，又绕到双人沙发前弯下腰。

楚斯进屋后几乎没顾得上注意别的，直到这时才发现那张双人沙发上正窝着一个孩子。

看起来不足10岁，穿着浅灰色的长袖居家衫，蜷成一团的姿势使得他肩背骨骼突出，看起来很瘦。

他把脸埋在靠枕里，手臂掩着额头，看不见五官长相，只能看出来头发乌黑，衬得皮肤格外白。

"所以，那个睡成一团的小东西是……"萨厄·杨再次明知故问。

楚斯转头看他："……"

萨厄·杨一脸无辜地回视他。

楚斯怕被蒋期听见，冻着一张脸用口型道："我是不是还得谢谢你没用'小傻子'这种词？"

萨厄·杨笑了起来，浅色的眼睛弯起来时亮极了。

蒋期试图把蜷着的孩子抱起来，结果那孩子却用靠枕把脸埋得更深，含含糊糊地说了句什么。

"放着床不睡就爱窝沙发，你这小子……"蒋期也没坚持，只是抬手探了探孩子的额头，咕哝了一句，"是不是病了？"

那孩子就着埋着脸的姿势摇了一下头，终于说了一个清晰的词，"困。"声音还没变，带着孩子特有的软。

"行吧……"蒋期有些无奈地直起身，转头冲楚斯和萨厄·杨笑了一下，"我儿子，睡着了就不乐意再挪窝，见笑了。"

萨厄·杨噙着一抹笑意，懒懒道，"没关系，挺有意思。"

楚斯："……"

他大概是这间公寓里最为尴尬的人，蒋期和萨厄·杨这么你一言我一语的，每一句都在扎他的脸，把他重见故人的那点儿情绪冲得干干净净，半点不剩。

蒋期看起来在那个时空也刚到家不久，他示意楚斯和萨厄·杨在沙发上先坐一会儿，道："我去给这小子拿条毯子。"

萨厄·杨半点儿客气的意思都没有，直接挑了个靠近双人沙发的位置坐下。

蒋期趿拉着拖鞋走进了卧室里，楚斯朝他的背影瞥了一眼，转头看向萨厄·杨，露出了一个微微含带警告意味的眼神。

然而只要有那个缩小版的蜷在旁边睡得昏天黑地，一切警告的效果都会大打折扣。

果不其然，萨厄·杨笑得意味深长。

楚斯："……"

但是老实说，在眼下这个境况中，不论这浑蛋玩意儿做出什么事说出什么话，楚斯都不会生出不耐烦或是恼怒的情绪。

"你看起来很高兴。"萨厄·杨眯着眼看向他，"甚至有点儿兴奋，但并不放松。"

不得不说这人有时候敏锐得像野兽，能嗅出最细微的情绪变化——

楚斯确实高兴，因为他再一次见到了唯一能称为家人的蒋期，他也确实没有放松，因为他知道这一切都是暂时的。

"你真是个……怪人。"楚斯嗤了一声，在他旁边坐下。

对情绪的嗅觉如此敏锐,同理心却淡漠得惊人。

两人说话的声音并不高,蜷在沙发上的孩子却动了动。他从靠枕中抬起眼来,蹙着双眉用一种颇为不耐烦的眼神看了他们一眼。

他的目光中还带着倦意,似乎并没有完全清醒。那种眼神既不软也不柔和,萨厄·杨不知哪根筋搭错了,居然冲他招了招手指,噙着笑低声逗趣道:"你好,小长官。"

楚斯:"……"

沙发里蜷着的孩子眉心蹙得更紧了,似乎觉得这人有病,眯着的眼睛很快闭上,又重新把头埋在了靠枕中。

"一睡觉就找东西埋脸的习惯原来从这时候就养成了。"萨厄·杨道。

楚斯张口正想呛回去,却突然想起来一件事情。

在他的记忆里,隐约记得当初有两个邻居因为指纹锁故障被蒋期放进了门。

那天蒋期原定要去外地开一个学术研究会议,为期大约3天。

他在沙发上看书的时候头痛症突然犯了,又因为家里没人的缘故懒得回卧室,直接蜷在了沙发上。

结果在他疼得昏昏沉沉时,蒋期因为有东西忘带又回来了。

因为头疼的缘故,他对那晚的记忆有些模糊且并不连贯,只记得等他再睁眼时,沙发上好像多了两个人。

他甚至连对方长什么模样,年轻还是年老都没看清,只隐约记得那人冲他说过一句话,叫了他一声长官还是什么。

他一度以为后头的场景是把梦境和现实记混的结果,毕竟不可能有谁对着一个小孩喊长官,现在看来……他一直留有些许印象的那两个邻居,根本就是萨厄·杨和他自己。

但如果此时此刻发生的事情就是他记忆中发生过的那些,那么……

"我知道我需要找什么了。"楚斯看向萨厄·杨。

"说说看。"萨厄·杨伸直了长腿,换了个舒适些的姿势。

楚斯压低了声音道:"一份草稿。"

在他的记忆中,那两位邻居离开后便发生了一件事——蒋期的一份重要研究草稿丢了。

第46章
麻雀群

"什么样的草稿?"萨厄·杨明目张胆地扫视了一圈客厅,"你是说最原始的那种草稿,还是电子版本甚至共感版本的?"

如果是前两者,那倒相对好找一些,如果是共感版本的,就有些麻烦了。

"不知道。"楚斯答道。

萨厄·杨收回目光,转回脸看他:"你在开玩笑吗?"

楚斯压低了声音:"你指望一个9岁左右的人能记得多少细节?更别说那草稿还跟军工方面的研究有关,能让我知道?"

他只记得当初那份研究草稿丢了之后,蒋期先是找了很久,又和他对了两遍那几天的细节,之后不知是军部研究院那边突然有了补救措施还是转成了秘密进行,那份草稿的追踪进程戛然而止,至少对外是这样表示的。

"我只记得那份草稿也许是装在某个黑色的文件袋里——"楚斯正要继续说,蒋期就已经从卧室出来了,只是手里空空如也什么都没拿。

他手肘抵着门,冲沙发上的两人干笑一声,道:"唉,我身体回来了,脑子大概还奔波在路上没进门,那床毯子被我放哪儿了我有些想不起来了。"

楚斯下意识接了一句,道:"主卧。"

在楚斯的记忆里,蒋期经常会出现这种情况。

他对每一份文件归放的地方排列的顺序了如指掌,能顺着时间线和逻辑线记起几年甚至十几年前他所做的某个研究报告被搁在了哪里,有时候甚至还能记起是左手放的还是右手放的,大致放在桌上的哪个位置。

但是对于家里的生活用品放在哪个柜子哪个抽屉,总是一头雾水,经常前脚用完,后脚就开始满屋子找,每每这种时候,都得楚斯一个词一个词地往外蹦,冷着一张孩子脸默默提醒他。

蒋期对于这种提醒也形成了某种条件反射,即便此时坐在客厅的楚斯对他来说算个完全陌生的人,冷不丁丢出一句"主卧",他都二话不说抬脚就朝另一间卧室走。

遥控柜门发出轻微的滑动声,没多久,蒋期的声音就传了过来:"也不在。"

"书房。"楚斯又蹦了一句。

蒋期的身影从主卧出来,趿拉着拖鞋匆匆朝书房走,直到经过客厅,正要迈步进书房门的时候,他才终于反应过来般愣了一下,转头看向楚斯。

楚斯收到他疑问的目光时也陡然一僵,笑了笑道:"抱歉,在家里也总是这样,我……说顺嘴了。"

蒋期的目光从萨厄·杨身上扫过,似乎是为了缓和气氛,他开了句玩笑说:"看来你和我半斤八两。"说完,他便进了书房。

楚斯:"嗯?"

他愣了片刻,道:"谁和他半斤八两?"

萨厄·杨岔开了两条长腿,手肘架在大腿上,懒懒地用拇指点了点自己,"如果他没有斜视之类的毛病,那他大概是冲着我说的。"

楚斯:"……"

在家里总这样……

看来你和我半斤八两……

两句话放在一起听,怎么都觉得有些不对味,非常显然,这误会有点大。

如果是别人这么开个玩笑,即便是个误会,他也懒得费神去过多解释。但眼前这人是他的养父,尽管这是在时空交叠的特殊情况里,楚斯也不太想让蒋期产生什么非真实的认知。

萨厄·杨一秒就看穿了他的想法,摊了摊手道:"长官,你别忘了我们是以什么理由进的屋子。"

什么理由呢?

我们是住在楼上的,指纹锁出了故障,能不能在这里借地待一会……

楚斯回想完就捏了捏眉心——

"找到了,还真在这边的柜子里。"蒋期拎着一条深蓝色的毯子出来,冲楚斯一笑。

他把毯子展开,将双人沙发上蜷着的小楚斯完好地裹进了毯子里,不知道是不是怕他睡沉了踢开,还把边角都掖了一遍,从脚一直裹到了脖子。

小楚斯只是撩起眼皮看了他一眼,嘴唇动了两下,似乎半梦半醒地嘟囔了一句,便把脸继续埋进了靠枕中,安安分分当起了蚕蛹。

坐在一边的楚长官:"……"

蒋期的性格也不那么正经,他把小楚斯裹好后直起身,一手撑着腰欣赏了一番自己干的好事,没忍住笑了一下。

楚斯一脸糟心地移开目光,就见萨厄·杨也笑了一下看过来。

"……"

时空都纵横交叉乱得没边了,这日子依然没法过。

蒋期作弄自己的儿子也就算了,偏偏还当着他这个成年版当事人的面。

或者只有他们父子也就算了,偏偏还被萨厄·杨给看到了……

那一瞬间,楚长官脑中净是这种觉得自己丢人丢到家的念头,甚至没有觉察这种独属于家庭内的氛围有种别样的亲密感,而萨厄·杨作为一个外人处在这之中,居然也没有多么违和。

蒋期也给自己倒了一杯水,在一张单人沙发里坐下。他喝了一口水,冲楚斯和萨厄·杨道:"你们住在六十三层?以前倒是没怎么见过你们。"

这么多年来,楚斯已经把睁眼说瞎话的本事练到了炉火纯青的地步了,但对面坐着的是蒋期,这就有些不一样了。

除了头痛症发作的时候会装个困之外,他从没有跟蒋期说过什么瞎话。

楚斯也拿起了面前的水杯,却没有喝,而是握在手中缓缓地转着圈,"我们工作有点忙,很少在正常的时间点回来。"

蒋期"哦"了一声,他的目光落在楚斯的水杯上,继而又从他的手指上划过,道:"不过没怎么见过也正常,我也总不按正点来回。"

单从这话里,很难听出他相不相信楚斯的理由,有没有对他们两个的出现产生太多怀疑。

其实真要说起来,如果换成是楚斯自己,不管疑心不疑心对方身份,他都会选择开门,毕竟明着观察对方的举动比让对方一直处于暗处要好防范得多。

所以他隐约觉得蒋期也许有着同样的想法,先试试他们两个人的身份,实在有问题再就地搞废。

不过想到这一点,他就对自己的养父有些无奈。

楚斯自己会选择这么试探,是因为他人生大半的时间都在跟各种危险打交道,在身手方面有着绝对的自信,区区两个人还真不值得担心。

但蒋期就不同了,据楚斯所知,他年轻的时候确实在机甲战斗部待过,也经历过战争上过战场,作战能力应该可以。但是自打他后来转入研究院,就再没耗费过多少时间来维持体能和身手,一对二还真不一定有多大的胜算。

自信心得膨胀到什么程度才会让两个正值盛年的陌生人进门……

楚斯着实想不通。

"工作总不按正点,吃饭也都在外面解决?你们这个年纪的十个有八个带着胃病。"蒋期自己也表现得像个身份简单的邻居,随意聊着些生人见面总会聊到的话题,不会越线,但又能从中得知一些细微的信息。

"嗯,在工作地点周围随便吃一些。"楚斯依然挑了最中规中矩的答案,没有过多解释。

他和蒋期共同生活的时候,两人隔着辈,年龄相差太多,从没有过这种平辈之间的对话,他也从没听过蒋期这样半生不熟地跟人聊天,一时间觉得有些……新奇。

即便聊的都是些废话,他却并不觉得无聊或是厌烦。

不过在他回答完后,蒋期又玩笑似的说了一句:"那你们岂不是连吃饭都碰不上几面?"

"我们?"楚斯一愣。

一秒后,他才反应过来蒋期又在顺着某种误会往歪路上说。

楚长官迅速换了表情失笑一声顺着话音道:"少见几面也不至于出什么问题。"

他刚说完,就听见身边的萨厄·杨笑了一声,跟着沉沉应道:"嗯。"勉强算是配合。

"那倒是挺好的。"蒋期目光一动,接着便垂眼喝了一口水,带着点笑意道。

楚斯:"……"

如果对方不是蒋期,他大概能立刻拎着人家的脖颈送进医院去看看眼科。

而且他相信,萨厄·杨此时内心的讥嘲不会比他少——

得用什么眼睛才能看出"感情不错"这种结果来?

鸡眼吗?

再绕着这种话题聊下去,他大概就无法保证自己的表情能保持自然了。

楚斯正想着该怎么试探那份草稿,兜里的通信器突然振了一下。他摸出来看了一眼,就见唐发来了一条新的信息——

长官,环绕在星球碎片周围虎视眈眈的那群"漂浮物"突然从睡眠状态脱离出来了,我怀疑会有所动作,你和杨先生探查得怎么样了?

另,在被流浪者又骂了一遍后,我终于和卡洛斯·布莱克说上了人话,进展喜人。

又及,长官您的全息屏幕开着没?我把漂浮物们的最新动态变化图同步过去。

看到这条信息的瞬间,楚斯心里一紧。

刚才被重见蒋期这件事牵扯住了大部分的注意力,以至于他差点儿忘了周围还有一圈坐等螳螂捕蝉的麻雀。

眼下紊乱的能量场已经平稳下来,阻拦着它们进入公寓区的最后屏障已经消失,它们随时有可能直扑这里。

原本楚斯看到这里重新出现,只意识觉得时间回到了公寓区被拆之前,那时候蒋期已经死了,而他也已经不住在这里了,这间公寓不过是一间在军部名单上的空房子。

那他只需要翻找到目标物,再避让开那些麻雀,至于手段激烈与否,境况是不是危险,他都不太在意。

但他没想到这里的时间居然直接退回到了他和蒋期都在的时候,那么他首要考虑的就不是能不能顺利找到目标物了,而是不能让屋子里的人平白被那些麻雀盯上。

他不能让那些来历不明的人殃及蒋期。

尽管在他的记忆里，除了丢失一份重要的研究草稿，蒋期并没有碰见什么别的麻烦。但既然他和萨厄·杨机缘巧合之下回到了这段时空里，参与到了其中，之后的一切会不会依照原轨进行，会发生多少的偏差出现多少变化，就难说了。

他不想让自己唯一的家人碰到这种麻烦事。

"我们进门的时候，你似乎也刚到家？"楚斯不动声色地看完所有信息，握着通信器闲聊般问了一句。

他得想办法把蒋期从这里支出去。

蒋期愣了一下，"嗯"了一声捏了捏眉心："原本要出门开会，结果半路上发现有份前期草稿没带上，临时折返回来拿。"

前期草稿？

楚斯敏感地捕捉到了这个重点词。

人的记忆总是有些奇怪，有时候一些事情的细节早就被漫长的时间淹没了，甚至自己都不记得有没有忘记，但在冷不丁听见一些关键词句或是看见某个场景的时候，那些被淹没的细节就会突然被勾出头来。

楚斯终于想起来当初蒋期中途折返就是为了拿那份草稿，后来似乎是发现草稿被调了包。

具体的被窃事宜楚斯知道得并不详细，毕竟蒋期不可能把那些涉及军部机密的事情随随便便跟一个9岁的孩子说，哪怕是自己的儿子。

楚斯从他的话里找到了突破口，立刻顺着话说道："那你不是还得出门去开会？抱歉，我们耽误事了。"

嗡——嗡——

两声通信器的振动音接连响起，楚斯翻过屏幕，垂眼一扫，就见唐又发了一条信息过来——

长官！那些漂浮物动了！在朝你们的位置收拢，速度不慢！你和杨先生探查完了没？需要支援吗？

楚斯面上依然不动声色，捏着通信器的手指却紧了一下。

第47章

时间环

唐所发来的信息只振动了一下,另一下振动则来自蒋期的通信器。

楚斯一边给唐回着信息,一边用余光注意着蒋期那边的动作。

"跟卡洛斯·布莱克谈判,问他们愿不愿意由被俘虏者转化为合作者,准备好契约书,愿意的签字出门恢复自由,不愿意的就地重新铐上存着当储备粮。"

他很快敲完一段信息发了出去,几乎是眨眼间就收到了唐的回音——

长官,他说咱们厚颜无耻欺、人太甚。

楚斯眼睛也不眨一下回道——

二选一,非常人道。

他在蒋期面前并不方便打开袖口上夹着的全息屏幕,但是从之前唐的信息内容来看,整个星球碎片周围的漂浮物数量不少,单靠他和萨厄·杨以及五个人的训练营小队,正面冲突起来实在不占优势,目前看来唯一可行的方式就是拉上那帮流浪者入伙。

流浪者们的生存方式注定了他们是非常容易合作的群体,只要找准他们感兴趣的东西当作筹码。

大多数流浪者们想要的东西无非是丰厚的生活物资以及武器军械。这两样关系到他们能否好好地在宇宙当中存活,所以永远也不会过时。但就现在这种境况来说,楚斯他们自己的生活物资和武器军械存量都成问题,更别指望拿出来做交易了。

所以他们只能另找筹码。

楚斯回道:

你告诉卡洛斯·布莱克,我们合作对抗的很大可能是白银之城。

片刻之后,唐的信息就来了:

长官,他说成交。

楚斯立马回复了:

联系勒庞和刘,避难所里有应急军用飞行器,让他们开几架出来凑够数量。

他和唐一来一去的时候,蒋期正倚靠在沙发上垂眼看着信息,而后动着手指简单敲了几下通信器,看起来回复得非常简短。

很久以前他就这样,不论是接通频道还是回复信息都只有寥寥数字,从不会说什么多余的话,和平日聊天完全是两种风格。

而且能让他这样即看即回的,大多都是工作上的公事。

蒋期回复完便收起了通信器,抬头颇为抱歉地说了一句:"会务来催了,我可能没法等到物业修复好能源池。"

他看了眼客厅的时间屏,有些无奈道:"他们的效率比我想象的要低不少。"

听他这么说,楚斯心里反而松了一口气。

他几乎是立刻开口道:"我们已经打扰得够久了,物业效率就是再低,也不至于一个能源池修理几个小时,我们另找地方再等一会儿。"

蒋期笑了笑,他长得其实非常年轻,脸上看不出多少岁月的痕迹。那个时空里的他,年纪比现在青年状态的楚斯大了将近30岁,但如果光看外表,说只大10岁也会有人信。

但他举手投足以及说话的语气总会带着一股浓重的长辈气质,甚至连笑容和目光都含着那种意味。

对着困倦的小楚斯如此,对着成年版的楚斯依然如此。

对着萨厄·杨……

好吧,萨厄·杨除外。

这位危险分子哪怕像现在这样安安分分寡言少语地坐着,也很难让人对他生出什么长辈的心理。

楚斯从客厅的沙发里站起身来,萨厄·杨却慢一步,他端起了玻璃茶几上半天没动的水杯喝了一口水,这才放下杯子不紧不慢地跟着站了起来,冲楚斯一笑:"还真有些渴。"

"说得好像你聊了多久似的。"楚斯回了一句。

"长官,水倒来就是喝的,不是放在手里把玩观赏的。"萨厄·杨冲他手里转了半天的杯子抬了抬下巴。

楚斯垂眼看了看自己手里的水杯,又看了眼萨厄·杨喝过的那杯,心里突然闪过了一个主意,于是二话不说也仰头喝了两口,咽水的时候余光瞥向一旁——蒋期正抬脚朝书房走,估计是去拿那份忘带的研究草稿了。

他一边看着蒋期的动静,一边弯腰去拿萨厄·杨放下的杯子,刚碰到杯沿,就感觉自己嘴角被不轻不重地抹了一下,触感干燥,带着一点儿微微的粗糙。

楚斯手指一颤,差点儿把那玻璃杯勾到地上。

他转眼一看,就见萨厄·杨单手插着兜,另一只手举着,拇指冲他晃了晃。他歪了歪头,道:"注意力不集中,水都漏出来了。"

楚斯下意识摸了一把嘴角。

"已经被我擦干净了。"萨厄·杨说着,冲楚斯摊开整个手掌,噙着笑用口型道:通信器给我。

楚斯看了他片刻,在听见蒋期脚步的时候,终于还是把通信器摸出来拍进了他的掌心,而后拿起玻璃几上三个用过的杯子,转头就朝厨房走。

"借用一下水池,我把杯子洗了。"楚斯打开水龙头的时候余光瞥到蒋期出了书房,便张口说了一句。

其实旁边的台子上就有自动清洁消毒柜,但是蒋期在这方面有些轻微的洁癖,必须得先手洗两遍餐饮用具,再放进自动清洁消毒柜里。

而且这些东西别人洗过的都不算,他一定要亲自动手。

以往每回出差几天再回家,他都要把保姆洗过的那些碗筷重新再洗一遍。

好在他只这么折腾自己,不强求楚斯也和他一样。

蒋期刚走到客厅就听见这么一句,把手里的黑色文档袋搁在沙发扶手上便直奔厨房,"放着我来。"

"没事,顺手而已。"楚斯答了一句,有意挑了最为敷衍的冲洗方式。

蒋期看了他一眼,失笑道:"你这手法跟我儿子是一条流水线上出来的。"

楚斯也笑了:"是吗?"

蒋期悬着两只手,容忍他糟蹋完三个杯子才接过来二次处理,道:"行了我来吧,去把手擦干净。"

他的口气太过自然,自然得就好像在对自家人说话,听得楚斯脚下一顿,又忍不住看了他一眼。

"怎么?还要观摩学习一下?"蒋期玩笑道。

"嗯。"楚斯抽了一张纸一边擦着手一边道,"小时候懒,洗这些总是怎么敷衍怎么来,现在有机会了顺便学一学。"

"学了派得上用场吗?"蒋期笑了一声,"整天在外面吃,连这一步都省了。"

楚斯站的位置看起来很随意,似乎只是为了看清楚蒋期怎么把杯子洗得更干净。但事实上,他这一站,刚好能挡住蒋期看向客厅的目光。

他在蒋期冲洗完杯子,转身把它们放进自动清洁消毒柜的时候,飞快地朝客厅瞥了一眼,就见萨厄·杨正从那个黑色文档袋旁走开,举着手里的通信器冲他眨了一下右眼。

等楚斯和蒋期一前一后回到客厅的时候,萨厄·杨正单手插着兜,站在双人沙发旁低头敲着通信器。

"嗯?好了?"他抬头看了两人一眼,又顺势敲了两下屏幕,这才把通信器丢进了自己兜里。整套动作自然非常,就好像他刚才一直是这么打发时间的。

蒋期走到衣架前,拎了外套搭在手臂上,又走回双人沙发边,弯腰摸了一把蜷着的孩子的头顶,道:"儿子?"

蜷着的小楚斯一动不动,活像进入了冬眠期。

蒋期失笑:"这小子。"

他站在那里,看了会儿睡得毫无反应的小楚斯,低声道:"儿子,我先走了,很快回来。"

说到最后这句的时候,他已经转了身,目光刚好和楚斯撞上。

不过转瞬,他又已经垂下了目光,伸手拿起了沙发扶手上的文档袋,从开口处随意朝里头扫了两眼,确认自己没拿错,这才朝门边走。

"打扰了,我们先告辞了。"楚斯和萨厄·杨先他一步站在了门外。

楚斯的通信器又振了一下,依然是唐发来的信息——

长官,那些漂浮物绕在你们周围着陆了,我和卡洛斯·布莱克在一架飞行器上,正带着流浪者大军过去,这边有盖伊他们守着,预计5分钟就位。

楚斯正想回复一句,就感觉整栋楼突然抖了一下,非常轻微,如果不是身在高层可能根本感觉不到。

"地震?"蒋期关门的手一顿。

"也许吧,不过震级不大。"楚斯这么回了一句,目光却和萨厄·杨对了一下。

这种抖动不是地震,他曾经在拟环境测试中感受过当中的细微差别,这更像是某种虚拟环境或是某种暂存的环境即将被打破或是崩塌的前兆。

放在眼下,大概是这段强行拉回的时空快要消失了。

这对楚斯来说是好事,如果这段时空消失,那么这里的公寓,正要去开会的蒋期,包括他手里的那份草稿都会从这个星球碎片上消失,在他们本该存在的时空里继续。

楚斯就不用担心外头围着的那些来历不明者会打扰这里了。

而在他拖住蒋期洗杯子的时候,萨厄·杨应该已经利用他通信器里植入的透视扫描功能把文档袋里的东西读取了一份出来。

该拿到的已经到了手,想见的人也终于见到了。

一切圆满又顺利,心情本该是不错的,但是当他们匆匆下了楼,蒋期冲他们摆了摆手,独自顺着一条朝公寓西南门的道路走时,楚斯的心情却落了下来。

很久很久以前,在蒋期过世的前一年,有一回他和楚斯聊天的时候话题拐到了时间上,他当时很认真地对楚斯说过一句话,"如果有那么一天,时间能被操控着自如来回,那也许会是这个世界上最具诱惑力的事。"

他曾经在那样的感叹后告诫楚斯,如果碰到了那样的一天,记住不要去做太多的扭转,因为引起的变化会大到难以预计、难以衡量,毕竟诱惑总是和危险并行的。

那时候楚斯不太理解,因为没有什么事能让他觉得诱惑难挡。

但现在,他突然懂了。

在蒋期已经走出去好一段,眼看着快要出公寓区的门时,楚斯突然冲他的背影开了口,"5667年11月14号。"

蒋期一愣,转头看向他,"什么?"

"67年11月14号那天……别出门行吗?"

第48章

战利品

整个小区突然又抖了一下,像是被一根长杆搅浑的湖水,楼和树荫开始受到影响,晃动的枝桠时不时挡着前面的路。

蒋期就站在那样的树荫里沉默了片刻,静静地看着这边,一时没有开口说话,表情和眼神都模糊在了暗夜里,让人看不明白。

"这话也许非常唐突。"楚斯觉得自己这辈子都没做过这么冲动而不计后果的事情,也许是因为他并没有亲眼看见过难以挽回的蝴蝶效应,"但是——"

"没关系。"蒋期的语气透着年长的温和,"没关系,每个人都会有唐突冲动的时候,没有谁会例外。"

通信器的振动声接连响了好几下,大概是唐那边又有了新的情况。

跨越了数十年的这片公寓区也越来越不稳定,蒋期那边应该是感觉不到这种崩塌般的紊乱,楚斯这边却是根本无暇去管,他只想听听蒋期的回答,想听见蒋期说一句:"好,我记住了。"

然而蒋期再开口时,却依然没有说出楚斯想听的应答。

在越来越剧烈的波动中,楚斯听见蒋期答非所问道:"我好像忘了跟你说,你跟我儿子很像,长相、习惯都很像。"

楚斯站在那里,垂着的手捏成了拳,半晌后"嗯"了一声。

"我曾经跟我儿子开玩笑说他长得太慢了,想把时间拉到几十年后看看他成年的样子。"蒋期的语气里带着一点笑意。

楚斯闭了一下眼,依然只回得出一个字:"嗯。"

"这话听起来也有点儿唐突,但我还是想说……"蒋期顿了一会儿,道:"我很高兴。"

"我也……很高兴。"楚斯说。

"老实说，看不太出来。"蒋期玩笑着说道。整个公寓区看起来几近崩塌，时间所剩无几。他又看了楚斯一会儿，而后冲这边挥了挥手，道："我该走了，也许……"

话还没说完，眼前的景色已经发生了变化，楚斯眼睁睁地看着这片时空像龟裂的土地一样碎成了块，其中一条裂缝就横亘在他面前，蒋期或许就在裂缝后面，或许已经跟着那块时空消失了，楚斯看不见他，也没能听完他最后半句话。

"长官，再在这里发呆，我们就会被分崩的时空五马分尸了。"萨厄·杨的声音响在他耳边，"我倒是不怕这个，你的话……分了可就拼不上了。"

楚斯还没反应过来，就感觉自己被人拽着手腕在公寓区逐渐消散的路上飞奔。

眼看着到这块时空边缘时，边缘区已经出现了清晰的裂痕，他们如果顶着裂痕走出去，到外面大概就只剩头或者只剩腿了，剩下的都掉在另一个时空里。

唯一一片完整的平面还只有半人高，面积还在不断缩小。

"来，抱一下！"萨厄·杨在奔跑中回过头来哂笑一声，拉拽着楚斯的手臂猛地一收。

"跳！"楚斯顺着那股力道，一把勾上他的脖子，两人借着极大的惯性侧身一跃，相贴着穿过那块不断缩小的平面，重重摔在了地上。

他们已经尽可能靠紧以减少碰到边缘裂缝的可能，但落到地上的时候，楚斯肩后还是疼得火烧火燎，大概还是被缩减的边缘剐蹭到了。

这可不是闹着玩的，浓重的血腥气瞬间蔓延开来，将两人胡乱地包裹在其中。

楚斯动了动肩，"啧"了一声，一边忍着肩后的痛感撑坐起来，一边道："这姿势有碍观瞻，赶紧起吧。"

萨厄·杨利落地翻身站了起来，整条手臂血淋淋的，也不知伤得多重。尽管他看起来毫不在意，但楚斯还是注意到他转身的时候动作略有些别扭。

果不其然，他那件黑色的背心肋骨处整儿被剐了一道，布料缺了一大片，露出来的皮肤上糊了一层血肉沫子。

他背手摸了一把后腰上别着的天眼，确认没有受到损坏，又从兜里掏出通信器丢还给楚斯。

"看看吧,振了有一会儿了。"他一边说着,一边把破了的背心脱了下来,精壮的上身彻底裸露出来,在指灯晃动的光线映照下,结实的胸腹肌和殷红的血迹交错相混,野性中裹着一丝狰狞感。

"先上飞行器!"楚斯扫了眼他身上的伤,一边注意着周围的动向,一边接通了通信器。

停在公寓区外面的飞行器瞬间从静默状态脱离,嗡地启动起来。

两人甚至没等舷梯放下,直接翻身跃上高台,从正在打开的舱门游鱼般钻进了驾驶舱里。

"说。"楚斯接通了唐的通信频道,而后径直进了穿过通道进了飞行器后舱,那是飞行器的主体部位,里头有起居室、餐厅、武器设备库等不同的房间,当然还包括医疗设备室。

"我们3分钟前拦截住了那些漂浮物,它们全部都加了伪装层,看不出来历也看不出本貌,但是经验和直觉告诉我应该是战斗型军用飞行器。"唐的语速飞快,而且时不时会在某些字上加重音,听起来像是还在和那些来历不明的飞行器纠缠着,"但是就在半分钟前发生了一点奇怪的事。"

"什么?"楚斯翻了好几处地方,丢开了好几个碍手碍脚的瓶瓶罐罐,终于翻到了一个简易紧急医疗箱,拎着便往驾驶舱走去。

唐:"我之所以觉得对方是战斗型军用飞行器,是因为对方的火力装备和防御级别都比我们这边高出了一大截,我们数量上虽然略有超出,但如果真的正面冲突起来,大概只有被追着打的份,不是我说,这帮流浪者的飞行器实在太老了。"

"胡说!"卡洛斯·布莱克的咒骂清晰地传了过来。

唐道:"好吧,还不乐意承认。总之这场对峙怎么看都应该是对方占据极大优势,我们能做的只是打乱了他们的节奏,拖了一把他们的后腿耗了点时间。但奇怪的是,对方突然停止了收缩态势,像是要打道回府了。"

楚斯蹙了蹙眉:"因为被强行倒回的时空在刚才突然崩塌了,他们去也找不到什么东西。"

"怪不得!"唐恍然大悟地"哦"了一声,"不过他们也撤得太快了,一点都不想跟我们多纠缠的样子,这要换成是我,起码先把这架干完再走。"

"很显然,对方不是你。"楚斯走回到驾驶舱里时,萨厄·杨正用他脱下来的黑色背心擦着身上的血,他擦得极为敷衍,然后便把那沾满血迹的背心团了团,顺手抛进了角落的垃圾处理箱里。

他依然是有椅子不坐,就那么歪歪斜斜地倚坐在驾驶台边,单手敲击着按键,让飞行器先切入了智能驾驶的模式。

楚斯把医疗箱放在驾驶台上的时候,萨厄·杨撩起眼皮看了他一眼,而后伸出食指在一根操纵杆上轻轻一推。

飞行器整个儿震颤了一下,外围发出数十声锵然之音,被他接上中枢系统的天眼叮的一声——

"星际间导向加农粒子炮已就位,全方位强制静默打击管已就位,太空拖行装置已就位,不定向跃迁保护屏已就位,多目标隐形兜罩已就位。"

楚斯:"……"

通信器里,唐的声音戛然而止,静默了约莫3秒之后,颤抖着问道:"长官你这是要干吗?我们打不过的啊!"

楚斯瘫着脸看向萨厄·杨:"你要干什么?"

驾驶台屏幕上,临时锁定的近百个目标同时转为蓝色闪光点。

叮——

"目标已打开跃迁保护罩,预计即将集体跃迁,预估时间,3秒。"

"倒数计时3——"

如果对方真的是战斗型军用飞行器,跃迁装置会比民用的好太多,定位准,速度快,波动小,保护罩金刚不坏。萨厄·杨眯眼看着屏幕,驾驶模式被他一秒切换成手动。

就见他握着操纵杆犹如套圈一般画了个圆,整个飞行器在空中紧急转弯,速度之快,就连楚斯都得抓着驾驶座才能避免一头撞上驾驶台。

"2——"

在高速急转之中,萨厄·杨预估好了角度和时间,啪地拍下了一个启动键。

叮——

"太空拖行索已发射。"

"1——"

倒计时结束的瞬间,就听咣咣咣咣四声振响,屏幕上近百个代表对方的蓝点瞬间跃迁,从这片星域中消失,只剩下两个蓝点还在这里挣扎。

因为它们在3秒之中,被萨厄·杨精准地钩中,硬生生拽出了跃迁门。

叮——

"全方位强制静默打击管已发射。"

萨厄·杨的操作几乎是无缝衔接,对方大概还没来得及从被偷袭拖拽以至于跃迁失败的情况中反应过来,就被静默炮全方位轰炸了一遍,整个机体瞬间停驻运转。

叮——

"图内不定向跃迁开始——倒数计时3——2——1,跃迁完毕,多目标隐形兜罩已开,所有指令执行完毕,共耗时10秒,其反应速度超越92%的高智能系统,夸我一句。"

整个飞行器在萨厄·杨非人的操作中,在天眼的一通瞎叨叨下,于短短10秒内完成了一系列打家劫舍的流氓行径,然后拽着俩倒霉催的胜利品,懒懒地悬浮在了一片新的星域里。

萨厄·杨这才撒开操纵杆,回答了之前的问题:"不干什么,手痒,抓两个过来玩玩。"

楚斯:"……"

第49章
疗伤

这位杨先生是不是真的手痒,他不知道,他只知道被强行静默后飞行物外层会有12小时的静电期,基本上没法靠近,但是这12个小时的静电期过后,他们就能把里头的人挨个儿拎出来清查一遍了。

"长官,你们跃迁去了哪儿?怎么还加隐形罩。"唐的声音断断续续地卡了一会儿,又恢复如常,显然他们那边也已经暂时稳定下来了。

楚斯心说鬼知道跃迁到了哪里, 萨厄·杨这种从来不按照常理出牌的,大概就那么随便一跳吧,逮住哪儿就是哪儿。

他想了想道:"你们暂避一下,做好对方发现丢了人随时回击的准备,另外告诉卡洛斯·布莱克——"

"那个谁,真捉住人了?如果真是白银之城的记得把他们拖回来,我带着弟兄们在这边等着。"卡洛斯·布莱克的声音横插进来,中气十足,"还有!别把我的宝贝飞行器搞坏了!悠着点用!都跟了我小一百年了!"

楚斯:"……"有萨厄·杨在还真不大好说。

于是他干脆地切断了通信。

两秒之后,唐传来一条信息——

浑蛋!

又两秒钟之后,唐传来第二条信息——

长官刚才那条不是我发的!

楚斯回了一句——

知道了。

他回信息,便把通信器和天眼的共感端口对接上了,在蒋期公寓里扫描获取的东西被天眼顺利接受进入分析流程。

叮——

"该文件为S级九重加密状态,破解所需时长为……"

天眼默默算了一会儿,道:"20小时。"

萨厄·杨在核心盘上敲了敲,"速度这么慢,你可以考虑退休进回收站了。"

叮——

天眼:"要不你来算?"

萨厄·杨笑着用拇指摸了摸核心盘的感应区,非常、非常温和。

叮——

天眼:"我错了,刚才那句话请忘掉,我是说,我会尽力争取早点破解的。"

楚斯:"……"这么屌的系统还真是万里挑一。

转眼间,屏幕上的画面便被分割成了两块,大的那块是对周围星域的安全监控,小的那块是一个破解进度条,正在以小王八的速度缓慢地爬着,好半天才能看见一层薄薄的红皮,大概连千分之一都够呛。

楚斯见它进入了破解程序,就没再多看,而是低头打开了医疗箱。

这帮流浪者们的物资储备风格跟星球居民完全不同,陆地居民基本不用担心能源,所以几乎户户自备家用医疗舱,这种医疗舱针对各种5级以下病症伤损,5级以上的才需要去医院。但流浪者飞行器里的医疗舱却是反着来的。

因为常年在太空流窜的缘故,他们的能源储备即便很多,也会尽量省着用。所以医疗舱只用来治疗8级以上的病症伤损,换句话说就是用来紧急救命的,不到快死了都用不上,剩下的全靠医疗箱里各种对盘或不对盘的药。

对流浪者们来说,冲突和纷争是常态,长久的休养和恢复是一种奢侈的行为,一旦有伤病,都是越快恢复越好,所以他们所储备的药基本都是效力格外强的,甚至有些冲。

他们常年用这些药剂,生理上早已习惯了,但对久居陆地的人来说就够呛了。

楚斯手指在里头排找了一番,挑了个促进伤口愈合和皮肉生长的药剂,又从底下的消毒层里翻出电子注射器和压缩除菌沙棉。

"手。"他冲萨厄·杨说了一句,而后比照着药剂说明,在注射器上输入剂量,把端口和药剂瓶对接。

萨厄·杨挑了挑眉:"干什么?还要击个掌吗?"

楚斯抬起眼,面无表情地看他。

萨厄·杨挑着的眉瞬间放下,他朝后面一靠,换了个更为懒散的姿势道:"我不用这些东西。"

说完,他转着脖子活动了一下筋骨,晾着左手臂触目惊心的伤不管,朝楚斯伸出了尚且完好的右手:"看,上回被抓索剖开的伤口连一点儿痕迹也没留下。"

"你还挺得意是不是?"楚斯自己经常棋走险招,但他依然无法理解萨厄·杨这种专挑险招以及没有险还必须自己制造点险的毛病。

"不,不过事实就是我确实用不上。"萨厄说着又转过头来,目光在楚斯的脖颈边扫过。

楚斯收回了目光,低头继续调着注射器。

他当然知道萨厄·杨的体质有点异于常人,事实上不是"有点",而是有很大差异。他曾经亲眼看见过萨厄·杨拖着一身的伤出现,又在几分钟内不知不觉全部愈合了。他只是稍微一个不注意,再看过去,就找不到任何明显的伤口。

那时候曾经有人对此表现过好奇,被萨厄·杨极为不耐烦的眼神给吓回去了,显然他并不太乐意跟人讨论这种问题,所以楚斯也从没多问过。

但是这次……

楚斯把抽好药剂的注射器捏在手里转了两圈,朝萨厄·杨受伤的手臂看过去:"到现在也没愈合上,你确定不用?"

"别盯着了,不用。"萨厄·杨坐直身体,突袭似的从楚斯指尖抽出了注射器。

"你干什么?"楚斯问道。

萨厄·杨看了看剂量,又推出去一些药剂,冲他勾了勾手指,"你不也磨磨蹭蹭的不想给自己用药剂吗？转过去一点，你这蓝衬衫都快染成紫的了。"

"我自己来。"楚斯伸手要去拿注射器，被萨厄·杨让开了。

"别闹了长官，你是长臂猿吗，还能绕到后面来扎针？"萨厄·杨长腿一伸，从驾驶台上下来了。他笑了一声，一把扣住楚斯的手腕，不轻不重地反折到身后，又顺势抵了一下。

楚斯跟跄了一步，胯骨撞到了驾驶台，"萨厄·杨！"

"在呢。"萨厄拖着调子站在他身后晃了晃注射器，说话的气息全都打在了他脖子上，"别动，我抓着你的那条胳膊全是血。"

楚斯僵着脖子，原本想挣脱的动作还真就顿住了。片刻之后，他终于慢慢放松绷着的肩膀，无奈道："问你个问题。"

"嗯？"

"你给人帮忙都用这种干架一样的方式？"楚斯道。

萨厄·杨嗤笑一声，"长官，你好像搞错了一件事。"

说话间，温热的气息又一次打在楚斯的脖颈后面，弄得他肩膀再度绷了起来。

他偏了偏头，蹙着眉问："什么？"

"我一般不给人帮忙。"他没有多余的手，便用牙叼了注射剂的后尾，把楚斯的后肩破开的衬衫扯开一点，又用除菌沙棉把伤口周围的血迹擦干净，蹙着眉尖含含混混地道："我只给某位长官帮过忙，偏偏那位长官还犟着不配合，你说是不是有点蛮不讲理？"

蛮不讲理的楚长官沉默片刻，没想出反驳的话来，只能凉丝丝道："那就劳驾阁下帮忙的动作快一点，没人乐意这么被压着。"

其实萨厄·杨说得没错，他受伤的地方位置有些尴尬，自己动手不论是从肩前绕，还是背手从腰后绕，都没法好好注射。如果在场的是唐、刘、盖伊……甚至任何一个其他人，他都能非常坦然地让他们帮把手，除了萨厄·杨。

他们两人之间的接触常常会莫名变味，你来我往之中总较着一股劲，就像是在干柴纸堆当中点了一捧火，火光煌煌，每抖动一下都堪堪撩过纸柴的边缘，一不小心就能烧起来。

也许是他终于配合了一下，萨厄·杨抓着他腕部的手松了开来，压在了他的后颈上,让他朝旁微微偏开头。

脖颈和肩膀之间绷起了一条筋骨,萨厄·杨在他伤口周围按压了一圈,把针尖送进了他的皮肤里,药剂被推入的时候,那一片皮肤有些微微发凉,而后很快便火燎燎地灼痛起来。

像这种伤口,得用药剂沿着边缘均匀地注射上一圈。

他头一回发现萨厄·杨居然会有"耐心"这种东西,一针针不紧不慢地推着,仔细之中甚至能感觉到一点微微的温和。

不过楚斯没那心情去感受这种难以察觉的温和,因为那药剂的效用实在太冲了,伤口一圈跟着了火一样,发胀发热。

萨厄·杨的动作停了好一会儿,突然道:"长官,你脸红了。"

楚斯简直要气笑了:"……你试试整个后肩被火烧肿了脸会不会红?"

这就好比伤口发炎连带着周围一大片皮肤都会发红甚至发烧一样,纯粹的生理性反应而已,但是落在萨厄·杨的嘴里,怎么听怎么不对味。

血色从后肩的伤口一路蔓延,连带着他的脖颈乃至耳根和脸侧都有些泛红,实在有些毁损气势。

他朝旁边让了两步,从萨厄和驾驶台的夹角中出来,抬手摸了把颈侧,冲天眼丢了句:"切换到悬浮模式,我去睡一会儿。"便转头朝后舱的卧室走。

这种伤口促生的药见效快,但过程并不那么令人愉快,最好是直接睡一会儿,等醒过来,伤口就愈合大半了。

拉开卧室门的时候,他手指顿了一下,还是转头问了萨厄·杨一句:"你真的不用一点药剂?"

"用不上,我洗个澡。"萨厄回了一句,而后优哉游哉地跟进卧室来,在衣柜里翻了条浴巾。

"你敞着这些伤口洗澡?"楚斯蹙着眉问道。

萨厄摆了摆手,"长官这么关心我我很高兴,不过我敢保证,水沾到伤口前,这些皮肉就已经愈合了。"

» 263 «

第50章

打脸

楚斯在原地站了一会儿,听见浴间里响起了窸窸窣窣的衣物摩擦音,片刻之后,哗哗的水声便传了出来。

一切都自然得很,似乎真的没有什么问题。

"你确定不用帮忙?"楚斯问了一句。

大概是因为水声太大有所遮掩,萨厄·杨没太听得清,"你说什么?"

"没什么,你先洗吧。"楚斯略微提高了一点声音,"有什么问题叫我。"

"我能有什么问题。"萨厄·杨似乎是嗤笑了一声。

"行吧。"

楚斯在卧室里头转了一圈,卡洛斯·布莱克的审美令人不敢恭维,也许他根本就没有审美这种东西。

就像他那粗犷的外形一样,这人偏好体积大且轮廓潦草的东西,色彩混乱线条拥挤。

这些也就算了,偏偏还夹杂着一些粉白,粉蓝,粉红的玩意儿,跟卡洛斯·布莱克那样等流浪者之王放在一起,着实有着严重的违和感。

除了闭嘴惊艳,简直不知道该做何感想。

楚斯面无表情地看了眼那张粉色还带着兔子图案的大床,又看了一眼仿佛被坐塌了一般的沙发,在瞎与更瞎之中二选一,还是坐到了扶手沙发里。

老实说,他也不太习惯带着一身的伤痕和斑斑血迹去睡别人的床。

沙发旁边的圆几上倒扣着一个电子相框,边缘有明显的磨痕,看得出来经常被人拿在手里。

楚斯扫了一眼,并没有伸手将它拿起来,就收回了目光。

他对别人的私事向来没有什么探究欲，不过这相框里究竟是什么内容，他也能猜出一二。

毕竟曾经号称流浪者之王的卡洛斯·布莱克太有名了，就连几乎没跟他打过交道的楚斯都知道他有妻有女，一度过着人生圆满的日子，只是没能享受多少年就被白银之城打回为孤家寡人。

那些年卡洛斯·布莱克硬是把自己活成了杀神，带着他那帮同样成为孤家寡人的兄弟们跟白银之城较了几十年的劲，直到近十多年才突然转变，不再硬碰硬了。

可见时间确实是个神奇的东西。

楚斯窝在沙发里，手肘搁在扶手上，松松地支着头。

他在浴间的水声中闭上眼睛，后肩火辣辣的灼烧感使他始终保留有一丝意识，没法真正入睡。

先前在公寓区里发生的一切像是一帧帧动态影像，顺序凌乱地在他脑中闪过，以至于他甚至分不清是自己在有意识地回想，还是浅层的梦境。

突然拉开门出现在眼前的蒋期，黑色封皮的文档袋，还有在奔跑中笑着回头的萨厄·杨……

楚斯支着头的手指一动，重新睁开了眼。

他眯着双眸朝墙上的太空分区计时器看了眼，距离他之前闭上眼睛居然已经过了一个半小时……

一个半小时了，浴室的水声居然还没停？！

楚斯愣了一下，皱着眉叫了一声："萨厄·杨？"

浴间里水声依然没停，但也没有任何回音。

楚斯蹙起眉，起身大步朝那边走去，"萨厄？"

"在呢，怎么了？"低沉沉的声音穿过水声传来，模糊中透着熟悉的懒散。

"……"楚斯步子一刹，停在了门口，"一个半小时了，你究竟是洗澡还是打算把自己给煮成汤？"

"是啊，回头分你一碗怎么样？"萨厄·杨的声音依然懒懒的，似乎不想费力气，但带着一丝笑意。

"你究竟在干什么在里面待这么久？"楚斯重重地敲了两下门。

"干点不太要脸的事,你确定要我开门吗?"萨厄·杨道。

楚斯:"……"

他转身走了两步又突然顿住动作,狐疑道:"你是不是……"

略微沉吟了片刻,楚斯果断走回到浴间门前,"你那些伤愈合了没?"

萨厄·杨漫不经心地拖着调子,"还用问吗,当然好了,说出来你也许不信,伤口已经小得跟蚊子嘴一样了,再过一会——"

他话还没说完,楚斯直接跳过了敲门的步骤,毫不客气地一把推开了门。

砰——

磨砂的玻璃门重重撞在墙上,智能地停驻在那里,没有反弹回来。

浴间里浓重的水汽扑了楚斯一脸,又在转瞬间散开,萨厄·杨的身影便清晰起来——

他正站在镜子前,两手撑着黑色台面,浴巾松松垮垮地围在腰间。

他大概认准了自己找的借口能把楚斯挡在外面,所以没想到门会突然被打开,转脸看向门口时,蹙着的眉头还没松开。

楚斯目光从浴巾上一扫而过,最终停在了腰侧。

一道狰狞的伤口从肋骨处一直延伸向下,和清晰的人鱼线一起没进浴巾里。

"说出来你也许不信,我这辈子头一回见识这么小的蚊子嘴。"楚斯冷冷地嘲讽道。

萨厄·杨:"……"

"手臂。"楚斯硬邦邦地蹦出两个字。

萨厄·杨抬了抬完好的那个。

楚斯看着他没说话,他"啧"了一声,最终还是乖乖转身露出了另一条——

这条伤口更为触目惊心,从肩膀一路直贯手背,如果放在平常人身上,这条手臂大概就废了。

楚斯一言不发地走进去,一巴掌拍关掉淋浴,用来掩饰的水声戛然而止。他冷着脸转头便道:"萨厄·杨,你长脑袋除了显高还有别的用吗?豁着两条这长的伤口在水里蹲了一个半小时,你怎么不干脆种在这里?"

萨厄·杨:"……"

"走得动吗?扛还是拖选一个。"楚斯依然冷着脸。

萨厄·杨极为罕见地吃了瘪，居然没有顶回来，也没有胡开玩笑把这话题拉过去。

他看着楚斯眨了眨眼，又低头看了眼自己身上的伤口，站直身体走出了浴间……

显得非常……听话。

"听话"这种形容词和萨厄·杨放在一起，大概是百年难得一见。

整个卧室陷入了一种非常莫名的氛围里——脚步声，坐进沙发里的布料摩擦声，医疗箱开关的咔嗒声混杂在一起，明明有很多细碎的声音，却让人觉得安静得过分。

因为楚斯一直面无表情，沉默着盯着萨厄·杨坐在沙发上，沉默着把医疗箱扔在手边，沉默着在注射器上调整剂量。

他抽好药剂，一巴掌把萨厄·杨没受伤的手拍开，蹙着眉弯下腰。

萨厄·杨手臂的伤口边缘已经泛了白，肿得很明显。楚斯一手在旁边的皮肤上轻轻按压了两下，调整了一下位置，便要将针送进去。

"长官，你在生气。"萨厄·杨突然开口。

楚斯手里的针尖一顿，撩起眼道："你闭嘴。"说完他便把针扎了进去。

这条手臂的伤太长，他一点点沿着边缘均匀地注射着药剂，脸色很冷，动作却很轻。

萨厄·杨突然笑了一下，没发出声音，但嘴角弯得很明显。

"要不我干脆先沿着你的嘴巴来一圈吧。"楚斯握着注射器凉丝丝地道。

萨厄·杨挑了挑眉："我刚才没说话。"

楚斯："你笑什么？"

"笑也不行？"

楚斯面无表情地看着他。

萨厄·杨用闲着的手摸了摸自己的嘴角："行吧，那不笑了。"

他说话的时候眼睛一直半眯着，似乎是一如既往的懒散，但是隐约透着一丝疲惫和困倦。

楚斯目光落在他眉眼间，又低头把剩下半边伤口处理完。

光是一条手臂就用掉了两管药剂，他又打开了第三管，一边等注射器自动抽取精确剂量,一边抬手碰了碰萨厄·杨的额头。

触手很烫,是在发烧。

"正常反应而已。"萨厄·杨道,他用了药剂的胳膊已经开始发红发烫,垂晾在沙发扶手边,不太方便动。

注射器很快抽好了药剂,楚斯按压的手指移到了萨厄·杨的腰间,顺着肋骨的伤口,一针一针耐心地往下移。

"你能不能别动?"楚斯道。

萨厄·杨垂着眼"噢"了一声,片刻之后,他又突然道:"长官,直接扎针吧,手指就别按了。"

楚斯头也不抬,冷哼了一声:"我不按着,你动一下,针断一根,一圈下来医疗箱里储备的针都不够用,你就这么想变刺猬?"

伤口已经处理了大半,还有一点儿尾巴掩在浴巾下。

"行吧,那你继续,我倒是无所谓。"他说话的声音很沉,带着明显的颗粒感从楚斯耳边滚过。

楚斯碰到浴巾边缘的手指一顿。

伤口旁边的皮肤很烫,尽管知道那是药剂作用的结果,但还是很容易让人联想。

楚斯手指压在萨厄·杨人鱼线侧边,因为肌肉有些紧绷的缘故,触感有些硬。

萨厄·杨单手撑着沙发,浅色的眸子在光下微垂。视线就落在楚斯脸侧或是别的什么地方。

几秒过后,他突然问道:"长官,很多年前被打断的那件事,我能继续吗?"

第51章

滚

越不可控，就越容易引人沉迷，越是危险，就越具有难以抗拒的诱惑力，比如时间，比如人。

而楚斯在同一天里，就将这两种诱惑都领受了一遍。

他突然就能理解当年在疗养院或是在训练营里，为什么会有那么多人明明手抖脚软怕得厉害，却还是前赴后继地想要离萨厄·杨近一点了……因为在刚才那一瞬，他也生出了同样的冲动。

这人如果真想做什么，从来都不会克制又绅士地事先询问。他临到桥头这么问一句，无非是想给楚斯就地画一所牢，因为不论回答是能还是不能，都证明楚斯这么多年来对那个瞬间始终没忘。

他就是故意的。

就像是野兽捕猎时，总会颇有耐心地欣赏猎物是如何一步步被圈进猎捕范围的……

楚斯在萨厄·杨的呼吸中闭了闭眼："萨厄，你还记得疗养院植物园里藏着的第二弹药室吗？"

"嗯。"萨厄·杨应了一声，低得像耳语。

"有一年弹药室里新入了一批军部最新研究出来的降维打击弹，传得神乎其神，偏偏藏着掖着层层把守不让人靠近。那一个月我在那附近碰见过你不下五回，从没见你对什么东西产生过那样的兴趣。"

萨厄·杨低笑一声，似乎也想起了那件事。

"我第六回在那里见到你的时候，你正从弹药室里出来。"楚斯顿了一下，又道："那之后，再没见你对那降维打击弹提起过半分兴致。"

他说着低下头，绷着的手指将浴巾边缘朝下拉了一点，将注射器里剩余的一点药剂，一针一针打完，而后将空掉的注射剂扔进了消毒层里。

合成材料的管体有些硬，落在里头咕噜噜地滚了两圈。

楚斯咔嗒一声合上医疗箱，抬手拍了一下手边玻璃圆几上搁着遥控器，灯光应声而熄，整个卧室倏然一暗。他在黑暗笼罩的那一瞬间偏头过去，又在萨厄·杨反应过来之前让开，站起身来。

"你对那种弹药本身并没有什么好奇，只是因为他们严防死守着不让靠近而已，一旦如了你的愿，你的兴趣自然就没了。"楚斯站在黑暗中，声音听起来异常冷静。他说完便转头走到了卧室门边，拉开门的时候，他又转头冲沙发上的人道，"当年被打断的事情已经继续完了，我建议你最好抓紧时间睡一觉，连眼睛都已经烧得睁不开了居然还有这种精神。"

他说话的语气一如既往，平静之中带着股凉丝丝的味道，好像刚才在黑暗里发生的一切仅仅是为了打发人安分下来，就好像万圣节来了个小崽子敲门要糖，他便摸了一把递出去，不带任何深层的含义。

说完，他便砰的一声背手关上了门。

他在门口站了一会儿，面前短短的廊道没有开灯，只有外面的客厅，乃至更远的驾驶室投射出来的光在地面上切割出明暗不一的几何块。

刚才那些话从头到尾说的是萨厄·杨，说的是兴趣说来就来说走就走的萨厄·杨，几十年来惯来都是如此。但他一句都没有提过他自己。

其实就在今天之前，他都觉得自己跟萨厄·杨之间会永远横着一道墙，因为当年的红枫基地，因为关于蒋期的最后一点希望被萨厄·杨毁得干干净净，所以他和萨厄·杨的关系就止步于此，不会再有什么进展了。

他用这种因果论调自我游说了很多很多年，说得他自己都信了。

然而刚才的一切将这层披裹在外的皮彻底剖开，让他惶然看见了下面掩着的真相——

他和萨厄·杨之间横着的那堵墙和蒋期根本无关。

当初红枫基地被毁，蒋期复活的最后一点希望消失殆尽的时候，他确实对萨厄·杨有过一瞬间的怨恨，那种怨恨其实毫不讲理，他甚至不知道所谓的"复活计划"究竟是什么内容，不知道会用何种方式手段涉及多少其他因素，也不知道最终成功的可能性有多大，只是因为多年来抓着的绳子突然崩断无所适从，所以找了一个承载者胡乱地宣泄情绪而已。

甚至正是因为毁掉红枫基地的人是萨厄·杨，他才会那样不问缘由地把那些情绪扔过去。

其实现在想来，在那之后的10多年里，他的重心从找到蒋期没死的证据转移到了追缉萨厄·杨上，转得太过隐晦还打着幌子，以至于连他自己都没反应过来，某种意义上，萨厄·杨在那段漫长的时光里已经渐渐取代蒋期成了另一根牵扯着他的绳子。

萨厄·杨确实行事嚣张捉摸不定，但是他还不至于疯到毫无缘由地毁掉一个那么重要的基地。

他从不提毁掉红枫基地的理由，即便后来进了太空监狱也一样，他给各种人的答案都是同一个："没什么理由，看着碍眼。"

敷衍至极，但始终撬不出别的不敷衍的理由，以至于最终呈现在收监档案里的就是这么简单的一句瞎话，然后就此尘埃落定，等到楚斯接手执行官位置的时候，早就过了二次询问期了。

他始终没有问过萨厄·杨的理由，好像他真的相信档案里的那句瞎话一样。

但事实上，他早就下意识默认了萨厄·杨毁掉红枫基地是有更深的理由的，甚至默认了那个理由并非不可理喻的，否则他和萨厄·杨之间的关系根本不可能转化成后来那样，也不可能再有并肩的时候。

从他带着萨厄·杨踏入蒋期公寓的那刻起，披了这么多年的一层皮就再也遮掩不下去了——没人能毫无介怀地让自己怨恨的人进自己家门。

他真正介怀的，其实不过是刚才他对萨厄·杨说的那些话而已。

楚斯垂着眼在门外站了几秒，抬手按了按眉心的褶皱，在手掌的阴影遮挡下，有些自嘲地弯了弯嘴角——他头一回发现自己其实浅薄又软弱，刀尖血刃地活了这么多年，皮骨都磨出了厚厚的茧，内里却依然屈于安稳感。

不是五六年，也不是十几年，而是长久的，可以令他完全放松下来不用再撤离的安稳感，这大概是冷漠、阴暗、动荡不息的幼年经历根植在他骨头里的，不可更改也无法扭转的印记……

而只对不可知事物抱有兴趣的萨厄·杨，怎么可能跟"安稳"两个字扯上任何关系?

别开玩笑了。

楚斯放下揉着眉心的手,正打算抬脚去客厅,身后的门突然又被人从里面打开了,一只手扯住了他的手腕,将他翻了个身重重地往侧边一压。

身后是通向医疗室的小门,楚斯就被抵在那扇门上。

萨厄·杨攥着楚斯的手腕,低低笑了一声道:"刚才那可不能叫继续,太敷衍了长官,场景也不对。我没记错的话,你当时就靠在树上……"

楚斯:"那是跑出来的。"

萨厄·杨:"是吗,那你现在可没跑。"

"你……"

已经很久没人能把楚斯弄得这样哑口无言了。他轻蹙着眉心,下颌线绷得很直,在昏暗狭窄的走道中跟萨厄·杨对峙。

气氛一时间变得紧绷而微妙,像包裹在针尖利刃之中,剑拔弩张却又并不不至于危险,因为那一刻,萨厄·杨的神经甚至是怠懒而放松的,他似乎觉得氛围不错,还想再说点什么或是做点什么。

然而刚抬眼就听咔嗒一声,楚斯身后的窄门突然开了。萨厄·杨几乎立刻反应过来,肌肉绷起,手指间加重了力道,但相较于楚斯而言,还是晚了一点。

两人混乱地纠缠着进去,先是压在墙上,接着又抵到了医疗舱,磕磕绊绊。

然后就听"嘀——"的一声,他们抵着的那个医疗舱突然打开了封罩。楚斯抓着萨厄手臂的手指一紧,带着一股巧力一拽又一拧,萨厄·杨整个便被他压进了医疗舱里。

"检测到受伤生物体,生理数值测量开始。"

楚斯一把关上封罩,又拍在了医疗舱的启动开关上,整个人朝后退了一步,两手撑在医疗舱的边缘,喘了一会儿,垂眼敲了敲封罩道:"你身体越来越不对劲了你自己都感觉不到?"

萨厄·杨倒在医疗舱里,结实的胸肌上下起伏,他抬手抹了一把脸,眯着眼冲楚斯道:"长官,你暗算我。"

"两分钟内能晕过去的人没资格说话。"

楚斯用手背抵着额头心说:滚,谁陪你疯!

第52章
医疗舱

都说常年不生病的人,偶尔生一次病总是来势汹汹,战况比其他人都要惨烈。

楚斯自己其实本来该属于这种,但是因为他有跟了一辈子的头痛症,再加上以往每年都得回黑雪松林的别墅休养,所以总给人一种既强势又病痛缠身的感觉。

这一点让他在普通人之中显得并不那么突兀。

萨厄·杨则不同,他的一举一动都和普通世界有些格格不入,明显脱出于正常人,他就属于"常年不生病"的那拨人里最符合标准的一种,楚斯跟他认识这么多年,就见他认真地伤过这么一回,其他都是敷衍似的转瞬就没事。

这一回,萨厄·杨活像是要把以往六十年攒下来的伤病后果一次性补上,很快就在医疗舱里昏睡过去。

他睡过去后,眉心反而皱了起来,这种表情在楚斯脸上常会有,在萨厄·杨这里却并不常见。他平日里更多时候是笑着的,当然他的笑并不跟情绪挂钩,正是因为看不出情绪,有不少人一看到他笑就下意识腿发软。

当初刚认识萨厄·杨的时候,楚斯觉得他是藏得深,后来认识得久了便发现好像并不是那么一回事,比起隐藏得深,萨厄·杨更像是真的没有情绪。

他越是放松,就越是面无表情。

就像是……对这世界上各种情绪的感知都钝化得无限趋近于零一样,所以才那么能找刺激。

不过最近这几天,萨厄·杨似乎又刷新了他这些固有的认知。

居然……渐渐地显出了一点儿人味来。

楚斯在医疗舱旁边站了一会儿,直到旁边的显示仪上一行行刷出了伤势的数据，才动了一下，走到显示仪便抬手翻看了一番。

综合伤病级别：8级。

愈合趋势呈一条缓缓上扬的曲线。

预计耗时：5小时。

"8级？"楚斯微微一愣。

他的目光再度落回到医疗舱里萨厄·杨的手臂和腰上。

那两条伤口依然狰狞得触目惊心，刚才那么混乱的情况下，一边要算计着把萨厄·杨拽进来，一边还得避开这两道伤，着实累人又糟心。但他原本只是情急之下找个方式让萨厄·杨安分下来别再穷折腾，毕竟这样的两条伤口虽然看着吓人，但就常理说并没有到要进这个医疗舱的地步。

但是现在……8级？

这种伤口怎么可能就到8级了？开什么玩笑？

他站在显示仪旁研究了好一会儿，也没研究出判定为8级的理由，这倒霉机器智能程度有限，没到天眼那种要成精的地步，有好几项分析结果显示都是未知，讲不出个所以然来。

楚斯盯着这玩意儿看了几秒，摸出通信器给唐发了条信息——

转告卡洛斯·布莱克，我建议他趁早把医疗室里的破烂卖了算了。

他发完信息便从医疗室里出来了，留了门没关，自己重新回到了刚才的卧室里，在沙发上窝靠下来，没开顶灯，只留了一盏亮度温和舒适的落地灯。

后肩的伤口火烧火燎的感觉已经平和了许多，对于楚斯来说和蚊子挠的区别不大，基本是没什么影响了，但他躺下来的时候，还是注意了姿势。

刚才那么门上靠一下、墙上靠一下、医疗舱上又靠一下都没有压迫到伤口，如果因为睡觉压出问题，那可就傻得没边了。

两秒钟之后，楚斯的通信器振动了一下，一条新的信息发了过来——

你千万别扔啊，那玩意儿可贵了，费了我不少力气才换齐的。

这风格一看就是卡洛斯·布莱克回的。

又片刻之后,楚斯的通信器再度振动了一下——

长官,打个商量,要不您把卡洛斯·布莱克的频道给加进私人权限名单吧。他总抢我的通信器,回的话还看得我心惊肉跳的,不太利于我这种战士的身心发展。

楚斯失笑,回了一句:回头再说吧。

历年训练营里的学员大部分都来自白鹰军事学院,包括他们疗养院里送进去的那几个也都是因为修完了军事学院的课程。

除了训练格外严苛,任务格外惊险,涉及的机密有些多之外,那些学员们的经历总体都还是正常的。

正常人家的孩子,抱有正常的信仰,干着看起来非常神秘实际上依然属于正常范围的事情。

他们跟唐或是勒庞很像,精力旺盛,战斗力强,会想念家人朋友,也会胡开玩笑,背负的东西不少,却依然有活力。

这是训练营学员的普遍形象,而他和萨厄·杨才属于少有的异类。

这么想来,他和萨厄·杨冷冷热热地纠葛这么多年,大约也算是物以类聚,人以群分的结果。

楚斯在这些乱七八糟的念头中又睡了一会儿,这一觉睡得并不踏实,深深浅浅地穿插了许多梦境,场景不同事件也不同,但来来回回依然还是那么些人。

再睁眼的时候,他有些轻微的恍惚,盯着墙壁上的星际分区计时器看了好一会儿才反应过来,他这一觉居然睡了5个多小时。

5个多……小时?

那岂不是已经超过了医疗舱所预计的时间?

楚斯从沙发上翻坐起来,侧耳听了两秒,却没听见任何动静。

他试着动了动肩膀,又伸手按了按靠近伤口的位置,那里已经没有了肿痛的感觉。

"萨厄·杨?"楚斯站起身走进了医疗室,却发现医疗舱的封罩依然严丝合缝,躺在里头的人依然双眸紧闭,眉心微皱,保持着原本的姿势,没有任何动静。

腰上的伤口愈合了一半,手臂上没那么吓人了,但皮肉依然翻着。

"居然还没恢复?"楚斯皱起眉嘀咕了一句。

显示仪的屏幕还亮着光,上面的数据依然静静滚动着。楚斯有些纳闷地过去翻看了一眼,原本的那些数据在刚才的5个小时当中有过3次更新——

第一次,综合伤病级别从8级调整到了5级,预计耗时也减少到了3个小时,看起来应该是在恢复好转的。

但是第二次数据更新时,综合伤病级别跳到了6级,预计耗时变成3个半小时。

第三次则更为离谱,综合伤病级别居然直接定到了9级,预计耗时变成了8个小时。

楚斯:"……"

这倒霉机器究竟能不能用?!

照理说既打了皮肉催生的药剂,又有医疗舱,应该事半功倍才对,怎么还越拖越久了?

如果说之前他还只是跟卡洛斯·布莱克开个玩笑,那么眼下这会儿,他就真的想把这破烂玩意儿给扔掉了。

就在他冷着一张脸,准备打开封罩把萨厄·杨从里头弄出来的时候,这倒霉机器又有动静了。

它仿佛依稀嗅到了眼前这位长官浑身的不爽劲,发出滴的一声轻响后再度刷新的数据——

综合伤病等级:4级。

愈合趋势的那条曲线从缓坡变成了陡坡。

预计耗时:1个小时15分钟。

楚斯勉为其难收住了打算掀掉封罩的手,搁在封罩边缘垂下目光朝里头看去,医疗舱运作的嗡嗡声微变大了一些,透明的封罩上蒙起了一层水汽,随着呼吸和心跳的节奏,忽浓忽淡。

在水汽淡薄的间隙中,萨厄·杨手臂上那条狰狞的长口正在以肉眼可见的速度渐渐愈合。

这才是一个正经的医疗舱该有的效率。

楚斯看了一会儿,松开了眉头,又意味不明的瞥了一眼显示仪。

这玩意儿终于识相了一回，勉强给自己留了一条活路。

一个多小时说长不长说短也不短，况且楚斯自觉也没必要在这一直盯着。

他活动了一下脖颈打算洗个澡，在迈步前他想了想，摸出通信器再度发了一条信息出去，这次连转告都省了，直截了当——

我拿两套干净衣服。

这次信息回得非常迅速，看起来像是唐还没有给卡洛斯·布莱克看，就自己先回了——

长官，你们那边究竟发生了什么？

没什么，在两个时空区来回的时候出了点岔子，衣服全是血没法穿了。

楚斯一贯的说话风格唐是了解的，说起来轻描淡写，实际大概没少受罪。

唐的信息很快又过来了——

我问过他了，他说乐意至极，如

楚斯："……"

乐意至极这种话打死也不可能从卡洛斯·布莱克的嘴里说出来，后面还有个没头没尾的"如"，估计是发了一半就被对方抢走了通信器。

果不其然，片刻之后又一条新的信息传了过来——

拿两套衣服居然还会问我的意见，说吧，有什么企图？我最烦跟你们这种心眼儿多的小白脸打交道了。

楚斯淡定回复——

那总比跟白银之城打交道好不是？没什么企图，只是想留一点儿不太强盗的印象,毕竟还是要有合作的。

这条信息刚回完,医疗舱里突然出现了新的动静。

楚斯下意识一瞥,就见萨厄·杨原本闭着的眸子突然睁了开来,那一瞬间他的眼里毫无情绪,就像是一个突然睁眼的AI,透明的眼珠就像是两片净透的玻璃,泛着无机质的冷光。

也许是因为水汽或者别的什么原因,他似乎没有反应过来自己究竟在哪里,睁眼的瞬间就下意识抬起拳头朝封罩砸了过来。

楚斯愣了一瞬,立刻拍了拍封罩,"醒了?"

水汽又转淡了一些,萨厄·杨眸子一动,看见了站在旁边的楚斯,拳头在距离封罩不足一厘米的地方戛然而止。

他眨了一下眼睛,拳头松开,曲着食指在封罩上刮了一下,像是跟楚斯开了个玩笑般又落回到身侧,重新睡了过去。

楚斯在原地蹙着眉站了好一会儿,不知道为什么,刚才萨厄·杨睁眼的那种模样有些莫名的熟悉,似乎在哪儿见过。可他想了很久也没能想起来究竟是在哪里看见的。

第53章

判断偏差

星际流浪者们大约是因为生活方式与众不同,在长达数十年甚至一辈子的漂泊中,或多或少都养成了一点儿收集癖,一批批前赴后继地活成了人形仓鼠,卡洛斯·布莱克身为曾经的流浪者之王也没能幸免。

他的衣柜采用了隐藏折叠式的设计,乍一看好像只有一面墙,实际别有洞天,层层叠叠拉开后里头装的东西大概能堆满两个房间。

东西多归多却并不凌乱,整整齐齐分成了三个部分,泾渭分明,柜子上方还嵌着名牌。

区域最大的两个部分,分别标着塞布丽娜·布莱克和艾尔莎·布莱克这两个名字,一个里头满是成年女人的衣服,另一个则是属于小女孩的。

用脚趾想也知道这些是卡洛斯布莱克妻子和女儿的衣服。电子衣柜自带除尘和整理的功能,这两个部分里的衣物被打理得一丝不苟整整齐齐,按照年代顺序层层排列下来。

如果传闻没有出错的话,那么这两位早在许多年之前就已经不在了,所以大多数衣物都集中在早先的年代,但在那之后,两边的衣服依然在不断添新,每年都有,有时候有五六件,有时候是一两件,一直持续到现在,一年都没有落下过。

乍一看这衣柜会产生一种错觉,好像这里的女主人和小姑娘还在这里生活着,从未离开。

这大概是那位流浪者之王从未向外流露过的另一面。

不过楚斯只是来借衣服的,并不是来刺探别人内心的。他只是不经意地扫了一眼,便本着非礼勿视的态度将目光转向了嵌着卡洛斯·布莱克名字的那部分。

与另两块相比,这部分还真是……小得可怜,如果不是衣柜自带整理功能,恐怕会比眼下邋遢一百倍。

衬衫……

衬衫……

衬衫……

楚斯嘀咕着随手翻了一圈,发现这人的柜子里居然没有衬衫,一件都没有!

他穿惯了那种一丝不苟型风格的衣服,简而言之,就是常年把自己打扮成了衣冠禽兽斯文败类的模样,一时没了那种衣冠,有些适应不来。

卡洛斯·布莱克的这些衣服对他而言太过不修边幅了,早年还有挑选过的痕迹,大约是因为那时候还有人照料,后来的衣服基本就是一式N份,活像随手捞来的。

他在里头拿了两套不那么浪荡勉强能上身的,便转头进了浴间。

萨厄·杨洗澡时氤氲起来的水汽早就散了,但地上的水渍却还在,还有一点残留的洗发水味道。

这浴间很大,角落里有个洗衣箱,清洗消毒烘干折叠整理,功能一应俱全。萨厄·杨在这里洗澡的时候应该是把自己的衣服扔了进去。

哦,更准确地说,所谓的衣服并不包括上衣。他的上衣早就在时空跨越中变成了破烂,被丢进了垃圾处理箱里,这里只有他的长裤和……内裤,被机器熨烫折叠得平平整整,非常坦然地躺在出口处的平台上。

楚斯扫了一眼,又仿佛被马蜂蜇了眼珠一般收回目光。

反正只要是某位杨先生待过的地方,即便他人不在了,也依然能以各种奇葩和古怪的方式找到存在感。

也算是一种能耐了。

楚斯把手里的干净衣物搁在架子上,抬手解着身上的衬衫纽扣。

他的上衣不比萨厄·杨好到哪里去,后肩整个破了,又沾了太多血,再洗也没什么用。他把衬衫丢进了角落的垃圾处理箱,又把还能穿的裤子丢进了洗衣机里。

热水兜头而下的时候,骨头里难以言说的各种酸软感渐渐泛了出来。这段时间他们所经历的事情几乎就没个消停,长时间的神经紧绷和大量的冲突对抗给身体着实加载了不少负荷。

热水确实能让人的心情放松不少，楚斯忙里偷闲地多赖了一会儿，直到浑身筋骨都被蒸得有点儿酥了，这才关了水走出来。

他胡乱擦掉了身上的水，套上了干净的长裤，然后突然想起什么般，低头看了一眼腰间。他手指在熟悉的地方按了一圈，就听咔嗒一声，那一片皮肤便开了一道口，露出了里头倒计时的屏幕。

上一次看的时候，倒计时还有120多天，这段时间里他们没少在不同的时空区乱窜，倒计时可能会受一点影响，变得快一些或者慢一些。他以前在拟态环境中碰见过几回这种影响，就经验来说影响并不会很大，顶多不过是几天的误差。

他正想看看现在的倒计时还剩多少天，门外头突然有了些别的动静，紧接着浴间的门轻响一声，被人从外头打了开来。

萨厄·杨一手撑着门框，懒懒地倚站在门口，脸上还带着一丝惺忪睡意。

楚斯手指一拨，腰间的那块皮肤就已经合上了，为了掩饰关合的声音，他讶然道："醒了？我洗了一个多小时？"

"如果你指的是医疗舱预估出来的愈合时间……"萨厄·杨撇了撇嘴，"那么我想我应该是提前出来了。"

他说着，目光从楚斯手指掩着的腰间扫过，"你摸着自己的腰干什么？我是不是打断了某些比较私人的事？"

楚斯面无表情，劈手就将毛巾扔过去，抓起一件干净的黑色紧身背心套在了身上，"我没你那闲工夫。"

萨厄·杨抬手接住了毛巾，挑了挑眉道："事实是我所有的闲工夫都被长官你算计进了医疗舱。"

楚斯朝他的手臂和腰间瞥了一眼，发现那些伤口已经彻底没了踪迹，看起来就像是从没出现过一样。他又伸手摸了一把自己的后肩，伤口也愈合齐整了，结的痂在刚才洗澡的时候脱落干净。不过摸起来依然能感觉到那块皮肤有些不同。

弄了半天，他反倒成了恢复得慢的那个。

楚斯没好气地在心里嗤了一声，伸手指了指洗衣箱平台上搁着的衣物，"既然好了就劳驾你把衣服穿上，别裹条浴巾到处乱晃，好歹是别人的飞行器，能不能稍微要点脸？"

他说着抓起架子上的另一件黑色背心拍在了萨厄·杨胸前，又一把揪过他手里的毛巾，一边擦着头发一边走了出去。

萨厄·杨在后面漫不经心地"嗯"了一声，要笑不笑的。

倒进医疗舱之前发生的事情，就这么轻描淡写地被揭了过去，似乎不会有再被提起的迹象。

一切就好像在印证楚斯之前所说的——萨厄·杨对各种事物的好奇和兴致总是来得快去得也快，一旦过了那个时间点或是满足了某个想法，他就会有些兴味阑珊了。

对此，楚斯谈不上高兴或是不高兴，反正都是预料之中的。

转了一个圈，一切又回到了原点，某些兴致上头的举动并不代表什么过分深刻的意思，两人之间的相处似乎也和之前没有任何区别。

萨厄·杨很快换好了衣服出来，他脸上的气色并不是很好，嘴唇还有些苍白，但是眼珠一如既往又透又亮，显得心情似乎不错。

楚斯正坐在客厅的单人沙发里，一手擦着头发，一手在通信器上回着信息。

萨厄·杨在他沙发背后站着看了两眼，伸手撩了两把他被毛巾擦得有些乱的头发丝。

楚斯感觉到头顶触感怪怪的，转过头来盯着手欠的某人，表情古怪地看了好一会儿，抬手随意朝走廊那边一指，道："医疗室里屯了不少药，治什么的都有，你去看看，吃点吧。"

以他对萨厄·杨的了解，这人从来都是一张嘴气死人，很少会闲得上手。他怀疑在这位杨先生看来，整个世界就是个傻瓜集中营，没几个有资格让他上手撩闲的。

况且以前萨厄·杨在他面前撩闲，就算动手也不是这么个动法，他的动作总是饱含各种压迫性和侵略性，下意识地把自己放置上风位。

这种"撩两把头发玩"的事，实在不像是他能干出来的。

被楚斯损了一句，萨厄·杨却只是懒懒地往沙发背上一趴，又撩了一把楚斯的头发，懒洋洋地拖着调子道："不想吃。"

楚斯："……你真是萨厄·杨？"

萨厄·杨把手里撩着的头发丝吹开，哼笑一声，站直了身体，"不然你还想换成谁？长官，我有点饿，你会做饭吗？"

"不会。"楚斯斩钉截铁地道。

这话说得就相当瞎了,他自己生活这么多年,不会做饭早过不下去了。

萨厄·杨也不反驳,就那么盯着他的后脑勺,盯了大约有5分钟的样子,楚斯自己的胃先抗议了。

"长官。"萨厄·杨道。

楚斯依然窝坐在沙发里装死。

萨厄·杨:"别装了,你肚子已经在叫了,我都听见了,非常非常清晰。"

这混账玩意儿还特地强调了两个"非常",真是个不会说话的东西。

楚斯忍了一会儿,没忍住,面无表情地从沙发里站起身,把手里的毛巾团了团直接丢到了他脸上,抬脚穿过客厅就朝厨房走。

他下手很重,翻冰箱拆食材包装都弄得乒乓响,非常明确地宣告着不甘不愿的态度。

萨厄·杨倚在冰箱门边,弯着眼道,"我要一份——"

"闭嘴。"楚斯没好气地打断道,"谁给你的脸点菜?做什么是什么,不吃饿着。"

油在锅里热着,先行的调料煎出了香气,鳕鱼肉放进去的时候发出滋滋的响声,一下子就有了点儿的烟火气,恍然给人一种生活安稳的错觉。

萨厄·杨在旁边颇有兴味地看了一会儿,又叫了一声,"长官。"

"干什么?想吃东西就别在这里竖得跟棺材盖一样,挡光。"楚斯嘴上驱赶了一句,头都没抬。

"没什么,只是觉得你之前的判断有些偏差。"萨厄·杨道。

"什么判断?"楚斯随口问了一句,把其中一块煎好的鳕鱼肉盛出来。

"你说我兴致总是散得很快,老实说,我很赞同。但是很奇怪,我现在又突然不那么确定了。"

楚斯抬眼看向他,没吭声,不知是在等候下文还是不知该怎么回应,又或者只是单纯地愣了一下。

就这么一会儿的工夫,另一块鳕鱼就煎糊了。

萨厄·杨忽然抬起手,拇指将要触碰到楚斯时,搁在一边的通信器振动起来。

第54章
好消息

这次发来的不是信息,而是直接的全息视频通话。

"讲。"楚斯伸手在通信器上扣了一下,便转头继续跟煎糊了的鳕鱼较劲。唐和盖伊他们的影像跳脱而出,浮现在了通信器上方。

"长官我们,呃——"唐刚说了几个字便打了个秃噜,一脸呆滞地看着屏幕,顶了满脑袋的问号。

楚斯见那鳕鱼已经挽救不回来了,毫不客气地把那个盘子塞进萨厄·杨手里,"你干的好事,糊的归你。"语气非常坦然,末了还摆了摆手,理所当然地驱赶人出厨房。

这位楚长官有个毛病,不太乐意表现出来的东西,转头就能当作没发生一样,如果刚好有人递个台阶架在脚下那就更好了,他能瞬间恢复如常,轻描淡写地把话题揭过去,再把人打发走,就好像小时候明明头疼得要命,却用"犯困"两个字把蒋期打发掉,再自己窝回房间里默默咬牙一样。

萨厄·杨对他的反应并不意外,对于自己会拿到糊的那份鱼也不意外,只挑着眉撇了撇嘴,然后端着盘子转头出了厨房。走到门口的时候,他想想又回头说了一句:"长官,刚才那个加上这个,都只是开胃前菜吧?"

"……"楚斯擦了擦手走过去抬脚一勾,厨房门应声而关,把萨厄·杨拍在了外头。

他转回身来朝通信器上扫了一眼,才发现屏幕上唐和盖伊那两张呆滞的脸,没好气道:"你们接通频道就是为了来我面前卖蠢发呆的吗?觉得自己格外好看还是怎么?"

唐"噢——"了一声,大概自己都不知道自己在噢什么,他傻不愣登问了一句:"长官,你们在干吗?"

楚斯想想又从冰箱里头拿了些别的东西出来,顺口答道:"没什么,刚好饿了,顺点卡洛斯·布莱克的储备粮。"

"噢噢噢。"唐连声应着。

"怎么?"楚斯瞥了他一眼。

"没什么没什么。"唐连连摇手,挠了挠头道:"就是吧,突然觉得那位杨先生跟我们以前想象的不太一样,好像也没那么难搞。"

楚斯意味不明地道,"你上哪得来的这种结论?"

"他居然站在厨房里,还会端盘子吃肉,那是肉吧?我看见了。"唐道。

楚斯用一种欣赏智障的眼神看着他:"你可真有意思,他端盘子不吃肉难不成吃枪子吗?"

一石二鸟地嘲讽完,他一边在食材里头挑挑拣拣,一边又咕哝了一句:"海货还挺多。"

唐和盖伊咕咚一声咽了咽口水。

"馋什么,卡洛斯·布莱克就在你面前,还有那么多飞行器,直接跟他们谈,强盗相别太明显就行。"楚斯道。

跟流浪者谈了多少回就被骂了多少回的唐叹了口气:"那帮流浪者脾气比较臭,一不小心谈崩了怎么办?"

"那就先把他们礼貌性铐上,冷静冷静再谈,谈到不崩为止。"楚斯道。

唐和盖伊面色复杂:"……"每天总有那么几分钟觉得自己活得不太正义。

"说正事。"楚斯提醒他们。

唐和盖伊这才一拍脑门道:"哦对对对!差点儿忘了这茬,长官!有个好消息!"

说实在的,自打从冷冻胶囊里爬出来,楚斯就没听见过什么好消息,冷不丁这么来一下,他还颇不习惯,"这情况还能有好消息?说说看。"

唐嘿嘿一笑,"如果不是好消息,我们也不敢打这么半天的岔,早被人轰到老家了。我们刚才探到了一个加密讯号,属于咱们星球内沟通讯号,带有探寻搜索和召集的性质!"

楚斯手上动作一顿,转头看向全息视频,"探查搜寻?"

如果单单是内部沟通讯号，那倒没什么稀奇，整个天鹰γ星上的人和机构平时所发的讯号都默认属于这种，这也是为了避免星球上的各种信息举动被他星星球同步接收过去。星际间沟通往来有另外的讯号，平常使用需要切换一下模式，一般这种沟通都在安全大厦第1办公室的监控范围内。

当然，除了这两种比较光明的模式之外，还有一些衍生出来为了避开监控的灰色模式——比如萨厄·杨每回找楚斯所用的就属于这种。

在现今这种情况下，单纯平民的私人间沟通不会去搞个加密，如果是像萨厄·杨这种类型的人又根本不会用那么光明的讯号模式，一般都另辟蹊径，最重要的是……一般民众不会这样大面积广撒网式的发探寻和召集讯号。

光明、加密、探寻和召集……

这几种关键特性叠加在一起，只能让人想到一种可能——对方是带有公职性质的存在。

光明是因为带着公务性，加密是为了不过早地被他星星球势力确定位置，探寻是针对散落的星球碎片和普通民众，召集则是针对其他具有公职性质的人。

"总领政府、军部或是安全大厦。"楚斯道，"讯号来自这三者之一。"

唐打了个响指："没错！这是组织终于找来了啊，我们不用继续这么单枪匹马地干了！"他有些亢奋，还有些松了口气的样子。

楚斯煎着的一排虾正滋滋散发着鲜香气，薄薄一层透明的壳子正一点点转红，他转回头垂眼看着虾似乎也放松了一些，"能大面积发探寻讯号，说明已经形成了一定规模并且有上层指挥者组织把控，不是小猫两三只的公职人员，也不是一盘散沙。发召集讯号则说明还有一部分流落在外，有规模但不完整。"

唐和盖伊之前只顾着高兴，没多细想，这会儿听了又道："那长官，咱们是不是可以准备发射回应讯号了？毕竟咱们是利用巴尼堡的便利搜探到的，实际上他们离正常的可探测星区还有一点距离，不过离长官您给我发的定位倒是很近。"

楚斯："哦？离我现在的位置很近？过会儿把星图同步过来。"

唐道："好的没问题。"

楚斯想了想，"至于回应讯号再等等，先别发。既然离我这边近，我先看看情况。"

之前簇围在星球碎片周围的那些不明身份的军用飞行器也许还没有彻底走

远,对方的目标如果也是蒋期的那份研究草稿,那么显然他们的目的还没达成。目的没达成会轻易放弃?

楚斯一直不信他们真的离开了,也许正蛰伏在哪里想办法重新回溯时空呢。

所以他觉得过早地发回应讯号并不是个好主意。

如果来的是军部那倒好办,几十个军用飞行器对于军部来说应该是小意思,但如果来的是总领政府或者安全大厦,火力无法确定的情况下……那些军用飞行器再来点儿援兵,就有点麻烦了。

别还没被组织救援,先害组织折在路上,那罪过就有些大了。

"你们试试看能不能估量出来的究竟是哪一方,规模大概多大。"楚斯沉吟了片刻,冲唐和盖伊交代着。

唐和盖伊点头表示明白。

"对了,避难所的那些人怎么样了?"楚斯问道。

"勒庞小姐在那边干得如鱼得水,小半天的工夫,俨然要发展成他们的直系领袖了。"唐撇了撇嘴道,"她那暴脾气,您知道的,把那些人唬得一愣一愣的,让干什么就干什么,不捣乱不逆反不瞎提意见。我1个小时前轰着飞行器过去看了眼,受伤的几个都进了避难所的医疗舱,剩下的人把那边简单熟悉了一番收拾收拾安顿下来了,正休息呢,好不容易有了靠谱的落脚地,睡得昏天黑地的。勒庞和刘打算在整个翡翠港绕一圈,看看还有没有其他醒过来的,一起搜罗过去。"

"我没记错的话,翡翠港大概有十万个应急线路通知点,看看先把那些通知点连通的能源供上,把各个线路标示出来,再利用巴尼堡搜一下全城通信,往他们通信器上定时发送通知,让醒了的往避难所来。"楚斯交代着。

"好。"唐和盖伊应道。

楚斯问:"把星图先发过来,我看看离我多远。还有什么事吗?"

唐的手伸向屏幕,显然是打算关掉通信了,结果盖伊补了一句,"还有一件事。"

"说。"

盖伊咳了一声,"我们这里角度看不太清,不过长官您锅里的东西好像已经糊了。"

楚斯:"……"

两分钟后，餐桌上，萨厄·杨眯着眼看着桌上糊了的鳕鱼和糊了的煎虾，手指在桌子边沿轻轻敲击着，从小指到食指弹琴似的敲了三个来回，而后拖着调子道："长官，你每天三顿都是这么给自己下毒的吗？"

找不到理由解释的楚长官破罐子破摔，非常光棍地道："对，保持抗毒性，怕死别吃。"

萨厄·杨撇了撇嘴，欣赏了好一会儿，终于还是伸了手。

他动作依然慢条斯理的，但不知道为什么，愣是透出了一点儿不甘不愿却又憋不住想试试的意思来。就像是一头大型的猫科猛兽，一把爪子把食盆掀翻了，半天之后又拉着脸扒拉两下似的。

这样面对面平和地同桌进餐，对他们两人来说罕见得屈指可数，再加上厨房里闹的那一出和糊了的两份食物，莫名沾了点儿居家气氛。

非常奇怪，也非常奇妙。

楚斯突然开口道："刚才唐收到了一个消息。"

这大概是他头一回这样主动跟萨厄·杨分享信息，不知道是受这种罕见的餐桌氛围影响，还是因为萨厄·杨的表情和动作有点好笑。

对面的人显然也是一愣，而后抬眼笑了一声，透明的眸子里带了点儿懒散的兴味，"什么消息？说来听听。"

楚斯道："好消息，政府找来了。"

萨厄·杨："……"

楚斯："……"

两个人默然对视两秒，楚斯心说：哦，忘了。杨先生被追缉过整整17年，又刚越了狱，见到政府大约无话可讲，兴致上来了没准儿还能附送一排黑洞洞的炮管。

真是个绝顶的好消息。

"他们到哪了？"萨厄·杨提着眉梢，不凉不热地问了一句。

话音刚落，唐的同步星图投过来了，楚斯点开全息屏幕一看，干笑一声："好了，已经脸对脸了。"

第55章

同伙

这里的脸对脸半点儿没有夸张,纯字面意思。就是指代表对方的闪光小圆点,在星图上已经要跟代表楚斯他们这个飞行器的小圆点亲上了。

楚斯想了想,道:"别忘了,飞行器还开着多目标隐形兜罩,你自己抛出去的,脸对脸对方也看不见。"

说完,他又琢磨了一下,发现自己这句话立场不太对,下意识就把自己和姓杨的蚂蚱先生捆一根绳上了,还站到组织对立面去了。不过转而他又想着,左右是在一架飞行器上的,就算裤腰带上没拴绳,也差不多了。

萨厄·凶巴巴的蚂蚱·杨还没开口,一声熟悉的电子提示音响了起来。

叮——

"温馨提示,隐形兜罩效果已经驱散啦!"

楚斯一时间没反应过来,"哦"了一声,蹙眉道:"天眼?你驾驶室离那么远还能听见我们在说什么?"

叮——

天眼:"温馨提示二,这架飞行器的收放音装置遍布每一个角落,每一个,所以任何动静我都能听得清清楚楚,清清楚楚。"

想到之前都干了些什么勾当的楚长官:"……"

这智障系统自打鬼鬼祟祟偷摸升级之后,就再也没结巴过,偏偏在这种时候又犯病了,只不过换了一种结巴方式——哪壶不开提哪壶,专挑某些词重点重复。

着实是个欠收拾的棒槌。

又一秒之后,萨厄·杨语气温和地道:"把你说的第一句再重复一遍,你说把什么效果驱散了?"

叮——

天眼:"隐形兜罩效果。"

这棒槌回答完之后,大概是被萨厄·杨的语气吓到了,又犹犹豫豫地补了一句:"嗯——也可以再重新罩上。"

主要是一般人根本想不到居然有"智能"系统能漂着漂着突然把自己的掩护给撤了,所以楚斯到现在才反应过来它究竟做了什么。他用一种无法理解傻瓜逻辑的语气幽幽问道:"你驱散隐形兜罩干什么?"

叮——

天眼:"作为太空监狱最忠诚的智能系统,作为一个为安全大厦、总领政府以及军部竭诚服务150余年的电子公职人员,探寻到政府的信号,我就自动缴械撤除一切障碍毫无抵抗地接纳对方了。"

这智障居然还狡辩得头头是道。

楚斯想了想,冲萨厄·杨道:"要不还是把这废物东西炸了吧。"

天眼又啜泣了一声,装可怜倒是一把好手。

不过要说是错,它其实也并没有做错什么,身为太空监狱的智能系统,对于这些政府组织表现出100%的坦诚才是符合原本设定的。即便天眼已经偷偷摸摸升了级,活像是成了精,也不能让它为了随机应变,就从根本上否定自己。

多目标隐形兜罩撤了,对方又已经和他们脸对脸了,此时不论是就地跃迁还是加速甩脱都不合适。

不过还有一条路——

毕竟这其实是卡洛斯·布莱克的飞行器,作为一个中立的流浪者首领,在星际之间碰到了他星政府组织,打声招呼试探一下就走也不会显得很奇怪。

"天眼,你除了收回武器撤下隐形罩,还做什么了?给予回应了?"楚斯抱着最后一点想法问道。

叮——

天眼:"对呀!"

好了,这倒霉玩意儿基本可以炸了。

天眼一旦给予回应,对方十有八九能认出来这是太空监狱的智能系统,这时候再想装作一个路人一样探一眼就走,根本不可能。

果不其然，这边楚斯刚被天眼气笑了，那边的信号接通请求就发了过来。

叮——

天眼这棒槌终于后知后觉地意识到了自己似乎干了点错事，语气变得有些厌："对方请求接通面对面通信，等待指令。"

"你都自己做主做完了，还有脸等待指令？"楚斯冷笑一声，把自己面前那几盘没糊的食物往萨厄·杨面前一推。

萨厄·杨此时的脸色其实并不难看，相反，还带了点说不上来什么味道的笑。

但眼下这种情况下的笑显然是不太善良的，意味着他又蠢蠢欲动不大安分了。

有那么一瞬间，楚斯有点儿头疼。他没想过还会有这么一天，他夹在政府组织和自己监管下的太空监狱囚犯之间，居然没有二话不说把囚犯捆起来扔到政府面前，反而还下意识不想让囚犯暴露身份。

叮——

天眼又提醒了一句："请指令。"

"等着！"楚斯说着，转头大步流星进了卡洛斯·布莱克的医疗室，如果没记错的话，他之前在柜子里看见了一次性皮肤塑造剂。

感谢这帮流浪者们的仓鼠病，不管用得上的还是用不上的都爱往仓库里屯。

这种一次性皮肤塑造剂对于常年开着飞行器到处跑，恨不得跟飞行器长在一起的流浪者们来说其实作用不大，因为它针对的是野外极端环境下的单兵。

在没有医疗舱也没有足量药剂，且时间紧迫的情况下，将这种一次性皮肤塑造剂喷在伤口处，能短暂地封住伤口，塑造出仿真皮肤。

一次持续时间最长能有一天一夜，过了有效期，那些带药性的仿真皮肤会被真正的皮肤所吸收，伤口会重新显露出来。

楚斯一边摇着皮肤塑造剂的瓶子，一边大步进了卡洛斯·布莱克的卧室，在里面随便摘了件黑色外套下来。临走前看见抽屉上还搁着几副不知道谁用的眼镜，他步子一顿，捞了一副在手里，转身回了客厅。

他把黑色外套丢在萨厄·杨怀里，又用力摇了摇手里的瓶子，站在萨厄面前居高临下道："抬头。"

"什么东西?"萨厄·杨瞥了眼瓶子,"塑造剂?"

"对,现在没到你为非作歹的时候,麻烦你先安分两天,等摸清了情况再给我找事。"楚斯说着,手指抬了一下萨厄·杨的下巴,"闭眼。"

萨厄·杨挑了挑眉:"安分?也不是不行,总得有点儿彩头。"

叮——

天眼:"对方二次请求接通通信,再有一次就是警告了啊啊啊啊啊!"

"闭嘴!"楚斯道。

天眼:"……"

楚斯一巴掌盖在萨厄·杨的眼睛上,强行让他闭了眼,一边用塑造剂喷在他的额头、鼻翼、脸颊和腮帮上,一边道:"抬头,行,没问题。"

他手上速度很快,显然对这东西并不陌生,三两下就把额头和腮帮部分塑好了。

萨厄·杨被他按着眼睛倒也不急,懒散地倚在椅背上,任由他折腾,嘴上却没歇:"长官,恕我直言,你的信用值在我这里基本为零,这种一听就是敷衍的话我——"

他话还没说完,楚斯已经干脆地挪了手掌,又捂住了他的嘴,身体力行地表达了"你能不能闭嘴"的意思,另一只手又片刻未歇地塑着他鼻翼和脸颊部分的仿真皮肤。

被捂了嘴的萨厄·杨依然固执地说完了后半句:"——不太相信。"

他的声音有些瓮瓮的,听起来莫名有点儿好笑,但是开合的嘴唇又擦着手掌心,让楚斯的表情僵在了将笑未笑之间,扭曲得有点儿郁卒。

楚斯绷着脸,把萨厄·杨腮帮和脸颊之间的过渡弄到最自然的状态,又警告性地盯了他一眼便撒开了捂着他的手。

看见楚斯又拿起了眼镜,萨厄·杨蹙了蹙眉:"为什么要戴这种东西?"

"你的眼睛颜色太特别了。"楚斯抬手便要把眼镜架上他的鼻梁。

却被萨厄·杨按住了:"你想太多了长官,浅灰色的眼睛并不少见,况且,隔着镜片就不是浅灰色了?"

其实根本原因是萨厄·杨的气场太重了,他想借着眼镜压一压,但是他敢发誓,这种理由说出来,这混账东西指不定能再嚣张几分。

叮——

天眼快要尖叫了："第三次请求接通了，还附加了警告啊啊啊啊啊，求你们快给我指令我接通别折腾眼镜了好吗——"

"接！"楚斯没好气地把眼镜往萨厄·杨手里一塞，抬脚就朝驾驶室走，没走两步，又转身冲萨厄·杨指了指，示意他赶紧穿上外套，"把你那黑金臂环遮上！"

叮——

天眼屁滚尿流地接通了对方的通信。

楚斯抬脚迈进驾驶室的瞬间，身后萨厄·杨已经跟了过来，在两人贴近的瞬间，一个金属质地的东西突然架在了楚斯鼻梁上。

萨厄·杨噙着笑举起自己的手："抓在手里太累赘，借长官你的鼻梁用一用，而且……眼镜这种东西，你比我适合多了。"说完，他抬手在楚斯身后拍了一下，示意他别愣着快进去。

楚斯："……"你反了天了是不是？

他蹙着眉尖正想开口，驾驶室的大屏幕已经自动跳出了对方的影像，这边的应该也同步传过去了。

楚斯转头就换上了一副平静的表情，打算和对方从容地打个招呼，结果对方诧异的声音先传了过来，"长官？！"

屏幕里的人有着熟悉的面孔，不是别人，正是楚斯的下属，第5办公室的副执行官之一，负责宣传的齐尔德·冯。

"冯？怎么是你？"楚斯也有些微微的讶异。

老实说，尽管这位宣传官员平日里没少给他找麻烦，帮他稳稳拉住了太空监狱各种囚犯的仇恨，还间接促成了萨厄·杨闯进他办公室频道的事，但在这种时候碰见，楚斯心里还是有些欣慰的。

至少算是自己人。

"说来话长，总之现在特殊情况特殊组织，军部、总领政府和安全大厦职能融合了，我算是……算是暂替您的位置，因为您不在这边。不过现在既然找到长官您了，我也能稍微松一口气移交权限了！"齐尔德·冯激动得圆脸盘子都有些发红，不过转而他又愣了一下，"但是长官，你怎么会在这个飞行器上？这不是流浪者的飞行器吗?"

"哦,我抢的。"楚斯坦然道。

齐尔德·冯:"……"

深知自家长官什么德行的宣传官员静默两秒,突然找到了新话题:"您身边这位是?"

"帮我一起抢飞行器的同伴。"楚斯道。

齐尔德·冯:"……"得,同伙。

又静默两秒后,齐尔德·冯身边有人说了几句话,他听完连应两声,冲楚斯道:"那长官,别漂着了,准备接驳,先登舰再说。另外你这飞行器后面拖着的一个军用飞行器是……看着有点儿眼熟啊。"

第56章
黑天鹅

切断面对面通信之后,楚斯让天眼暂停了对蒋期那份研究草稿的加密破解,进度条停留在36%的位置上。清除掉飞行器上残留的一点痕迹后,他把天眼核心盘照常丢给了萨厄·杨。

萨厄·杨接在手里却并没有像往常那样,随意扣在腰后。他捏着核心盘在指间上下晃了晃,撩起眼皮看了楚斯一眼。

"看我干什么?"楚斯已经收拾好走到了舱门前,正准备下舷梯,被他看得愣了一下。

"没什么。"萨厄·杨眯着眼,舌尖顶了顶腮帮,把天眼核心盘收好,懒懒地跟了过来。

两人一前一后下了舷梯,登上了和他们接驳的太空舰。

这艘太空舰名叫白狼舰,和总领政府的白虎以及军部的白鹰同属一宗。

白狼归安全大厦所有,平日里正常停歇在安全大厦地底,舰上一共载有八十万单人战时飞行器,以及二十万多人救援医用飞行器。这些飞行器具备天鹰星球最先进的压缩技术,仓储状态下体积压缩到极致,所占空间非常有限,一个球场大的仓库就能将它们全部装下。

所以除此以外,太空舰内还分布有各个不同的职能区域——包括安全部队和警卫驻扎的营区,功能齐备完善的生活区,以及办公区。办公区的构造活像把安全大厦整栋楼放倒,平移进了地下,是个活脱脱的翻版。

当初整艘白狼舰建造完毕的时候,楚斯就看过内部的构造。那时这些太空舰有待突破的就是瞬时启航技术,只是没想到技术还没达到那个地步的时候,星球就出了事,撤离时间太短,这些太空舰也没能及时派上用场。

不过现在用上也不算太晚。

齐尔德·冯亲自来入口处接人,他身后跟着五位安全大厦的官员,以及一列警卫。

那五位官员楚斯都能叫得出名字来,其中有两个是1号办公室的副执行官,一个是楚斯自己的直系警卫长,一个是安全部队分遣队长,还有一个是其他办公室的普通执行员。

从站位上来看,齐尔德·冯显然是眼下权位最高的。

但这其实有点奇怪,毕竟他身为一个负责宣传的副执行官,依照原本职位来看,其实不如那两位1号办公室的副执行官权位高,论火力调遣又不如安全部队分遣队长,更何况他的年纪比楚斯和萨厄·杨加起来还要大一截,本就处于快要退任的边缘,居然在现在这种情况下翻身成了其他人的头儿,不知道算不算是过了一把夕阳红的瘾。

楚斯和萨厄·杨站在登舰口,齐尔德·冯这老头半点官架子都没有,顶着一张笑出褶子的脸直搓手,"长官!"

"长官,您安然无恙真是太好了!"警卫长罗杰跟着道。

"我就知道你睡不了那么久。"安全部队分遣队长笑眯眯地说。

眼下这群人里,要说平日跟楚斯工作往来最多最熟的,肯定是冯老头和警卫队长罗杰,但私交最好的则是这位安全部队分遣队长了,他叫邵珩,跟楚斯认识的时间比楚斯在安全大厦待的时间更长一点,这主要归因于邵珩他爸。

他爸是白鹰军事医院最著名智能机械治疗专家,名叫邵敦,给楚斯修复半边身体的就是他。

邵珩说完,才想起来这好歹是个对公的环境,于是又冲楚斯虚空抵了抵拳,道:"长官。"

其他三位官员也冲楚斯打了招呼致意。

楚斯点了点头,把萨厄·杨介绍给了他们:"陪我一起抢流浪者飞行器的同伴。"

众人:"……"嗯,不知道这话该怎么接。

倒是邵珩没忍住笑出来:"哎哟,哪个流浪者出门没挑准日子撞你枪口上了。"

齐尔德·冯这个老古板每回听见他这种没上没下的说话语气，龇牙咧嘴地一顿使眼色。可惜不论是邵珩还是楚斯，都没人在意。

本着也许还会跟卡洛斯·布莱克有合作的想法，楚斯没让他丢这份脸，于是避重就轻道："嗯，算他倒霉。"

邵珩跟楚斯认识多年，对他的性格还是挺了解的，眼睛一眨就跟着一起略过了这个话题，道："那长官你这位同伙兄弟贵姓？怎么称呼？"

楚斯之前信口胡诌，还真忘了给萨厄·杨编个名字，他默默转头看了某人一眼。

就听萨厄用一种傲慢又懒散的语气道："杨。"

楚斯："……"

太棒了，他都怀疑其他人如果再问一句"名"，某人能把"萨厄"也给报出来。

老实说，以萨厄·杨的脾气，大概的懒得费劲去编名字，毕竟这人向来无法无天无所畏惧。

果不其然，邵珩又问道："杨？不错的姓，兄弟你叫什么？报上来咱们以后也是同伙了。"

这姓邵的说起话来也是满嘴跑火车的主，楚斯一直没想通那么刻板严肃的邵老医生是怎么生出这么个儿子的。

他瞥见萨厄·杨又开了口，那口型俨然就要准备说"萨"了，楚斯抢在前头，冷静道："炸。"

众人："啊？"

邵珩伸出来的手一顿，一脸蒙："什么？"

楚斯："……"

他说完就略微有点后悔，都怪之前满脑子"蚂蚱"，他刚才差点儿把这两字丢出来，好在出口前意识到太离谱，拐了弯，最终就漏出了一个字。

杨炸，多棒的名字。

说出去的话泼出去的水，难听反正也不是叫他。楚斯面色平静地道："姓杨名炸，以后你们就——"

他略微卡顿了一下，琢磨着喊哪个字都不太合适，只能接着道："随便叫吧。"

众人沉默片刻,瞬间换上非常得体的笑脸,冲萨厄·杨点了点头道:"杨先生。"

萨厄·杨连点头都省了,就那么扫了他们一圈,目光最终还是落在了楚斯身上,非常非常……意味深长。

登舰口这边虽然有各种设备用以保持重力等系统的正常,但毕竟是个联通太空的接口,始终不那么稳定。众人站在这入口处没多会儿便浑身不舒坦。

邵珩下了令,五六个安全部队的人便应声翻了出去,把接驳的飞行器和后头拖着的军用飞行器一起弄进了白狼舰里,宽大的入口门便缓缓合上了。

入口处有一段传输带,用于运送接驳物资和人员。邵珩招呼着把那两个飞行器架了上去,众人顺势跟在了飞行器后面,穿过通道,被传送进白狼舰内。

直到那个飞行器一前一后通过安全扫描验证门的时候,楚斯才想起来,进舰还得通过审查。

楚斯和萨厄·杨一前一后站在众人的中间,前面有齐尔德·冯和警卫长罗杰领路,后面跟着邵珩和其他几个官员,最后是一溜警卫。

卡洛斯·布莱克那个飞行器通过之后,验证门电子音道:"N-10代太空恒久飞行器,产于5582年,监测到火力储备……"

电子音巴拉巴拉报了一长串,几乎把检测到的所有武器和储藏区域都标识了出来,以供人工检查。

紧跟其后的军用飞行器通过时,电子音依然兢兢业业地报出了其规格年份:"黑天鹅1代军用飞行器,产于5621年,监测到……"

黑天鹅1代?楚斯听到这个名字的时候心里犯了句嘀咕。

之前还只是齐尔德·冯说有点眼熟,现在楚斯也开始觉得耳熟了。不过5621年生产的话,比他的年纪还要大许多,会是……

"黑天鹅?那不是军部生产了一代就直接停产的一批飞行器吗?据说只在成品检阅的时候被拉出来溜过一回,就又灰溜溜地塞回地下工厂了,还没服役就直接退役的一批飞行器。长官你这是从哪个坟场里挖来的古董啊?这都将近百来年了,还没锈死吗?"

多亏邵珩这个飞行器痴迷者,连他自己出生前的那些都没放弃过研究,不然楚斯一时半会儿绝对想不起来黑天鹅这昙花一现的飞行器究竟什么来历。

但是怎么会是黑天鹅呢?

楚斯皱起了眉,如果这架是黑天鹅,当时围在蒋期公寓周围的那些军用飞行器难不成也都是黑天鹅?一个被军部报废了将近百年的飞行器,怎么会突然出现?

他原本几乎笃定围住星球碎片的人是白银之城的,这下他又有些不确定了。

白银之城以科技进程领先于其他所有星球而闻名,怎么可能把将近一百年前的东西捡回来用?

齐尔德·冯是那个年代过来的人,这老头一边通过安全验证门,一边道:"怪不得眼熟!黑天鹅当初检阅的时候我还年轻,瞄到过一眼。不过这飞行器当时之所以直接退役,是因为生产过程中出了纰漏,以至于规格不合格,没法投入当时的战斗部队实际使用……没想到居然今天还能看见它。"

老头这么说着话的时候,安全验证门的电子音又响了起来:"身份验证,齐尔德·冯,DNA扫描结果……"

电子音絮絮叨叨的验证结果把楚斯的思绪从黑天鹅那边拉回了眼下——

楚斯:"……"

他竟然忘了这验证门是要扫描DNA的。

一身懒骨头又傲慢得不行的杨炸先生身为安全大厦登记在案的最高监禁级别囚犯,打那验证门里一过,跟裸奔有什么区别?!

第57章
警报

楚斯倒是有心想帮一把,但是眼看着齐尔德·冯验证结束,电子音已经开始报罗杰的身份信息,偏偏罗杰除了个警卫队长,也没太多身份权限可说。留给他的时间实在太少,来不及搞什么复杂的动作,只能用最为简单粗暴的方式。

利用他的身份和权限搞点特殊化?

但是安全大厦职能特殊,本就对安全性、可信度之类极为重视,官员们从上到下对此都非常敏感。别的不提,还真没人在这方面搞过特殊化,毕竟连他们自己都省不了这个程序。

楚斯不吭声还好,一旦真给萨厄·杨搞点特殊待遇,反而会让萨厄·杨引起所有人的注意和怀疑,那不就是典型的此地无银三百两吗!

至于用别的方式绕开,那就更不可能了。

这一条通道两边都是实打实的金属墙壁,只要往前走,验证门避无可避,如果回头,那就只有跳星海一条路。

能不能活事小,主要是萨厄·杨前脚跳出太空舰,后脚就该被挂上通缉令上,没准还买一送一把楚斯自己也搭进去。到时候通缉令的散播范围比多年前那个更广——全宇宙高价收人头,长期有效。

多刺激啊。

楚斯脸上没露声色,脑内却在一条条迅速地排除着各种不靠谱方案,就在他觉得这情况着实有些愁人的时候,原本落后他半步的萨厄·杨突然贴了过来。

低低的声音压在他耳边,顺着耳窝传进去:"长官,通信器借我用一下。"

楚斯心说你能不能别这么说话,他还没来得及有所动作,一只手已经悄无声息地从腰后摸了过来,伸进了他的长裤口袋里。

楚斯："你……"

前面的电子音还在报着数据,盖过了萨厄·杨的声音,后面邵珩刚巧在跟安全部队的人交代着什么事,应该也没注意到这边。楚斯脸侧的骨骼微微动了一下,转瞬又恢复如常,任那只手摸索了一下,把通信器抽走了。

萨厄·杨的声音听起来不急不慌,但这并不代表他成竹在胸有把握在这么短的时间里搞定自己的身份问题。楚斯太了解他了,这人不急不慌只是因为他这辈子都不知道"紧张"这个词怎么写,没准儿他还觉得这情况挺刺激挺有意思的呢。

楚斯想到这点就忍不住冷笑。

萨厄·杨找起刺激来不计后果,他可不乐意一起疯。于是他瞥了眼快要到的安全验证门,转头状似不经意地说:"对了邵珩。"

他开口说话的时候,表情从容又随意,萨厄·杨随手给他架上鼻梁的眼镜片又给他添了一丝无机质的冷感,绝对不会让人联想到有什么别的目的。

"啊?"邵珩扭头看他,"怎么了长官?"

这么说着,他便冲后面几个安全队员打了个暂停的手势,抬脚朝楚斯走了几步。萨厄·杨冲楚斯挑了挑眉,顺势侧身让了一下,这样排在他前头的人就多了一个。

楚斯冲邵珩道:"邵老爷子有消息吗?"

邵珩垂了垂眼:"还没能联系上,军部那边现在能参与组织的只有一部分,其余的不是没醒就是还没找到精确位置。估计是分崩的时候出了一点儿岔子,老头子他们医院没在基地那个龙柱圈里,也许被隔壁圈给带过去了。"

验证门电子音再度响起:"身份验证,楚斯,DNA扫描结果,生物体DNA并智能机械电子DNA,序列测定符合数据库信息,权限认证为安全大厦最高执行权限、第5警卫队最高领导权限、安全部队最高调遣权限、白狼舰最高控制权限……"

楚斯头一回觉得这电子音啰嗦得很得人心,那一长串乱七八糟的头衔和权限原来除了让人耳朵起茧、脸皮变厚之外,关键时刻还是能起点作用的,起码能拖时间。

他想回头看一眼萨厄·杨究竟准备得怎么样了,但是齐尔德·冯那老家伙正站在验证门后一转不转地看着他,听着那一长串权限等级,眼神艳羡极了。

这种眼神楚斯看过没一千也有八百了,自打他从5号办公室的执行员一路升迁到最高执行长官,冯老头就一直这么看他,赤裸裸的,毫不避讳。这也得亏上司是楚斯，换个爱延伸拓展的就能把那眼神理解成造反夺权的前兆。

楚斯被他盯得太紧，再转头去看萨厄·杨就显得有些刻意了，于是只得保持着平视走完了安全门那一截路。

他走出安全门就站到了冯老头旁边，冯老头和罗杰原本正打算抬步带路，一见他这明摆着要等人的架势，就又收回了步子，跟着等在那里。

"哟，我这么大面子呐！"邵珩随口说了一句，走在安全门那段路上时，忍不住道："哎——长官，你们别这么齐刷刷瞪着我，我走路都快忍不住踩拍子了。"

楚斯其实等的是萨厄·杨，但为了免于太过直白，他目光是落在邵珩身上的，余光瞥着萨厄·杨的动静。

"欸那个，杨先生，通信器得搁在旁边的传送台上。"罗杰的目光倒是越过邵珩落在了萨厄·杨身上，忍不住出声提醒了一句。

萨厄·杨看起来像是正给人发着信息，闻声撩起了眼皮，而后倒也配合，半点儿不耽搁地夹着通信器举起了手，一副"行吧，我现在不用"的模样，然后随手将通信器丢上了传送台。

楚斯微微蹙了蹙眉，他不知道萨厄·杨借他的通信器是用来做什么，第一反应是临时造一个身份数据横插进数据库里，替换掉原本属于"萨厄·杨"的那份，这样比对不上，自然不会出问题。

但是这么短的时间，来得及编一个相对完整的身份数据？开什么玩笑。

楚斯在这方面虽然不如萨厄·杨精通，但是多少还是知道这样的一个过程有多麻烦，光是插进安全大厦数据库就得费一番工夫，根本不可能在这眨眼的工夫里顺利搞定。

邵珩走出安全验证门的时候，传送台上的通信器刚好进了封闭扫描区，在扫描区的一片黑暗里，通信器被调至最暗的屏幕发着幽幽的光，一根进度条简简单单地横在屏幕上，下方的进度提示写着：数据库信号拦截进程97%。

不论是编造新身份还是替换旧身份，都是做梦，这么短的时间里，唯一可行的方法有且只有一个，就是把安全验证门和数据库之间的信号连接切断，这个做起来没那么麻烦，做个简单的干扰，在查询身份信息的瞬间屏蔽一下信号，就能暂时跳过审查。

萨厄·杨抬脚进了安全验证门。

黑暗中通信器屏幕上的进度条一跳：98%。

电子音响起："身份验证——"

进度条再度一跳：99%。

邵珩走到楚斯身边，张了嘴刚要开口说什么，安全门里的蓝灯瞬间变成了红色。众人还没反应过来，警报声就响了起来。

"怎么回事？！"齐尔德·冯脱口而出，所有人的目光倏然落到了萨厄·杨身上。

楚斯眉心一跳。

就听安全门的警报声响了一声后又戛然而止，电子音顿了一秒道："警告，连接不到数据库相关身份信息，建议重新审查，或录入新数据。"

冯老头的表情还没放松下来，罗杰已经松了一口气。

邵珩盯着萨厄·杨看了两秒，转头拍了拍心口，"吓我一跳，这安全验证门可真一惊一乍的。"

"常年都是咱们大厦内部的人在过这道门，我差点儿都忘了还有这种陌生人警告。"罗杰说着，还冲萨厄·杨抬了抬手道，"杨先生别紧张，只是因为你的身份数据不在咱们数据库里，这是好事儿，要是在了那乐子才大呢。"

邵珩嘿嘿一笑："可不是，咱们数据库里除了正经的安全大厦往来人员DNA，就只有太空监狱的那帮了。"

冯老头这才缓缓地把嘴巴闭上，九曲十八弯地吁了一口气，"我差点儿以为……"

"以为什么？"旁边两个本跟他同级的副指挥官玩笑道，"难不成长官还能带个DNA属于太空监狱数据库的人回来吗，你可真能操心！"

齐尔德·冯摆了摆手："不可能不可能，当然不可能，我就是刚才一时没反应过来这点。"这人平日里马屁拍溜的，一时间没反应过来自己眼下的权位被架得很高，还下意识地又补了一句，"杨先生一看就特别肃正干练。"

肃正？干练？

得多瞎的眼才能在萨厄·杨身上看出这种气质。

楚斯听完他们你来我往的话，默默转开脸：最好萨厄·杨的身份一瞒到底，不然……这些人知道真相之后估计能排着队吊死在他办公室门口。

那画面……光是想想都有些无法承受。

第58章
落脚

如今的白狼舰看起来虽然很有排场，其实某种意义上来说，算是一个空架子，因为醒过来的人只有一部分，而且是很少的一部分。

原本供安全部队以及警卫队使用的八十万单人战斗飞行器实际使用量只有不到三千。

"眼下这种境况下安全部队重新整编了一下，醒过来的2166人编成了三支小队，两支交替巡航，随时可以进入战备和防卫。还有一支跟警卫队那边抽调出来的人一起凑了个五百人的机动组。"这是邵珩给楚斯介绍的安全部队现存规模。

老实说，如果碰上的是流浪者或是一些小星球的小规模部队，也许还能打一打捞点胜算。如果流年不利倒霉催的刚好碰见什么大部队，那结果基本就是狗撑耗子了。

他们是耗子。

除去这部分人，剩下的还有大约四百多个警卫，一些安全大厦内部的工作人员，以及一部分民众。

那些警卫原本分为不同小组，分别跟着安全大厦几个办公室，现如今也全部整合改编了一番，主要负责白狼舰内部各个区域的守备和安全。

就这上上下下加在一起的小三千人，客观上来说是个小数目，但在楚斯看来已经远远超过预期了。

毕竟翡翠港那样一个偌大的城市，现今醒过来攒聚在避难所的也不过只有那么寥寥几十人。相比而言，安全大厦这边的清醒比例简直高得惊人。

楚斯和萨厄·杨之前被打断的进餐最终在白狼舰内续上了。

"生活区那边的其实比这边要丰富一些。"齐尔德·冯看着桌上的餐盘，说了一句。

楚斯摆了摆手,"无所谓,只要不是营养剂。"

生活区那边职能完备,物资丰富,勉强算是白狼舰内的一片小桃源,那边主要供给了被救援上舰的民众。灾时无闲人,这些民众在舰内分担了诸多生活物资方面存续方面的工作,也是不可或缺的一部分。

安全大厦的内部人员则大多在办公区住了下来。办公区几乎照搬安全大厦内部设计,所以楚斯在这片办公区的核心位置也有一间自己的办公室,甚至连办公室内部的结构布置都和原本的那间一样——办公室是个套间,里头带会客室和卧室。

以前在安全大厦,楚斯碰上紧急事情需要连夜处理,就总会睡在办公室里。

他和萨厄·杨现在所待的地方,就是这间照搬原版的办公室。

楚斯朝卧室的方向瞥了一眼,道:"我刚才发现,衣柜里面居然有真空包装着的衣服,我没有看错的话,应该是我原本衣柜里的那些。"

"我们无法预计要在白狼舰上待多久,所以临行前做了一次搬迁,大厦里的一部分东西移到了这里,您看,这不是派上用场了吗?"

楚斯点了点头,"劳心了。对了,你之前说军部、总领政府和安全大厦职能相融合是怎么回事?那两方现在是怎么个情况?"

天鹰γ星的政权体系基本就掌控在军部、安全大厦和总领政府手中,原本其实只有军部和政府两方,但是这两方之间存在着一些本质上就难以调和的冲突和矛盾,于是衍生出了两者中的过渡——安全大厦。

安全大厦就最初组成来说,其实应该算是军部性质,但发展到后期就一半对一半了。

为了避免独裁一言堂,再度搞出像百年大混乱那样的动荡,鼎足而立的三巨头最高决策层都采用了分权的模式,军部那边拥有最高决策权的是三位上将,总领政府是圆桌会议,安全大厦这边则是几大办公室的执行长官联盟。

据齐尔德·冯说,现在军部那边三位上将一位都没有醒,目前的最高决策权在两位醒来的中将手里。总领政府也是半斤八两,圆桌会议共十二位执政大臣,现在醒着的只有四位,在楚斯进白狼舰之前,安全大厦这边的代表一直是齐尔德·冯为首的三位副执行官。

之前现有的三方决策层开了几次会，决定先出动一艘太空舰，以最大可能召集散落的星球碎片，借用龙柱系统建立一张网，尽量牵着各大碎片朝中心慢慢靠拢。

白狼舰现在所做的正是这件事情。

"长官，先跟其他两方公告一下咱们安全大厦的决策代表即刻更改？"齐尔德·冯问了一句。

楚斯想了想，道："不急，先等等，还有一些事需要处理。"

"嗯？"齐尔德·冯疑问了一声。

"等黑天鹅静电状态消失再说。"

自从邵珩说了黑天鹅的情况，楚斯就隐隐有些感觉，总觉得有些事情跟军部牵扯不清。

"好的，差不多再有一个多小时就能进入黑天鹅舱体了，到时候白狼舰应该也跟您之前待的那块星球碎片接驳。"齐尔德·冯想了想又道，"哦对了，杨先生的身份信息会补充录入数据库。那么差不多就这样了，长官您先休息一会儿，时间到了我再来。"

楚斯点了点头。

冯老头已经走出门了，又想起什么似的转头回来。

"还有什么问题？"楚斯一愣。

冯老头道："瞧我这脑子，差点忘了，还没给杨先生安排住处。生活区那边空着的地方很多，我让罗杰——"

他话还没说完，楚斯就抬手道："不用了。"

萨厄·杨这种危险分子就不能放他在人群里待着，还是放在眼皮子底下最保险，免得干出点儿什么出格的事来，吓到那一帮信誓旦旦说他肃正干练的人。

于是楚斯淡淡道："不用另找地方，他就住在这里。"

冯老头茫然地眨了眨眼："哪里？"

"我这里。"楚斯道，"他住在我办公室里就行了。"

门外，正想要过来看看情况的罗杰、邵珩以及扒着门框的冯老头："？"什么玩意儿？

第59章

电子DNA

楚斯和他们几个人沉默着对视了几秒，走到办公桌边，随手拿起上面搁着的一个遥控板转了两圈，不凉不热地说道："杨先生早年受过良好的军事教育——"在白鹰军事疗养院里跟他当了十多年的病友。

"涉足多方面战斗型军械的研究，拆装改造过各类武器——"改完之后炮筒对着谁就说不准了。

"有着极强的侦查与反侦察能力——"被追缉了整整17年才正式落网。

"以及丰富的实战经验——"看看红枫基地。

"擅于以少对多、绝地逢生和险境脱困——"太空监狱他都能翻出来，还混进了安全大厦大本营。

"和太空流浪者打交道多年，可以利用对他们的了解往来斡旋——"被卡洛斯·布莱克打捞过，还能把一整支流浪者队伍电成烟花。

"恕我直言，就现在白狼舰内这三千不到的战斗力来说，急缺这样的人。"楚斯脸不红心不跳地说完这一长段，撩起眼皮冲门口那几只鹌鹑道："你跟我说说看，有什么理由把他放去生活区养着？我领他过来就是让他吃吃睡睡的？"

众人："……"其实没太注意听具体内容，但是好像很有道理的样子。

楚长官说瞎话的时候，总会从表情和语气上武装起来，用极为冷淡又极为正经的气势压住那些叨叨叨的人，显得自己好像特别讲道理。

"但是——"齐尔德·冯摸着发福的肚子，琢磨了一会儿，又朝卧室那边瞥了一眼，似乎在踌躇着怎么开口。

楚斯拎着遥控器朝他们的方向指了指，"你们是不是忘了你们所站的地方叫作助理办公区，那里头还有个小套间，可以睡人？"

其实整个执行长官办公室是里外两个办公间,进大门之后,先是助理办公室,办公室里自带一个小间,供休息住人。穿过助理办公室,才能看到楚斯的办公桌,两间之中用一道玻璃水墙隔着。

齐尔德·冯他们现在扒着的门框,就是这道门。

其他两个人有点儿不太敢说,还是邵珩干笑了两声,一脸尴尬:"呵,这误会闹的。就怪我们站的门不对,要是站在大门外面,就不会想错了。"

楚斯冷笑一声:"想错了?错哪了?要不要找人给你们剖开脑子倒一倒里面的积水?"

齐尔德·冯绿了半天的脸终于红了回来,他啪啪拍了拍脸颊,似乎让自己大脑清醒回来,咳了一声道:"不过长官,助理这边的里间设施比较简单,会不会急慢了,要不我再给杨先生在办公区安排一间?"

楚斯心说我要的就是设施简单,设施齐全的,指不定能被萨厄·杨怎么利用着搞事呢。

"杨先生是我找回来的参谋顾问。"楚斯道,"眼下这种情况,休息都是奢侈,早一步想好怎么挽救星球分崩的局面就能早一步安定下来,我需要全天候随时有问题随时就能找到杨先生的人,你倒是跟我说说他住哪里最省事方便,不用在来回的路上浪费时间?要不跟你睡?你办公室离我最近。"

齐尔德·冯:"……"

"或者你,罗杰?你那警卫长办公室也挺近的。"

罗杰:"……"

为了避免被无差别扫射,邵珩一拍脑门:"哎哟,我想起来一件急事,长官你好好休息,我先走一步。"

"你等等。"楚斯淡淡道,"什么急事?"

"噢——"邵珩拖了一下调子,道:"齐尔德·冯指挥官让我赶紧把杨先生的信息录入进白狼舰的绿色数据库,免得下回又得听那安全验证门一顿吱哇乱叫,对了说起这个——"

他说着冲里间萨厄·杨的方向道:"瞧我这脑子,来就是说这事的,杨先生用完餐后如果方便的话,能让我采集一下DNA信息吗?很快。"

楚斯闻言,下意识转头看向萨厄·杨,就见他非常坦然地岔着两条长腿坐在沙发里,手指转了一下桌上的杯子,撩起眼皮看过来:"没问题。"

他说完便站起身,还煞有介事地活动了一下脖颈,这才走出来,用手肘撑着门框:"怎么采集?"

他个头很高,比罗杰这种警卫队出身专业当人墙的都还要再高一些,之前隔着点距离看还好,这么冷不丁走到面前来,只隔着半步距离,看起来就非常有压迫感了。

齐尔德·冯觉得站在他面前,自己仿佛被锯了腿,于是不动声色地朝后让了两步,假装是给邵珩腾地方。

邵珩掏出一支DNA采集笔在萨厄·杨面前晃了晃,"不用像其他地方那么麻烦,用这个,不过得劳驾杨先生你把袖子撸上去。"

他说着的时候随便挑了萨厄·杨一只胳膊,就这么伸着手等着。

"行吧。"萨厄·杨应了一句,顺手就要去卷那只袖子,然而刚露出精健的小臂,他就突然想起什么来停住了动作。

"嗯?"邵珩疑问了一声。

萨厄·杨眯着眼笑了一下。

老实说,他那个笑其实非常懒散,但是不知道为什么,总让人下意识地绷紧肌肉。邵珩绷了好一会儿才反应过来自己大概部队待久了,有点儿反应过头。等他放松下来的时候,萨厄·杨已经换了一只手臂卷起了袖子,一直卷到了手肘以上。

"哦可以了可以了。"邵珩其实是想问"你为什么突然换一只手",但是也不知道怎么的,出口就默默替换了。他把DNA采集笔伸过去,抵在萨厄·杨手肘往上一点的地方,按了一下笔头。

极细的针探进皮肤又抽出来,速度很快。

采集完DNA,邵珩立刻朝后让了一步,点头道,"这就行了,长官——"

他冲楚斯的方向又交代道:"那我先走一步啦,负责系统安全的那帮臭小子还在试着联通太空监狱的通信,我去盯着点。"

"联通太空监狱?"楚斯疑问道。

邵珩:"太空监狱那边应该出了点问题,之前我们已经跟那边联通讯号了,但是刚联通就莫名其妙断了,就跟信号受到干扰被阻断了似的,以至于一直没法通上话,也不知道那边现在是怎么个情况,安全大厦这边大多数据都有存档,直接导入到白狼舰内就行,但是有一样数据不是光导入就行的。"

"你是说……"

"黑金环。"邵珩道,"没法联通到太空监狱,就没法追踪那些不定时炸弹们的实时情况,咱们齐尔德·冯指挥官已经好几宿没睡好觉了。"

萨厄·杨听闻这话,用一种"很遗憾"的目光看了齐尔德·冯好几秒,看得他背后汗毛竖了一片。

邵珩说着想起什么般笑了一下:"说起来,最初找到长官你待着的那架飞行器的时候,我们还误以为找到太空监狱的讯号了呢,太像了。"

楚斯见他们没反应过来那就是天眼,便顺着他睁眼说瞎话道:"让那飞行器的智能系统伪装了一下,免得麻烦。"

邵珩前脚一走,楚斯后脚就拿着遥控器冲齐尔德·冯和罗杰道:"先生们,告诉我现在还有什么问题吗?"

两人对视一眼,齐齐摇头。

楚斯点头道:"好的,那么你们可以忙去了。"说完,他手上遥控器一按,办公室大门缓缓合上,把那俩鹌鹑关在了外头。

"叨叨叨得人头疼。"楚斯没好气地把遥控器往桌上一扔,转头冲萨厄·杨指了指,"看好你的黑金环!"

萨厄·杨倚在玻璃水墙边,要笑不笑:"身为一个受过良好军事教育,实战经验丰富,被长官强行任命为参谋顾问的人,我怎么会当着那么多人的面让长官你下不来台呢,不是换了一条手臂吗。"

那种一听就是瞎话的评价被萨厄·杨自己复述出来,居然一个磕巴都没打,可见这人有多不要脸。

楚斯懒得理他,冲水墙外的助理办公室一挑下巴,"你先住那里,不要企图搞什么破坏。在外面也就算了,但这里是白狼舰。"

在其他几位执行长官醒来之前,楚斯就是整个白狼舰乃至整个安全大厦权位最高的人,没有之一。这里相当于他的大本营,他的领地。

在他的领地上拆他的台,那得多流氓的玩意儿才干得出来。

片刻之后,楚斯站在卧室里,从衣柜的真空袋里抽出衣物挂在衣架上,又顺手抽了件衬衫将身上的黑色背心换了下来。他衣着上一丝不苟惯了，之前没条件讲究便算了，这会儿什么都有，自然老毛病就又犯了，光换衬衫不说，还想顺手系个领带。

就在他挑了一条勾在手指上的时候，萨厄·杨的声音又突然响了起来，"长官，我有个问题。"

楚斯转头，"你过来干什么？没空，不想答。"

萨厄·杨显然没把他这话当回事，而是继续道："之前过安全门的时候，我听到了一句话，长官你的DNA里为什么还混着智能机械电子DNA？"

楚斯本能地绕开了这个话题，但是理由特别特别瞎："谁知道呢，没准变异了呢。"

他发现只要对着萨厄·杨，他都懒得编个正经点的瞎话，那种一听就是假的话也就那么随意往外扔。

"一般而言，长官你越是这么轻描淡写企图一带而过的东西，就越不是好事，我就越好奇。"萨厄·杨撇了撇嘴道，"而我太过好奇又始终得不到答案的话，就会选择自己动手了。"

第60章

逼供

楚斯："……"

他竖起手掌冲萨厄·杨比了个手势，"你等等。"

对于DNA里面混着智能机械电子DNA这件事，楚斯本身并没有刻意隐瞒，毕竟整天在安全验证门里来来去去，DNA信息上报过不知道多少回，想要瞒得严严实实几乎不可能，他索性就坦然地亮了出来。

安全大厦里跟他来往比较多的人，亲耳听过无数次这种身份验证，早就见怪不怪了。其他下属或是低等级的公职人员即便没听过，也不代表他们不知道。

谁能保证每个人的嘴都那么紧不管闲事呢？

楚斯的身体曾经受过严重的伤，有一部分不可逆转的伤势是靠智能机械救治修复的，这一点在安全大厦并不算是个秘密。不过他的伤势究竟涉及范围有多大，智能机械的替代程度有多深，就没几个人清楚了。

至于那个倒计时，见过的人更是屈指可数，除去楚斯自己也只有两个人——邵敦老医生，以及每年跟着楚斯回黑雪松林别墅调理的医生。

就是那个医生也不是随随便便找来的，而是邵老医生最得力的弟子兼助手，当初做手术时他就陪在邵老医生旁边。

其他人，包括每年一起跟着回黑雪松林的警卫、营养师等等都对这个倒计时一无所知，只以为他是受旧伤影响，每年需要一周的休假调养身体而已。

倒计时这个问题跟"曾经受过伤"本质完全不同，关键时刻如果被人钻空子利用起来是可以要命的。楚斯从来都不是个容易相信别人的人，要获得他的信任需要耗费极长的时间极久的耐心，还得踩对在点子上，非常麻烦也非常难。

把这种东西给人看，就相当于把命门交到别人手里，就楚斯这性格，除非哪天脑子中毒坏了，否则怎么也做不出来这么智障的事情。

但现在，他觉得自己脑子不用毒就开始蠢蠢欲动要坏了。

萨厄·杨半真不假说着要动手的时候，他居然还犹豫了一下要不要说。

这种事根本就不该存在"犹豫"这种态度！

"我不太想等。"萨厄·杨说"我"的时候，已经拉住了楚斯手指上夹着的领带，顺势往他手腕上一绕，借着那股力道把楚斯拽到自己面前。

这人从来不按常理出牌，楚斯被他拽得脚下跟跄了一步，抵过去的时候下意识屈起手肘就要给他胸口来一下。

其实跟萨厄·杨这种人近距离交手，占到先机胜算都不大，更别说失了先机了。被领带缠上一只手的时候，楚斯心里就算好了后面的步骤，他毫无胜算打了也是白费力气。但是他那一身骨头又硬又倔，就算心里认了没有胜算，手上也还是要还两下的，抽到算赚，打空不亏。

所以当他两手被萨厄不轻不重地扭到身后用领带缠住，然后被抵着后腰压在墙上的时候，心里真是一点儿也不意外，但依然把不住嘴上恼怒地叫了一句："萨厄·杨！"

"嘘——"萨厄·杨的声音从他脑后传来，似乎是在低着用领带打着结。

楚斯翻了个白眼，动了动手腕，出乎意料的是，那领带居然很容易就松开了一截。他愣了一下，正要把手挣出来，萨厄·杨揪着其中一头一抽，领带又瞬间收紧了。

他蹙了蹙眉，又试着动了一下，领带再度松开一点，然后萨厄·杨一抽，又紧了。

楚斯："……"

这混账东西要真去捕个猎，猎物不是被他玩死就是被他气死。

"不挣了？"萨厄·杨慢条斯理地用领带打着结，哼笑了一声问道。

"浪费力气。"楚斯凉丝丝地回了一句，"跟你近搏得多傻的人才干得出来。"

萨厄·杨调笑道："嗯，我们长官这么聪明。"

楚斯蹙着眉道："……闹够了没？你这样绑我肩膀拧着劲，非要过一把刑讯逼供的瘾我也懒得跟你打，把手换到前面绑。"

"换前面绑？"萨厄·杨嗤笑一声，"然后你借机套上我的脖子，把我压下去，再用膝盖给我鼻子一下？我怎么那么好骗？"

楚斯："……"

他忍了一会儿，终于还是没好气地道："你是不是这辈子就学不会好好说话，一定要先干一架打服了再开口？坐下来谈很难？我说了我一定不告诉你吗？嗯？"

萨厄·杨道："刚才长官当着那么多人的面说瞎话的模样我还记得很清楚。"

楚斯简直气笑了："你这么逼供出来的就一定不是瞎话了？"

"我当然不会这么想，所以我打算自己找答案。"萨厄·杨打好结，一手依然保持着压着楚斯双手的姿势，另一只手已经从衬衫下摆伸了进去。

"你……"楚斯从肩背到腰的线条都绷了起来。

"我刚才就想这么干了。"萨厄·杨道，"在长官你靠在办公桌边，一脸冷淡又严肃地指派他们干事，嘴里却没一句真话的时候，我就想这么干了。"

他的手指非常漂亮，又长又直，每一处骨节都恰到好处，显得有些瘦，却不会过于突出。但是他的指腹却并不柔软，常年把玩着各类武器，以至于手掌的皮肤被磨得有些粗糙，存在感非常强烈。

"他们见过长官不冷淡的样子吗？"萨厄·杨的声音在肩后响起，"我见过。"

楚斯蹙着眉，镜片后面的眼睛已经眯了起来，连眨眼的动作都比原本慢了许多。他用额头抵着墙，闭了闭眼，忍不住道："你……究竟在按什么？"

"谁知道呢。"萨厄·杨低了头，用鼻尖抵着他的脖颈，手在楚斯腰侧停下，画了两处圈："之前在飞行器上，你就盯着这里，还是这里？"

他果然看见了……

楚斯眯着眼，想起之前在浴间里的那一幕。虽然他收得很快，但还是被萨厄·杨注意到了。

既然看到了，就肯定还记得大概的位置，照他那样的按压法，再多按几下，就能把那块仿真皮肤打开。但这混账东西偏不。

"或者更下面一点？"萨厄·杨的语气甚至带了促狭。

楚斯立刻道："不在，就在刚才那边。"

能让眼前的人服一次软，萨厄·杨显然心情不错，终于忍不住笑了一声。

"齐尔德·冯他们过会儿就来。"楚斯动了动肩，闭起了眼："你如果就喜以这种姿态出场,那我能保证,你又要下一次大狱了杨先生。"

最后三个字说得冷冰冰的,如果不是以这样的姿势说出来,大概会显得非常不近人情。

"你欠着我许多账呢长官。我头一次发现我居然是个锱铢必较的人,非常非常小气,哪天空闲了我们好好算一算。"萨厄·杨说。

楚斯踢了他一下,"你先把领带解了。"

萨厄·杨懒洋洋地应了一声,接着用一种非常欠打的语气说:"其实……你如果再试着挣一下手腕,力气大一丁点,就会发现,我给你打的是个活结。"

楚斯:"……"

他手腕使了点力,那领带打的结还真散了开来,他二话不说便转过身来,抬手便要给那混账东西鼻梁一拳,却在挥出去的瞬间被萨厄·杨用手掌包住按回墙上。

"你简直……"楚斯挣了两下,撩起眼皮不凉不热地看了萨厄·杨一眼。

"有病?不是个东西?是个混账?"萨厄·杨翘起嘴角,"想骂什么,你骂一下我就能更坦然一点。"

楚斯:"……"

萨厄·杨说着,又低下头撩起他的衬衫下摆。在他腰间一处按了一下,"这里摸起来跟另一边触感不太一样,仿真皮肤?我这样碰着你有感觉吗长官?"

"……"

这种话该怎么回?

楚斯绷着脸跟他沉默着对视了好一会儿,他挑了挑眉,"好我明白了,做了仿真神经元?面积多大?这半边到肋骨?"

"不止。"楚斯总算开了口,不过语气还是很随意。

"连同胳膊?"萨厄·杨略微蹙了蹙眉。

他很少蹙眉,但每次蹙起眉来,平日身上的那种气息总会变得更加浓重,甚至比那要笑不笑的样子更吸引人。

楚斯挑了挑眉,垂下眼皮用空余的那只手划了一下,"这里,从肩胛骨过来,到半边腰,还有这条腿外侧。"

萨厄·杨的眉心彻底皱了起来。

"板着一副脸干什么？这都是多少年前的事了。"楚斯道，"早就习惯了，除了骨头更硬更耐打，没有任何影响，如果不是你非要问，我都快忘了这事了。"

他这话刚说完，萨厄·杨突然发现什么般用手指在他腰侧按了一圈，就听咔嗒一怔，仿真皮肤应声而开，露出了里面的倒计时。

楚斯："……"

打脸来得太快，瞎话都还没编完呢。

"这是什么？倒计时？"萨厄·杨看明白的瞬间，脸色顿时就沉了下来，"12天？"

楚斯一愣，"12天？怎么可能，你少看一位数吧？"

【敬请期待《黑天.2（完结篇）》】